나는
매일   글을
            씁니다

나는 매일 글을 씁니다

발행일   2023년 6월 21일

지은이   김선황, 김은정, 나선화, 민주란, 서한나, 오정희, 우승자, 이영숙, 이경숙, 이원용, 이은설,
         이은정, 정가주, 정성희, 최서연
펴낸이   손형국
펴낸곳   (주)북랩
편집인   선일영   편집   정두철, 배진용, 윤용민, 김부경, 김다빈
디자인   이현수, 김민하, 김영주, 안유경   제작   박기성, 황동현, 구성우, 배상진
마케팅   김회란, 박진관
출판등록 2004. 12. 1(제2012-000051호)
주소   서울특별시 금천구 가산디지털 1로 168, 우림라이온스밸리 B동 B113~114호, C동 B101호
홈페이지   www.book.co.kr
전화번호   (02)2026-5777   팩스   (02)3159-9637

ISBN   979-11-6836-947-4 03810 (종이책)   979-11-6836-948-1 05810 (전자책)

.... 책으로 배우고 깨닫고 글로 치유하는 15명의 성장 글쓰기 ....

나는
매일

글을
쓥니다

김 선 황
김 은 정
나 선 화
민 주 란
서 한 나
오 정 희
우 승 자
이 영 숙
이 경 숙
이 원 용
이 은 설
이 은 정
정 가 주
정 성 희
최 서 연
지   음

북랩

들어가는 글

여행지에서 맛집을 찾고 싶을 때, 보통은 검색을 합니다. 진짜 맛집을 찾기 위해 조금 더 꼼꼼하게 식당 후기들을 살펴봅니다. 내돈내산('내 돈 주고 내가 산 제품 또는 서비스'라는 뜻의 신조어로, 본인의 돈으로 구입한 제품에 대한 리뷰를 올릴 때 사용하는 말) 위주로 식당 정보를 참고해 고르면, 중간 이상의 선택을 할 수 있습니다. 진짜 맛집은 어떻게 찾을까요? 여행지에서 만난 현지인들에게 물어보면 실패 확률이 퍽 줄어듭니다. 보통 자주 먹어도 맛난 음식을 소개해 주거든요.

이 책을 쓴 15명의 작가들은 '현지인들'입니다. 특별한 날 글을 쓰는 게 아니라, 글 쓰는 게 일상입니다. 오늘을 일단 살아냅니다. 그리고 사색합니다. 매일 즐거운 일이 있는 것은 아닙니다. 그렇다고 슬프고 우울한 일들만 있는 것도 아니죠. 평범하고 고유한, 각자의 삶을 구석구석 살피고 그에 대해 씁니다. 글감이 자동으로 나오는 것이 아니니, 일상에 돋보기를 들이댑니다. 기어이 쓸거리를 찾아냅니다.

하루가 치열해 도저히 여유가 없을 때도 글을 씁니다. 감사가 봇물 터지듯 나올 때 글을 씁니다. 손가락 하나 까딱할 힘이 없어도 글을 씁니다. 소소한 일상이 진짜 행복이라는 것을 깨달았을 때 글을 씁니다.

이러저러한 이유로 글을 쓰니 삶이 조금씩 달라지기 시작했습니다. 불평이 투덜거림으로 끝나지 않고, 실패가 시도로 끝나지 않았습니다. 거대한 호수에 물수제비 하나 던졌습니다. 이루어지지 않을 거라 여겼던 일들이 쉼 없이 파동을 일으킵니다. 파동은 연달아 다른 파동을 만듭니다. 잘 쓰려고 읽고, 잘 쓰려고 열심히 삽니다. 부지런한 삶이 다시 글로 이어집니다.

바뀐 하루하루를 사는 작가들이 모였습니다. 사명이 생겼습니다. 낯선 여행지에 가이드가 있으면 덜 헤매게 되지요. 예비 작가들의 안내자가 되어 좀 더 나은 삶을 살도록 돕고 싶습니다. '자이언트 라이팅 코치 1기'를 시작할 때의 마음은 제각각이었습니다. '내가 할 수 있을까' 자신이 없었던 작가도 있고, 시행착오를 줄여주고 싶어 코칭을 시작하기로 마음먹은 작가도 있습니다. 해묵은 상처를 글쓰기로 치유한 경험을 알려주고 싶어 시작한 작가도 있습니다.

8주간의 '자이언트 라이팅 코칭' 과정을 진행하면서 희미했던 마인드를 설정했습니다. 안으로 향하던 빛줄기를 밖으로 돌리기로 했습니다. '예비 작가들을 돕겠다!'라는 분명한 목표를 매주 다짐했습니다. 소리 내어 선언했습니다.

이 책은 그 첫 번째 작업입니다. 라이팅 코칭 작가들이 연합하여, 읽고 쓰는 삶에 대해 이야기합니다. 모든 일상에 '쓰기라는 점'을 찍었습니다. 그 점들을 이어 '삶이라는 선'을 그려갑니다.

1부는 일기와 인생에 대해 담았습니다. 일기를 쓰면서 변화하고 성장한 이야기입니다. 일기는 최애 독자인 자신을 어루만지며 위로해 줍니다. 더 단단하게 만들어 주기도 합니다. 일기는 기쁨이면서 상처이기도 합니다. 감정을 온전히 쏟아내면 진짜 자신을 마주할 수 있습니다. 흐물거리는 형체를 글자로 구체화함으로써 현재 위치를 파악해 재조정합니다. 미래 방향을 잡을 수도 있습니다. 일기에 인생을 담자 일어난 변화들을 만날 수 있습니다.

2부는 치열한 독서 흔적을 남기고자 고민한 결정물, 독서 노트에 대한 이야기들입니다. 불나방처럼 책 찾아 자발적으로 날아든 작가들의 독서 노트 노하우를 볼 수 있습니다. '저자와 나'의 만남을 독서 노트를 통해 확인할 수 있습니다.

3부는 '결국 성장'에 대한 경험들이 녹아있습니다. 어떻게든 쓰려고 애썼던 시간의 힘입니다. 성실하게 읽고 쓰는데, 성장하지 않는 것이 더 이상한 일이지요.

그랭이.

'나무 기둥, 돌 따위가 울퉁불퉁한 주춧돌의 모양에 맞게 다듬어져 기둥과 주춧돌이 톱니처럼 맞물린 듯 밀착되는 일(네이버 국어사전 참조)'을 말합니다. 우리 조상들은 집 축대를 쌓을 때 자연석을 가져다 돌과 돌끼리 조화를 이루도록 했습니다. 그사이 틈은 더 작은 돌들로 메웠습니다. 벽돌처럼 네모반듯하지 않아 보는 재미가 있습니다. 생김새 다른 돌들을 모아 쌓은 모양이 어떻게 저렇게 자연스러울까 감탄도 합니다. 부조화 속에 조화가 아름답습니다.

신라인이 세웠던 불국사, 석굴암, 첨성대 등이 그랭이 공법으로 세워졌습니다. 삼국사기에는 통일 신라 시대에 경주에서 지진이 일어났다는 기록이 있습니다. 사망자가 무려 100여 명 정도 발생했다고 합니다. 당시 피해 상황들을 고려해 진도 8.0 이상의 강진이었다고 추정하는 전문가도 있습니다. 우리가 지금도 불국사 같은, 시대의 보물을 볼 수 있는 것은 천재지변을 견뎌낸 건축 기법 덕분입니다. 돌에 홈을 내고 그 위에 기둥을 박은 서양식 건축물과 달리 그랭이 공법으로 지은 건물은 돌과 돌 사이 빈틈이 있습니다. 이 빈틈이 건물의 내구성을 높여 지진에도 견딜 수 있게 만듭니다.

'그랭이질' 한 글을 독자들 손에 보냅니다. 오래 글을 써서 세

련된 작가들의 글과 날 것 그대로 담느라 문맥이 서툴지만 내용은 진솔한 작가들의 글이 섞여 있습니다. 부조화 속의 조화, 빈틈이 있습니다. 글과 글 사이, 표현 부족으로 드러내지 못한 진심이 빈틈으로 남아있습니다. 차 한 잔 두고 어디든 펼쳐 따듯한 맛을 보시길 권합니다. 과육을 베어 물어 터진 맛의 파편들이 입 안 가득 메우듯, 부디 진심의 파편들이 독자님 안에 깊이 스며들기를 바라봅니다.

차례 ~~~~~~

1부   일기, 하루가 인생이다

~~~~~~

2부   독서 노트, 책을 읽고 삶을 담다

3부   기억의 습작

1부

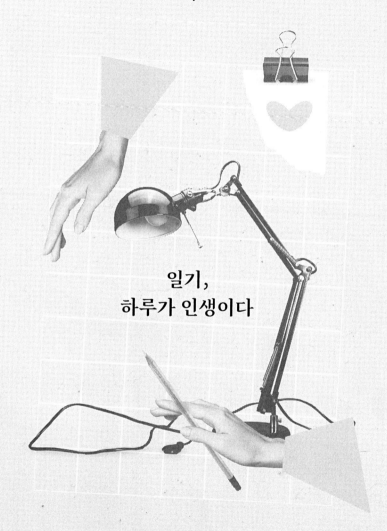

일기,
하루가 인생이다

1-1.
육아일기에서 엄마의 성장일기로

김선황

　　우리 집 거실에는 5단 책장 세 개가 한쪽 벽 면을 차지하고 있다. 그곳에는 세월의 흔적을 온몸으로 받아내 느라 빛이 바랜 책들이 가지런히 꽂혀 있다. 어느 칸은 번호대로, 다른 칸에는 키 순서대로, 어떤 칸은 색깔 별로 나름의 질서를 유지하고 있다. 중앙 아래쪽 책꽂이에, 손바닥 크기의 수첩이 있다. 별로 헤매지 않고 바로 찾아낼 수 있는 위치다. 파란색에 굵은 글씨로 『관찰수첩』이라고 쓰인 스프링 노트 앞에는 털이 하얗고 몽실몽실한 토끼가 자고 있다. 22년 동안 드문드문 수첩을 펼쳤었다. 큰아이가 미울 때, 책장 배치 바꿀 때, 먼지 닦다가, 그냥 눈에 띄어서 등 여러 가지 이유가 있었다.

　　수첩에는 큰아들이 처음 놀이방에 갔던 2002년 1월과 2월 일상이 적혀 있다. 그때 나는 작은 아이 출산을 앞두고 있었다. 엄마가 산후 조리해주신다고 해서 한 달 예정으로 친정에 갔다. 첫 아이 때와 마찬가지로 임신중독증이 심했다. 잘 걷지도 못했고, 잠도 잘 자지 못했다. 유도분만을 해서 조금 일찍 낳기로 했다. 문제는 활동량이 많아도 너무 많은 큰아이를 어떻게 돌보느냐는 것이었다. 큰아이는 광고에 나와 "백만 스물하나~ 백만 스물 두 울~"을 외치는 에너자이저와 맞먹는 에너지를 가졌었다. 거기에 아직 대변을 가리지 못했다. 큰아이는 행동이 빠르고 힘이 넘쳤다. 혹여 다른 친구들에게 피해를 줄까 걱정되었다. 적응하자마자 그만둬야 하니 망설여졌지만, 몸조리할 동안 돌봐줄 놀이방을 소개받아 보내게 되었다.

첫날 아침, 놀이방 등원 차에 올라 입을 씰룩이며 울까 말까 하던 아이는 햇살이 길게 늘어지는 시간에 씩씩하게 하원했다. 신발을 벗자마자 가방을 확 열어젖혔다. 원장 선생님이 엄마에게 보여주라고 했을 수첩을 꺼내 주었다. 낯선 곳에서 처음이었을 아이의 일상이 고스란히 보였다. 대화 글이 자세히 적혀 있어 녹화된 영상을 보는 것 같았다. 큰아들이 이렇게 하루를 보냈구나. 아이의 공식적인 첫 사회활동 기록이었다.

그 수첩은 육아일기였다. 엄마가 함께 할 수 없는 곳에서의 아이의 일상을 놀이방 선생님을 통해 볼 수 있는 일기였다. 장난감을 양보하지 않을 때, 대변 실수를 할 때, 낮잠을 자지 않고 짜증을 부릴 때, 다른 아이를 밀어버렸을 때, 선생님이 아이에게 어떻게 훈육하는지 초보 엄마는 배울 수 있었다. 동시에 아이에 대한 정보 교환을 하는 매개물이었다. 동생 태어난 후 퇴행 현상을 보이고 있으니 잘 부탁드린다는 정보, 감기약 넣었으니 먹여달라는 정보, 대변 실수해서 속옷 따로 챙겼다는 정보 등을 서로 제공할 수 있었다. 산후 조리가 끝나고 집에 온 뒤에도 한동안 형제의 육아일기를 썼었다. 더듬거리며 원하는 것을 얘기하는 큰아이, 뒤집기 하는 작은아이가 그곳에 담겼다.

아들들이 6살, 4살이 되었을 때 일기 여백은 더 이상 채워지지 않았다. 자격증 교재와 읽어내야 할 책과 살림의 무게에 묻혔다. 결혼 전 하던 일 대신 새로운 일을 준비하기 시작해서 일기 쓸 여력이 없었다. 남편이 가끔 비디오와 사진을 찍기는 했지만, 거기에 감동까지 담기는 어려웠다. 쓰지 않아도 기억할 수 있으려니 했다.

쓰지 않는 시간이 길어질수록 추억은 희미해졌다. 실체가 사라졌다. 활자로 남긴 일기를 읽을 때와 기억에 있던 이야기를 끄집어낼 때의 디테일은 다르다. 구간구간 이미 망각이 일어난 기억을 꺼낼 때마다, 나도 모르게 아이들 일화를 재구성하거나 미화했다. 아이의 성장은 엄마인 내 성장이기도 하다. 일기를 중단했을 때, 아이의 성장기록과 더불어 엄마의 성장기록도 멈췄다. 기록이 없다고 성장이 멈추지는 않는다. 아이들도 나도 실패와 성공을 반복하며 분주하게 살았다. 그런데 일기 쓰는 것을 멈추니, '재구성되어가는 기억'이 존재할 뿐이었다.

다시 일기를 써야겠다고 작정하고 방법을 모색했다. 일기장은 앞부분 몇 장을 채우다 그대로 방치한 적이 많았다. 그래서 생각한 것이 가계부를 활용해 일기를 쓰는 것이었다. 지출을 기록하면서 메모를 곁들였다. 일지 같은 일기가 써졌다. 감정 변화가 심했던 날은 제법 내용이 길었다. 아이들을 재우고 모든 소음이 사라진 시간에 쓴 일기는 다분히 감정적 내용이 많았다. 수업 스케줄 관리하면서부터 다이어리 한쪽에 일지-일기를 썼다. 그러다 컴퓨터 엑셀 파일로 스케줄 관리하면서부터는 그나마 쓰던 일지-일기 쓰기도 멈췄다.

그즈음 카카오스토리가 생겼다. 스마트폰에 저장된 사진들을 활용해, SNS에 사진 일기를 쓰기 시작했다. 2012년 3월부터 시작해서 이삼일에 한번 짧은 글과 사진을 올렸다. 서비스가 업그레이드되면서 종종 '몇 년 전 오늘' 어떤 일이 있었는지 알림이 뜬다. 구체적으로 일기를 적은 날은 그날의 감정을 되살리기 수월했다. 한 일만 적어둔 날은 사진을 보면서도 갸우뚱한다. 그때 어땠더라. 기억이 가물가물하다.

일지-일기는 기억 보조용으로 사용될 뿐, 쓰기 실력을 향상시키는 데는 별 도움이 되지 않았다. 감정을 구체적으로 남기지 않아서인 것을 안다. 오래 후회가 남았다. 일지에는 반성이 없다. 특별한 날을 제외하고 모든 날의 감정을 기억할 수 없다. 이제는 짧게 적더라도 '미래의 나'를 위한 핵심 메시지가 남도록 적으려 노력한다. 매일 블로그에 글을 쓴다. 어떤 날은 쓸거리로 고민하기도 한다. 고민 덕에 자주 독서에 관한 기록을 남긴다. 독서는 쓸거리를 계속 제공한다. 훔치고 싶은 문장들, 책을 대표하는 문장들에 밑줄 긋고, 메모하고, 블로그에 올린다.

현재도 카카오스토리에 사진 일기를 올린다. 사적인 내용이 많아 비공개로 작성한다. 초등, 중등, 고등, 군인을 지나온 아들들의 기록을 글과 사진과 영상으로 볼 수 있다. 큰아들은 사춘기를 심하게 앓았다. 아들 때문에 우느라 퉁퉁 부은 내 사진을 찍어 올렸다. 나도 아팠다고 나중에 며느리에게, 손주에게 이를 거다. 사춘기를 호되게 치르는 아들 옆에서 면역이 생겼나보다. 갱년기도 거뜬히 이길 수 있을 것 같은 내공이 쌓이면서, 나도 상처 덜 받는 엄마로 자라고 있었다. 가끔 온라인 일기를 열어, 스크롤을 내려가며 고개를 주억거린다. 그땐 그랬지. 맞아, 그럴 수 있지 읊조리면서.

지금의 일기를 쓰기 위해 여러 방법들을 거쳤다. 처음부터 맘에 드는 일기장을 고를 수 없었고 나를 알아가는 일기를 쓸 수 없다. 시행착오가 필수다. '착오'를 거쳐야 성공에 이른다. 중요한 것은 지금 '시행' 하는 것. 그뿐이다.

1-2.
현재, 지금을 살고 싶다

김은정

오늘을 살라고 한다. 현재에 집중하라고 한다. 책을 통해 접하고 강의를 통해 자주 듣는 말이다. 하지만 말처럼 쉽지 않다. 아니 솔직히 말해 어렵다. 몸은 현실에 있는데 머릿속은 과거와 미래가 대부분 차지하고 있다. 지난 과거에 얽매이고 오지 않은 미래 때문에 현실을 낭비하는 모습이 싫다. 하나도 도움이 안 되는 것을 알기에 벗어나고 싶었다. 해결책으로 다시 일기를 선택했다. 그것도 마흔 후반에 말이다.

대부분 그렇겠지만 나 역시 일기는 초등학교 숙제를 통해 시작했다. 저학년 때는 그림일기를 쓰고 고학년이 되면서부터 줄노트에 일기를 썼다. 그때부터 분량 채우는 일이 늘 숙제였다. 의무감으로 쓰는 날은 더 고행이었다. 한 줄이라도 더 쓰려고 늘리는 행동이 일기에 대한 부담감만 키웠다. 그림일기 쓰듯 달랑

나는 매일 글을 씁니다

몇 줄 쓰고 제출하면 혼나기 때문에 어쩔 수 없었다.

일기에 대한 부담은 단연코 방학이 최고다. 학기 중에는 매일 혹은 격일로 검사하니 미뤄봤자 하루다. 저녁에 못 쓰고 잔 날은 다음 날 아침 급하게 일기 숙제를 했다. 글씨가 날아가는 것은 당연지사였다. 혼나는 게 무서워 아침밥을 못 먹더라도 일기부터 썼다. 방학 때 일기 숙제는 다르다. 여름 방학은 대략 한 달, 겨울 방학은 두 달이 넘는다. 이 기간에 일기를 매일 쓴다는 것은 불가능한 일이었다. 일기 쓰는 것을 좋아하는 학생이 아니라면 말이다.

개학 날이 다가오면 일기 때문에 머리부터 아팠다. 골칫덩어리 숙제였다. 그래도 중간중간에 틈틈이 썼으면 고생을 덜 했다. 30일 동안 하루도 안 섰을 때가 최악이었다. 제일 큰 고민은 분량이었다. 30일 일기는 어떻게 채울지 한숨부터 나왔다. 나중에 채우다 도저히 쓸 내용이 없을 땐 노래 가사를 쓰기도 했다. 가끔은 시를 옮겨 적기도 했다. 지금 생각하면 웃음이 나오는 행동인데, 당시에는 밀린 일기 해결에 도움이 되었다. 다음 문제는 날씨였다. 일기장을 보면 위 칸에 날씨를 쓰게 되어있다. 지금처럼 인터넷이 발달한 시기가 아니었으니 몇 주 전 날씨를 기억한다는 것은 불가능했다. 무엇을 했는지, 그날 날씨가 어땠는지 기억해내느라, 사진이나 떠오르는 사건을 붙잡고 머리를 쥐어짜느라 애썼던 기억이 지금도 생생하다.

학년이 올라갈수록 일기 쓰는 것이 차츰 습관이 되어갔다. 일기 숙제에 비중을 두지 않는 선생님을 만나면 강제성이 덜했지만, 검사와 상관없이 자발적으로 일기를 썼다. 일기가 구세주였다. 고단한 10대를 보내는 동안 나에게 기댈 곳을 만들어 주었기 때문이다. 일기가 없었다면 어떻게 지나왔을까 상상하기 어려울 정도다. 강제로라도 일기를 쓰게 해준 선생님들에게 고맙다는 인사를 하고 싶다.

초등학교 6학년 때부터 꾸준히 써 온 일기장을 차곡차곡 쌓아뒀다. 대부분 눈물로 얼룩진 일기장이었지만, 살아있게 도와준 결과물이기에 버릴 수가 없었다. 어른이 돼서 초등학교 저학년 때 썼던 일기를 읽은 적이 있다. 어린아이다운 말투에 입은 웃고 있는데, 눈물이 맺혔다. 그 시절의 고단함이 전해졌기 때문이었다.

20대 때도 일기는 버팀목이 되어주었다. 여러 실패와 좌절로 채워진 시기이기에 여전히 눈물 일기가 주를 이루었다. 사회의 펀치에 넘어지고 일어나기를 반복하는 오뚜기 삶이었다. 하지만, 일기를 썼기 때문에 포기하지 않을 수 있었다. 일기를 쓰다 울다 잠든 날이 많았다. 일기를 쓰면서 위로를 받았다. 일기를 쓰면서 아무도 안 해주는 용기도 주고 격려도 해주었다. 열악한 상황이었지만 일기를 쓰면서 스스로 희망을 꿈꾸기도 했다.

30대에는 과거와 같은 일기를 쓰지 않았다. 그렇다고 일기 쓰

나는 매일 글을 씁니다

기를 멈춘 것은 아니었다. 교단 일기, 육아일기, 감사 일기 등으로 변신하기는 했지만 어떤 식으로든 삶의 여러 부분을 일기에 담아냈다. 인생에서 일기를 빼놓고 생각할 수 없다. 일기는 나와 함께 자라고 내 삶을 가까이에서 동행해준 파트너였기 때문이다.

몇 년 전부터 절대 감사로 바뀌면서 감사 일기를 졸업했다. 플래너를 쓰고 간단한 메모로 일기를 대신했다. 그랬던 내가 작년부터 다시 일기를 쓰기 시작했다. 새로운 바람이 생겼기 때문이다. 일기 쓰기를 통해 오늘이라는 시간에 의미를 부여하기 위해서였다. 지난 일에 얽매이지 않기 위해서, 막연한 미래에 대한 불안감에 휘둘리지 않기 위해서, 오늘에 집중하는 노력을 하고 싶었다. 그래서 선택한 것이 일기 쓰기였다. 매일 글을 쓰려고 노력하는 작가로서도 필요한 일기 쓰기다. 글 쓰는 연습이 될 뿐만 아니라, 생각 정리에도 도움이 된다.

날마다 일기 형식의 모닝 페이지를 쓰면서 확실히 오늘에 더 집중하게 되었다. 오늘 무엇을 했고, 어떤 생각을 했고, 오늘이 나에게 어떤 느낌이었는지, 오늘 일어난 일에서 배울 점은 무엇인지 등 삶의 시선이 오늘로 향했다. 이런 연습이 반복되니 순간에 머무르는 것이 익숙해지고 있다. 마주한 사람, 먹는 음식, 걸으면서 마주하는 풍경에 집중하는 노력이 즐겁다.

다음 날 새로운 하루가 시작되면 과거와 미래가 다시 나를 흔들 수 있다. 하지만 일기를 쓰면서 오늘에 집중하는 연습을 한 덕분인지 일상 속에서 현재에 에너지를 더 쓰려고 하는 변화가 보인다. 덕분에 앞으로 평생 일기를 쓸 것 같다. 우리 인생에서 제일 중요한 오늘을 살기 위해서, 지금, 현재에 좀 더 집중하기 위해서 말이다.

일기는 오아시스

나선화

　　　　일기는 오아시스다. 하루, 사막 같은 인생길을 걷다가 마침내 집에 돌아와서 견디고 살아낸 하루라는 시간에 의미와 가치를 부여하면 사막은 그냥 사막이 아니라 오아시스가 숨겨진 사막이 된다. 물 한 모음 축이고 또 내일이라는 사막을 걸어갈 힘을 얻는다.

　지금은 학교 사정이 어떨지 모른다. 내가 초등학교에 다녔을 때, 일기는 학교 숙제 중 하나였다. 어떻게 쓰는지 방법도 몰랐다. 선생님이 일기를 써 오라고 하니 하루의 일을 기록하는 것인가 보다 하고 그날의 일들을 나열했다. 일기는 쭉 써 내려가다가 마지막 '생각' 란에 그날 깨달은 것을 한 줄로 정리하며 마무리되었다.

　아직도 가지고 있는 초등학교 일기장이 있다. 5학년 겨울 방학 때 쓴 일기다. 일기장에 제목도 있다. 『마음의 일기』, 큰 수첩 정도 크기다. 일기는 1978년 12월 16일 '겨울 방학이 시작되어서 마음이 들떠 있다'로 시작해서 1979년 2월 7일 '검' 직인이 찍힌 날짜에서 멈췄다. 숙제 검사를 마쳤으니 일기의 효용도 끝난 것이리라. '보여주기' 일기였으니 속마음을 솔직하게 썼을 리 만무하다. 그런데도 45년 전 일기는 그 시절 나의 생활을 언뜻언뜻 떠오르게 한다.

일기는 방학을 맞이하여 할머니와 고향으로 내려가서 근 한 달 동안 지낸 내용으로 채워져 있다. 고향 친구들과 놀았고, 광주 작은아버지네 다녀오는데 멀미를 심하게 했다는 이야기도 있다. 한 달 만에 다시 서울로 돌아오는 날, 짐을 싸면서 눈물이 앞을 가려 보이지 않았다. 할머니가 나보고 "왜 우냐"고 물으시는데 할머니 눈가에도 물기가 고여 있고, 가끔 눈물이 흘러내렸다고 쓰여 있다. 또 다른 이야기는 1월 1일. 결혼한 지 얼마 되지 않는 젊은 사람이 자다가 심장마비로 죽었다. 고향 친구 오빠다. '생각'란에 죽는다는 것은 정말 무섭고 끔찍한 것인가? 사람은 왜 죽을까? 죽은 사람은 어디로 갈까? 라는 다소 철학적인 질문을 던지고 있다. 충격 때문인지, 그 뒤로 나는 꽤 오랫동안 죽음에 대해서 생각했다.

일기를 보면 초등학교 때 나는 글을 제법 크고 또박또박 쓰려고 노력한 흔적이 보인다. 현재 나의 글씨체와 사뭇 다르다. 지금 글씨체는 날아다닌다. 정성으로 치면 초등학교 글씨체가 더 나은 것 같다.

중학교 때, G와 교환일기를 주고받았다. 이름도 가물가물하다. G의 표정은 뚜렷하게 기억난다. 얼굴은 하얗고 단발머리를 하고 있었다. 키는 162센티미터쯤 되고 날씬했다. G는 친구들과 이야기하다 말고 멍하니 허공을 바라보는 일이 잦았다. 소위 말하는 사차원적인 아이였다. 나는 그 친구가 걱정되었다. 지금 생각하면, 나도 어리면서 그때는 제법 철이 든 줄 알았다. G를 도와주어야 할 것만 같았다.

먼저 교환일기를 제안했다. G는 뜻밖에 흔쾌히 수락했다. 그래서 우리는 한 권이 다 채워질 때까지 일기를 주고받았다. 하루는 내가 쓰고 하루는 친구가 썼다. G가 쓴 내용은 주로 우울하다, 죽고 싶다는 이야기로, 나는 그러면 안 된다. 잘 살아야 한다는 이야기를 쓴 것 같다. 그 일기장은 나에게 돌아오지 않아서 사실을 확인할 방법은 없다. G가 일기 내용에 대한 불편한 감정을 드러내지 않았기에 나는 잘 돕고 있다고 생각했다. 지금 생각하면 나도 힘들면서 누구를 돕겠다고 가당치 않은 조언을 해대었으니 우습기도 하다. 교환일기는 우리가 중학교를 졸업하고 각자 다른 고등학교로 진학하면서 끝났다.

그 뒤로 일기는 쓰지 않았다. 일기라기보다는 삶에 태풍이 불 때, 마음이 허허롭고 공허할 때 가끔 글을 쓰긴 했다. 특별한 일 아니고는 그다지 쓸 이유도 계기도 찾지 못한 채 하릴없는 시간만 흘러갔다.

나이가 오십 중반을 넘어가고 있었다. 코로나19를 시기에 전래놀이 선생님 소개로 자이언트 북 컨설팅에 들어왔다. 글장이 이은대 작가의 강의를 줌으로 들었다. 이은대 작가는 대구 남자로 목소리 톤도 크고 직설적인 화법을 사용한다. 처음 접했을 때 교도소, 알코올 중독자, 암 환자였던 자신의 이야기를 거침없이 하는 것을 보고 무슨 저런 사람이 있나 싶었다. 이은대 작가는 글쓰기 강좌를 하면서 일기를 써보면 인생이 달라진다고 누누이 강조한다. 뭐가 있으니까 저렇게 핏대를 세워가며 말하는 것이 겠지. 글쓰기 공부를 하러 왔는데, 당장 책 쓰기는 못 하겠고 일기라면 쓸 수 있겠구나 싶었다.

2022년 5월 29일, 대학노트에 일기를 쓰기 시작했다. 곧 1년이 되어간다. 어느새 노트 2권을 채웠다. 올해는 365일을 한 권에 쓸 수 있는 다이어리에 일기를 쓰고 있다. 작년보다 노트가 작아진 덕에 더 빨리 일기를 쓰지만, 작은 노트에도 빈 여백을 다 채우기가 쉽지 않은 날도 있다. 그래도 쓴다. 쓰다 보면 채워진다. 여행을 가서는 작은 노트에 일기를 쓴다. 집에 돌아와서 본래 일기장에서 옮겨 적는다.

일기를 써 본 사람들은 알겠지만, 일기를 쓰려면 하루를 돌아보고 반복되는 일상에서 어느 것을 글로 쓸 것인지 골라야 한다. 내가 일기를 써 보니 좋은 점이 많다. 그중에 세 가지를 소개해 본다.

첫째, 일상이 풍성해진다. 우리 할머니가 나이가 들면 달력이 겹쳐간다는 말씀을 자주 하셨다. 그만큼 시간이 빠르다는 소리다. 월요일 시작을 했는데 정신 차리고 보면 어느새 금요일이다. 일기라도 쓰지 않으면, 내가 무엇을 하며 사는지 알 수가 없다.

나는 매일 글을 씁니다

심지어 어제 일도 잘 생각이 나지 않는다. 일기장을 마주하면 하루 일이 차창 밖의 풍경처럼 스쳐 지나간다. 휙휙 날아가는 시간을 핀셋으로 콕 집어서 새로운 의미와 가치를 부여한다. 그러면 일상이 특별해진다.

둘째, 내 감정에 휘둘리는 횟수가 줄었다. 최근 느린 학습자를 위한 현장 교사로 지역아동센터에 파견되어서 근무한다. 4명의 아동을 맡게 되었는데, 유난히 J가 청개구리처럼 군다.

"왜요? 왜 해야 하는데요?"

말끝마다 '왜요'를 외친다. 고장 난 테이프처럼 같은 말을 반복해야 한다. 그럴 때 목소리 톤과 함께 감정도 올라가려고 한다. 금방 알아차린다. 목소리를 더 낮게, 분명하고 단호하게 J가 해야 하는 이유를 말하고 돌아선다. 더 타협하지 않겠다는 의사를 분명하게 전한다. 집에 와서 일기장에 J와 있었던 일을 복기한다. 그때 감정을 돌아보며 적어본다. J의 페이스에 넘어가지 않은 나에게 박수를 보낸다.

셋째, 과거의 기억을 되살리기에 좋다. 이은대 작가도 다른 사람의 책을 읽는 것도 좋아하지만 1년 전 자신의 일기를 읽어 보는 것을 좋아한다는 말을 자주 한다. 자신의 경쟁자는 1년 전 자신이라고까지 한다. 내가 초등학교 일기장을 가지고 있기에 5학년 겨울 방학을 어떻게 보냈는지 정확하게 알 수 있고 그때의 감정까지 떠오르는 경험을 할 수 있는 것은, 비록 숙제였지만 일기를 쓴 덕분이다.

일기는 나만을 위한 글쓰기다. 유일한 독자는 나다. 일상이 특별해지고 감정에 덜 휘둘리며 과거의 기억을 되살리기에 좋은 장점이 있다. 일기는 누군가에게 보여줄 필요가 없기에 자유롭고 편안하다. 잘 쓰든지 못쓰든지 지적하는 사람 없다. 누구에게도 할 수 없는 비밀스러운 글을 쓰기에도 안성맞춤이다. 정신건강에 좋다. 하루가 모여 인생이 된다고 하지 않는가? 일기가 모여 나의 역사가 된다. 나는 이렇게 살아냈구나. 자신을 이해하고 토닥일 수 있다. 이은대 작가처럼 나도 일 년 전 나를 보면서 지금 내가 얼마나 더 성장했는지 확인할 것이다. 오늘도 나는 일기장을 펼친다.

나는 매일 글을 씁니다

관객이 있는 일기

민주란

　　중2. 일기 쓰기를 멈췄다. 그동안 썼던 모든 일기까지 싫어졌다. 누군가 내 걸 읽을 거란 상상을 하지 못했다. 일기를 쓰며 받았던 위로가 사라졌다. 바로 멈췄다. 다신 일기를 쓰지 않겠다고 다짐했다. 마음을 바꾸는 데 걸린 시간은 40년이다. 일기는 자신을 위한 글이라는 데는 변함이 없다. 그러나 때때로 다른 관객이 있다면, 그것도 일기를 써야 하는 이유가 될 수 있다.

　　외출하실 때마다 엄마는 우리가 해야 할 일을 적어 놓고 나가셨다. 설거지하고 부엌 바닥 닦기. 현관 정리하고 계단 닦기. 거실 청소와 빨래까지. 방 4개 닦기. 주리 언니와 나는 뭐부터 해야 할지 몰라 노트를 들고 고민했다. 주선이는 어느새 과자를 사러 나갔다. 새우깡, 맛동산, 초코파이를 사 왔다. 알 수 없는 새로 나온 과자도 빼놓지 않았다. 초등학교 6학년. 학교에서 인기 있는 과자는 모두 알고 있었다. 응접실 테이블에 큰 쟁반을 놓고 과자를 쏟아 놓았다. 언니가 미리 빌려다 놓은 만화책을 읽었다. 시시덕거리며 만화에 빠졌다. 서로 읽는 속도가 달라 다음 편을 기다릴 때, 언니는 피아노를 쳤다. Simon & Gafunkel의 〈Bridge over Troubled Water〉였다. 우리는 알 수 없는 언니의 팝송을 흥얼거리며 따라 했다. 여러 곡을 부른 후엔 꼭 가곡을 불렀다.

"내 고향 남쪽바다 그 파란 물 눈에 보이네, 꿈엔들 잊으리오. 그 잔잔한 고향바다."

"애들아 따라 해봐."

"언니, 너무 어려워."

"아니야 다 잘할 수 있어."

바깥은 겨울이라 추웠고, 창을 통해 들어오는 햇살로 거실은 따스했다. 언니가 시키는 노래를 따라 했다. 틀리면 다시 시키고 제법 엄격한 선생이었다.

엄마가 돌아올 시간이 다가오면 바빠진다. 언니는 부엌과 거실을 치우고 빨래했다. 나는 꼼꼼한 성격 덕에 계단과 현관문을 정리했다. 계단은 엄마가 검사하는 중요한 장소 중 하나다. 먼지 한 톨, 머리카락 하나 보이지 않게, 위에서부터 닦아 내려왔다. 쌓이는 머리카락, 누군가의 양말에서 떨어진 작은 돌을 걸레통에 담았다, 밀쳐놓은 걸레가 더럽혀지지 않게 조심했다. 다음은 현관 정리다. 신발을 가지런히 놓는다. 아버지 구두는 구두약으로 닦아서 올려놓아야 한다. 구두닦이 통에 담긴 작은 수건을 꺼

나는 매일 글을 씁니다

내 먼저 약을 바른다. 온통 검정 구두약으로 범벅이 된 수건으로 빛이 날 때까지 문지른다. 솔을 이용해서 신발 굽과 가죽의 연결 부분을 닦는다. 나머지는 크기별로 올려놓는다. 엄마 신발, 우리 신발. 난 색깔을 맞춰 놓기 좋아했다. 오른쪽엔 검정색. 왼쪽엔 밝은 색을 놓기도 한다.

"목욕탕에 빨아 놓은 걸레 더 갖다 줘."

언니는 빨랐다. 설거지를 끝내고 바로 부엌 바닥을 닦았다. 구석구석 닦으며 그릇을 이리저리 치웠다. 식탁 밑에 떨어진 음식물을 집으며 다음부턴 밥 먹을 때 떨어뜨리지 말라고 잔소리도 한다. 빨래하러 부엌에 연결된 문으로 나갔다. 가정집이라 옆 공간에 수도를 설치해 놓았다. 빨간 대야에 물을 담고 빨래판을 올려놓고 비벼댔다. 옆에 담아 놓은 맑은 물에 비누로 비벼진 옷들을 하나씩 옮겨 놓았다. 내가 헹구겠다고 했다.

"추우니깐 나오지 마, 주선이가 방을 제대로 닦았는지 확인해!"

걸레를 들고 방으로 갔다. 주선이가 엉덩이를 하늘로 향하고 방바닥을 걸레로 밀고 있다. 아래층에 하나, 이층에 두 개, 계단 밑에 있는 쪽방 하나. 혼자 다 하긴 힘들다. 함께 걸레질을 하는데 어지럽다. 머리카락을 집으면서 닦아야 했다. 네 손가락에 테이프를 거꾸로 돌려 이용했다. 쩍. 방바닥에 붙었다 떨어지는 테이프의 소리와 함께 머리카락이 달라붙었다. 두 가지를 한 번에 하기 힘들어, 주선이에게 테이프로 먼저 머리카락부터 집으라고 했다. 한두 번 한 솜씨가 아니어서 죽이 척척 맞았다.

외출하고 돌아온 엄마는 사감 선생님이다. 위층부터 내려오면서 검사를 했다. 한 번도 만족해하지 않으셨다. 혼났다. 다시 해야 했다. 그날의 일기는 눈물을 흘리며 썼었다.

일기 쓰기는 초등학교 그림일기로 시작했다. 일본에 사셨던 막내이모가 사다 주셨다. 일기 쓰기를 좋아한 것 보다 노트와 컬러 크레용을 더 좋아했던 것 같다. 색색의 크레용. 특유의 화학 냄새가 짙었는데 나만의 크레용이어서 행복했다. 언니와 여동생 것까지. 모든 건 나눠 쓰고, 입고, 먹었을 때다. 나만의 크레용으로 그리는 일기 쓰기는 하루 중 가장 기다려지는 순간이었다. 학년이 높아지면서 그림은 사라졌다. 친구들과 나눴던 이야기. 선생님이 해 주신 말씀도 썼겠지만, 자주 쓰는 건 집안일이었다. 일을 많이 시켜 피곤하다. 먹고 싶은 음식도 써 놓았다. 속상하고 억울한 마음도 써 놓았다. 우리 엄마는 왜 이렇게 무서운 걸까.

어느 날은, 마치 우리와 함께 있었던 것처럼 잘 알고 있었다. 벼락치기 청소를 하고 눈에 보이는 곳만 닦았다는 것. 무엇보다 할 일을 시작하기 전에 우리가 했던 과자 타임. 피아노 타임. 그리고 노래 타임을 알고 계셨다. 어떻게 아셨을까 의아했다. 나의 일기가 문제였다. 처음엔 화나고 마치 발가벗겨져 대문 앞에 서 있는 듯했다. 소리치며 왜 읽었냐고 묻고 싶었지만, 한 번도 대

들어 본 적이 없는 나로선 불가능했다.

일기를 엄마에게 보란 듯이 쓰기 시작했다. 우리는 나름 최선을 다했다고. 엄마처럼 깨끗하게 하진 못했지만, 땀이 날 정도로 했다는 걸 적었다. 일기가 더 이상 나만의 일기가 아니다. 관객이 있다. 엄마에게 하고 싶은 말을 쓰기 시작했다. 가장 알아주었으면 하는 우리의 노력을 썼다.

2021년 5월. 다시 쓰기 시작했다. 책 쓰기 수업을 들으며 용기를 냈다. 나를 돌아보았다. 하루 한 장. 그동안 많은 걸 플래너에 기록했고 간단한 메모만 해왔다. 일기를 쓰기 시작하자, 하루 일과를 플래너 적듯 썼다. 매일 쓰는 것도 쉽지 않았다. 밀렸던 것을 한꺼번에 쓰기도 했다. 일기는 나만의 시간을 제공하고 나에게 보내는 글이다. 아침에 쓰던 저녁에 쓰던 상관없다. 나에 대해 글을 쓰며 기록한다. 모든 것을 쏟아 낼 수 있는 시간이다. 이젠 나의 일기를 내가 읽는다. 잊어버렸던 것들도 생각나면 적는다. 오늘 쓰는 일기가 지난 과거도 불러들이고, 미래도 초대한다. 미처 말하지 못한 것들도 쓴다. 누군가 읽었으면 좋겠다는 내용을 써도 좋다. 때를 놓쳐 할 수 없는 말이 많지 않은가. 아이들이나 남편에게도 그리고 나에게도.

고2. 나를 키워준 엄마가 생모가 아니라는 걸 알게 되었다. 계속해서 일기를 썼다면 엄마가 나를 더 이해하지 않았을까. 엄마가 관객이 돼서 하고 싶은 말을 전했다면, 그것도 나쁘지 않았을 거다. 가식으로 쓴다고 생각했는데, 다른 소통 방법이 없었으니 일기가 최선일 수 있었다.

나를 위로하는 것이 일기 쓰기다. 관객은 누가 되어도 좋다.

나는 매일 글을 씁니다

1-5.
생각이 변하는 시간

서한나

중학교 일 학년 어느 날 지하철을 타고 집에 가고 있었다.

"한나야!"

하고 나를 부르는 소리가 들렸다. 소리가 나는 쪽을 보니, 학원 국어 선생님이었다. 이야기 도중 선생님이 우리 집 맞은편 건물에 산다는 사실을 알게 됐다. 선생님은 가방에 손바닥만 한 캐릭터 인형을 달고 있었다. 가방에 달린 인형을 오른손으로 쥐고 인형에게 이야기했다.

"한나가 우리 집 앞에 산대."

그 뒤로도 선생님은 인형이랑 말을 했다. 지하철 소리가 커서 잘 들리지 않았다. 함께 이야기하며 지하철 개찰구를 나왔다. 집 앞까지 걸어와서 인사를 하고 각자 집으로 들어갔다.

다음날 학교에 가서 같이 학원에 다니는 K에게 이야기했다.

"국어 선생님 말이야. 우리 집 앞에 살더라. 완전 바로 앞집이더라고. 어제 지하철 타고 가다가 우연히 만났어. 선생님 가방에 달고 다니는 인형 있잖아? 그 인형이랑 서로 말해."

쉬는 시간에 대수롭지 않게 한 말이었다. 문제는 학원에서 일어났다. 국어 수업 시간이었다. 수업 도중 내 이야기를 들었던 K가 말했다.

"선생님. 어제 지하철 타고 가면서 인형이랑 말했다면서요? 미친 거 아니에요? 선생님 미쳤죠?"

이 한마디에 선생님은 얼굴이 빨갛게 변했다. 미간을 찌푸렸다. 선생님은 무표정하게 나를 쳐다봤다. 졸지에 내가 선생님을 미친 사람이라고 표현한 것으로 오해받았다. 너무나 갑작스러운 상황이었다. 나도 뭐라고 말해야 할지 몰라 선생님을 쳐다만 봤다. 선생님 눈에 눈물이 고였다. 수업이 중단됐다. 대처 능력이 부족했던 나는 그냥 집으로 갔다. 사과해야 하는 것인지, 내가 그런 말을 하지 않았다고 해야 하는 것인지 생각만 많았지 행동하지 못했다. 그저 순식간에 일어난 이 일이 당황스럽기만 했다.

다음날 학원에서 선생님은 표정이 여전히 굳어있다. 나와 눈을 마주치지 않았다. 인사를 했지만, 답이 없었다. 수업 전 자리에 앉아 있는데 평소와 다른 선생님 모습에 나는 마음 졸였다. 심장이 빠르게 뛰었다. '어떻게 해야 하지?'라고 생각해봤자 별다른 방법이 떠오르지 않았다. 수업 시간 내내 고개를 들지 못했

나는 매일 글을 씁니다

다. 무서웠다. '선생님. 오해에요. 저는 선생님을 미쳤다고 말하지 않았어요. 미쳤다고 생각하지도 않아요!'라고 속으로 외쳤다. 그러나 입 밖으로는 그 말이 나오지 않았다. 그렇게 말한 친구도 원망스러웠다. '왜 그렇게 말한 거야? 나는 선생님이 미쳤다고 말하지 않았는데, 너 때문에 선생님이 오해하잖아!'라고 따지고 싶었다. 하지만 그 역시도 하지 못했다. 쉬는 시간이었다. 선생님들이 교실 문에 난 조그만 유리창으로 얼굴을 들이밀었다. 그러고는 내 얼굴을 확인했다. 아예 교실로 들어와 국어 선생님에게 "쟤야?"라고 말하는 선생님도 있었다. 국어 선생님은 교실로 들어와 묻는 선생님을 데리고 학원 복도로 나갔다. 그 소리를 듣고 얼굴이 뜨거워졌다. 고개를 푹 숙였다. 쉬는 시간에 화장실도 갈 수 없었다. 수업 시간 내내 엎드려 있었다. 빨리 학원이 끝나기만을 바랐다. 수업이 끝나자마자 학원 밖으로 뛰쳐나갔다. 그 길로 학원을 그만뒀다.

　내가 학원을 그만두는 것으로 선생님과의 상황은 종료됐다. 나는 속이 상했다. 미쳤다고 표현한 건 내가 아닌데, 왜 그 일로 선생님은 나를 오해했는지 억울했다. 아무 말도 하지 않는 선생님이 싫었다. 차라리 대놓고 혼내기라도 했으면 낫겠다 싶었다. 학원 선생님들은 구경난 듯 와서 내 얼굴을 보고 쑥덕거리는 상황은 또 무엇인지. 화가 나기도 했다. 밤에 자려고 누워도 이 생각 저 생각이 떠올랐다. 쉽게 잠들기 어려웠다. 침대에 누워 머리만 베개에 대면 잠들었던 나였는데 말이다.

이 일을 겪으면서 일기를 썼다. 학교 숙제 때문에 억지로 쓰는 일기가 아닌 내가 스스로 쓰는 첫 일기였다. 속이 답답했는데, 풀 수 있는 길이 없었다. 어린 마음에 대처가 부족했다. 엄마에 게도 말하며 도움을 요청하지도 못했다. 일기를 쓰고 나니 속이 상했던 것이 괜찮아지기 시작했다 일기를 쓰고 나서는 학원에서 있었던 일이 떠오르는 횟수가 줄어들었다.

그 뒤로도 힘이 들 때 일기를 썼다. 특히, 감정 소모가 심할 때 일기를 쓰는 게 효과적이었다. 성인이 된 후에도 감정 일기를 쓰 는 것을 지속했다. 책상에 앉아 적기도 했지만, 문득 드는 생각 을 손바닥만 한 수첩을 가지고 다니면서 적었다. 즉각적으로 내 감정을 알아차리기가 좋았다. 조금씩 쓰는 것만으로도 감정이 해소됐다. 머릿속이 복잡하고 잡생각이 많이 들 때마다 일기장 을 펼쳤다. 하루 동안 내가 생각한 것을 주욱 적는다. 떠오르는 대로 두서없이 마구 써 내려간다. 그렇게 적다 보니 내가 어떤 때에 화가 나는지, 좌절하는지, 기쁜지, 좋은지 등 내 감정을 알 수 있었다. 그리고 내 감정을 객관적으로 바라보게 되었다.

내 감정을 이해하고 나니, 상대방도 보이기 시작했다. 내 행동 으로 인해 상대방은 어땠을지도 생각해 보게 됐다. 그러다 보면 상대방 행동도 이해할 수 있었다. 일기를 쓰기 전에는 심각하고 힘들다고 생각된 상황이었다. 그러나 막상 일기를 쓰고 나니 별 거 아닌 일이 되기도 했다. 웬만한 상황은 '그럴 수도 있지.', '이 런 일도 있고 저런 일도 있는 거지 뭐. 괜찮아'라고 생각하게 됐다. 내가 마주하는 상황을 덤덤하게 받아들일 수 있게 됐다. 앞으로 비슷한 상황이 생긴다면 어떻게 행동하는 게 좋을지도 적었다. 그러다 보니 스트레스받는 상황을 예측할 수 있었다. 대처법까지 미리 적어두니 그에 따라 행동하기도 편했다. 물론 모든 상황에 생각한 대로 적절히 대처하지 못할 때도 있었다. 그래도 대처법을 마련해 놓고 그에 따라 하려고 노력했다. 덕분에 불필요한 에너지 소모를 줄일 수 있었다. 비슷한 상황이 되었을 때 그 전보다 더 나은 선택을 할 수 있었다.

나에게 일기 쓰기는 생각이 변하는 시간이다. 내가 지금 드는 감정을 이해하는 게 중요함을 깨달았다. 나를 제대로 바라보게 되니, 모든 것을 다시 볼 수 있게 됐다. 일기 쓰기로 나는 유연성과 여유를 가질 수 있게 되었다.

1-6.
매일 삶을 기록 하고 갱신하다

오정희

거의 삼십 년 만에 진해를 방문한다. 설렌다. 라이팅 코치 양성과정을 수료했다. 수료식에 참석하기 위해서다. 수료식 날짜와 장소가 정해지자 날짜를 확인하고 서울역에서 창원중앙역까지 KTX 표를 예매했다. 모든 것이 처음이다. KTX를 타는 것도, 혼자 표를 예매한 것도. 더구나 올해 근무하게 된 학교는 5월 1일이 개교기념일이라 3일 연휴다. 여행하고 싶은 마음이 들었다.

대학을 갓 졸업하고 입사한 회사에서 여직원들과 무박 2일, 진해 군항제 벚꽃 구경을 갔던 기억이 새롭게 떠올랐다. 편도 표만 예매했다. 주변 볼만한 곳을 검색한다. 시간 가는 줄 모르고 마음은 벌써 그곳, 진해에 가 있다. 1시 수료식, 나는 서울역에서 8시 22분에 출발하는 표를 끊었다. 11시 17분 창원 도착이다. 코치 활동을 바로 시작하지 못해도, 하고 싶은 뭔가를 해냈

나는 매일 글을 씁니다

다는 뿌듯함이 기분 좋았다. 더구나 혼자가 아니라 함께 하는 동기들이 있다. 든든한 사부와 함께 같은 길을 간다. 언제 시작해도 잘 할 수 있을 것 같은 자신감도 느끼게 한다.

2박 3일, 작정하고 아침 일찍 집을 나섰다. 『싸울 때마다 투명해진다』, 『독서 모임 꾸리는 법』이라는 책 두 권과 일기장, 태블릿PC, 충전기 등을 가방에 넣었다. 가방을 멘 두 어깨에 느껴지는 묵직한 느낌이 뿌듯했다. 일요일 아침, 기대와 설렘 가득 안고 기차를 탔다.

그동안 나는 불안하고 초조했다. 무엇을 잘하는지, 무엇을 하고 싶은지 알지 못했다. 전업주부로 지내다 다시 일하게 되었다. 잠깐 일 년만 기간제 교사를 할 생각이었다. 일 년이 이 년이 되고 삼 년이 되면서 해마다 일자리를 찾아다녔다. 비슷한 이력서에 면접이 반복되었다. 15년째다.

내게 질문을 했다. 앞으로 어떻게 살고 싶은지? 어떤 모습으로 변하고 싶은지? 이래서는 안 될 것 같았다. 달라지고 싶었다. 2016년 9월, 나는 『5년 후 나에게』라는 다이어리를 샀다. 5년 동안 해마다 같은 날 같은 질문 365개에 1,825개의 답을 해야 한다. 시간이 지나도 크게 다른 답을 쓰지 못하는 나를 본다.

2016년 12월 29일의 질문 "소원 세 가지는?"

1. 경제력(돈에 얽매이지 않았으면)
2. 평생 직업 갖기(작가, 강사)

3. 맘껏 여행하기

2020년 12월 29일의 질문 "소원 세 가지는?"

1. 희-집 문제 해결
2. 윤-의대 합격
3. 한-군 생활 멋지게, 건강하게

2016년, 2020년 시간이 지나도 여전히 돈 문제는 어려운 상황이다. 크게 달라진 게 없었다. 그렇게 2020년 12월 31일을 보내면서 짧은 세 줄에 다하지 못한 말을 포스트잇 메모지에 적어 붙여 놨다.

"계획대로 되지 않는 게 인생이라지만 자신감 있게 자존감 잃지 말고 당당하게 나를 말하자"라고. 일기를 쓰기 시작했다. 책을 사면서 사은품으로 받은 노트에 하루의 이야기를 적기 시작했다. 세 줄 보다는 조금 길게 나의 하루를 기록한다는 마음으로. 쓸수록 쓸 말들이 많아지기 시작했다. 주어진 지면이 부족한 날도 생겼다. 그러면 메모지에 적어 붙이면서 지면을 늘려나갔다. 매일 하루하루를 일기장에 꾹꾹 눌러 적었다. 어느새 두툼한 노트 한 권이 완성되었다. 정리되지 않은 일기장이지만 뿌듯했다. 앞으로 살고 싶은 나의 모습을 상상하며, 오늘보다 나은 내일을 꿈꾸게 되었다.

2021년 12월 31일, 「새로운 풍경을 맞이하는 일」이라는 제목으로 일기를 썼다. 겉으로 변화는 보이지 않아도 내 마음은 조금씩 앞으로 나아가고 있는 것이 느껴졌다. 전날 30일에는 코로

나19 부스터샷 3차 예방접종을 했다. 아무것도 하지 말고 쉬라는 딸아이의 말에도 나는 새해맞이를 위한 정리를 했다.

나의 꿈과 목표는 변하지 않았다. 2016년에도 지금도 그대로다. KTX를 타고 내려가면서 책을 읽으려고 했다. 하지만 3시간 꼬박 나는 앉은 자리 그대로 시선만 밖으로 돌렸다. 차창 밖 풍경이 그동안 한 장씩 써왔던 나의 일기장을 넘기듯 그렇게 스치며 지나갔다. 긴꼬리를 달고 달리는 기차를 본다. 2016년 12월 29일의 소원 세 가지 중 하나가 이제 막 시작되고 있었다. 어떻게라도 달라지고 싶어 끄적이기 시작했던 『5년 후 나에게』라는 다이어리와 일기. 해마다 비슷한 내용의 글이 생각났다. 2022년 12월 31일, 일기장 맨 뒤쪽에 「나만의 결실 정리」를 썼다. 그 첫 번째는 마음의 평온을 찾은 것이고, 두 번째는 뭔가를 할 수 있다는 자신감 갖게 되었다고 적었다. 조금씩 다듬어지고 단단해지는 마음이 보였다. 일상의 내 삶이 조금씩 성장하고 있음이 느껴졌다.

변화하고 싶다면 나부터 변해야 한다. 매일 일기를 썼다. 나의 삶은 하나씩 천천히 달라지기 시작했다. 불편한 감정에 좌절과 절망으로 휘청거릴 때가 있었다. 나에 대한 자신이 없었다. 제대로 볼 수 있어야 했다. 내가 무엇을 겁내는지, 무엇이 문제인지 적으며 일기장에 털어놨다. 삶이 보이기 시작했다. "일기는 축복"이었다. 일기를 쓰면서 마음이 편해졌다. 두려움을 극복하며 나를 사랑하게 되었다. 이젠 매일 일기를 쓰며 당당해지고 있다.

나를 믿고 사랑하며, 그 무엇에도 흔들리지 않는 단단한 마음 근육도 생겼다. 매일 일기를 쓴 그 하루하루가 특별한 하루를 만들어 주었다.

2023년 4월 20일 일기장에는 "설렐만한 가능성을 매일 눈앞에 그리며, 지속 가능한 작은 행위의 반복, 그 매일 매일 이루어지는 작은 몸부림. 새로운 희망으로 이 아침을 시작해 본다."라고 쓰고 "설렘으로 두근두근!!"이라고 썼다. 이젠 내가 원하는 것 하나 정도는 미련 없이 해볼 자신감도 생겼다. 확연히 달라진 내가 보였다.

나는 매일 글을 씁니다

1-7.
빼앗긴 내 마음

우승자

열다섯 살, 내 마음을 적은 일기장을 뺏겼다. 어느 날, 담임선생님이 가방 검사를 했다. 지금은 어림없는 일이지만, 70년대만 해도 흔히 있는 일이었다. "가방 안에 있는 책이랑 소지품 다 꺼내서 책상 위에 올려." 선생님 지시에 따라 우리반 친구들은 가방 속에 있는 것들을 주섬주섬 꺼냈다. 책상 위가 수북해졌다. 나도 가방에 있던 책이랑 공책과 소지품을 꺼냈다. 보여주기 싫은 일기장은 가방에 남겨두었다. 하지만 담임은 내 가방을 벌컥 열더니 애지중지 여기던 보물을 가져갔다.

처음 겪은 일기장 도난 사건이다. 눈앞에서 벌어진 일인데도 어린 나는 어쩔 도리가 없었다. 내 일기를 다 읽은 선생님은 교무실로 불렀다. 그때부터 일장 연설이 시작되었다. 하라는 공부는 안 하고 딴생각만 한다며 나를 몰아세웠다. 빼앗긴 일기장을 가득 채운 건 첫사랑에 대한 핑크빛 마음이었다. 사춘기 소녀인 나의 짝사랑 대상은 목사님 아들이다. 교회 오빠에 대해 설레는 마음을 적었다. 일기장에는 누구에게도 말하지 못한 내 마음을 있는 그대로 썼다. 피아노 치는 오빠 모습을 보는 날은 잠을 이루지 못했다. 고등부 언니들과 웃는 모습을 볼 때는 질투심에 불 탔고, 어쩌다 나를 보며 웃어 줄 때는 세상을 다 가진 듯하여 심장이 쿵쾅댔다. 찬송가 부를 때의 목소리, 교회 종 치는 모습 등 작은 행동 하나에도 요동치는 내 마음을 숨김없이 썼다. 현모양처가 되는 내 모습을 상상하기도 했다. 일기장을 낱낱이 읽은 담임은 "웃기고 있네, 목사 사모가 된다고?"라며 비아냥거렸다. "정신 차려, 너를 쳐다보기는 하냐?"라는 비난 앞에서 나는 고개 숙인 채 벌벌 떨며 입술을 깨물었다. '선생님이라고 내 마음까지 다 조종할 권리는 없는 거 아냐?' 씩씩대며 교무실을 나왔다. 두 주먹을 불끈 쥐며 결심했다. '그깟 일기가 뭐라고… 다시는 일기 따위 안 써! 안 쓸 거라고!!'

'참 잘했어요'가 찍힌 초등학교 선생님 도장은 기분 좋았다. 그림일기에서 시작된 일기를 꾸준히 쓸 수 있었던 이유다. 고학년으로 올라가면서 조금씩 긴 일기를 써나갔다. 일기 검사하면서 선생님은 가끔 빨간 볼펜으로 댓글을 달아주기도 했다. 다정하게 말을 걸어주는 듯하고 나를 이해해 주는 것 같아 더 자세히 쓰고 싶었다. 중학생이 되면서 사춘기가 시작되고 생각도 깊어졌다. 누구에게도 말할 수 없는 고민이 생기기 시작했다. 일기장에 터놓고 적었다. 행여 누군가 볼까 걱정되어 자물쇠와 열쇠가 달린 일기장을 사기도 했다. 그때 담임선생님에게 빼앗긴 내 일

나는 매일 글을 씁니다

기장에도 자물쇠는 있었지만 손쉽게 열렸다. 존중받지 못한 마음은 오랫동안 상처로 남았다.

　교사로 생활하면서 학급경영을 위해 모둠 일기를 시작했다. 모둠 구성원들이 함께 쓰는 일기다. 학교에서 일과 중에 있었던 일이나 수업 시간에 배운 내용을 적었다. 일주일에 한 번, 각자 원하는 날에 쓰면 된다. 개인 일기와는 달리 공개가 기본 원칙이다. 학교생활과 수업내용을 공유하는 의미이다. 하루를 마치면 일곱 권의 모둠 일기가 내 손에 들어온다. 무엇을 배웠는지 한눈에 보인다. 아이들 사이에 있었던 소소한 일들도 파악한다. 아이들과의 소통 도구로 최고다. 반에서 일어나고 있는 크고 작은 일들을 알게 되는 징검다리 역할을 해준다.

　우리 반 국어 시간에 보이는 라디오 프로그램을 진행한다고 했다. 재미있고 특별한 이벤트 시간이라 관심이 갔다. 국어 선생님이 만든 라디오 부스는 근사한 스튜디오를 연상하게 했다. 아이들은 각자의 특별한 이야기를 적었다. 아나운서로 뽑힌 아이가 친구들의 사연을 읽었다. 아이들은 자기 사연이 언제 나올지, 친구들 반응은 어떨지 기대하는 모습이었다. 나도 덩달아 몰입하며 사연 속으로 빠져들었다. 아이들의 세세한 감정을 느낄 수 있었다. 친구와 있었던 갈등, 사귀던 이성 친구와 헤어진 일, 엄마와 다투고 토라진 이야기, 고백하지 못해 망설이는 마음 등이 생생했다. 아이들 마음에 공감하는 나를 물끄러미 바라본다. 나의 중학교 시절이 생각나 명치 끝이 아려왔다.

일기는 '신이 내린 축복'이라고 했다. 좋은 건 알겠는데 그렇게까지? 쉽게 받아들여지지 않았다. 나의 글쓰기 선생님은 일기 예찬론자다. 가끔 일기장을 보여주기도 하고 읽어주기도 한다. 매일 같은 분량으로 처음부터 끝까지 한 바닥을 채운다고 했다. 쓸 게 많아도 한 바닥에서 끝나고, 쓸 게 없는 날도 정해진 분량을 채운다고 하는데 묘하게 끌렸다.

열다섯 살 이후 멈춘 일기 쓰기다. 내 마음을 빼앗긴 그날 이후 숨김없이 적는 일이 겁났다. 누군가 일기를 훔쳐볼 것 같은 두려움에 짓눌렸다. 학생들과 모둠 일기를 쓰며 아쉬움을 달래고 있었나? 하는 생각도 들었다. 돌아보니 세 아이가 성장하는 모습을 기억하기 위해 메모했었다. 육아일기라는 이름까지는 붙일 수 없지만, 눈 맞춤, 목 가누기, 뒤집기, 배밀이, 옹알이, 낯가림, 걸음마 등 아이의 성장을 수시로 적었다. 돌 무렵까지 아이의 변화를 적은 기록을 배냇저고리와 함께 간직하고 있다. 쓰고 싶은 욕구, 본능이 꿈틀거리고 있었을까?

책장에 꽂힌 교무수첩을 펴본다. 업무와 관련된 기록이 대부분이다. 중간중간 힘든 마음을 키워드나 짧은 문장으로 툭툭 적은 글자가 보인다. 학생 이름이 적혀 있고 빨간색으로 동그라미를 진하게 하고, 그 옆에 '나는 어찌해야 하나, 아이는 이토록 아픈데, 상담? 여행?'이라고 써놓았다. 몇 장 넘기다 보니 '빌어먹을, 교장이면 다냐고!!' 이런 글도 보인다. 스트레스를 몹시 받았거나 뭔가 부당하다고 생각했던 모양이다. 시험 기간에는 아이들 모습을 스케치해둔 게 눈에 띈다. '성호는 다리를 심하게 떤다, 혜연이는 손톱을 절반쯤 물어뜯었다, 미라는 요점정리를 뚫어지게 본다, 지민이는 엎드려 있고 정수는 여유 있어 보인다……' 등 메모한 게 제법 많다. 체육대회 준비기간에는 예선전에 이겨서 기분 좋다며 들뜬 마음도 보인다. 현장 체험학습 무렵에는 모둠 구성원에 대한 고민이 상세하게 기록되어 있다. 학생들을 지도하기 위해 애쓴 흔적이 살아있다. 소중한 기록이다. 무심코 적어둔 글들 덕분에 온몸에 온기가 돌았다.

초등 시절의 일기, 모둠 일기, 육아 메모, 교무수첩 활용 기록 등 나의 쓰기는 변화를 거듭하며 이어져 왔다. 열다섯 살 그 시간에서 완전히 빠져나오지 못해 일기를 쓰지 않았을 뿐, 쓰는 행위를 멈추지 않고 있었다. 일기라는 단어만 들어도 부담스럽고 손가락이 마비되는 듯했지만, 일기 쓰기의 공포를 이겨 내기 위해 노력하고 있었다. 그런 나에게 박수를 보낸다. 작은 메모들이 새삼 고맙다. 지난날의 기록을 읽어보는 일, 숨 고르기의 시간이기도 하다.

나만의 일기장을 마련했다. 하루에 한 바닥! 매일 쓴다. 그냥 쓴다. 시시콜콜한 일들, 빠짐없이 쓴다. 글쓰기 공부 시작하면서 얻은 최고의 습관이다. 무심코 흘려보냈던 일상이 소중해졌다. 단순한 일기가 아닌 삶을 쓴다는 생각에 이르렀다. 일기는 신이 내린 축복! 나의 글쓰기 선생님은 틀리지 않았다. 축복 가득한 일기, 오늘도 쓴다.

1-8.
일기, 인생을 잇는 말랑말랑한 맛

이영숙

유치원에 갈 시간이다. 아들은 게임에 빠져 있다.

"나, 유치원 가기 싫어, 재미없어!"

컴퓨터 전원을 끄고 세원이 손을 잡고 문을 나섰다. 엘리베이터가 도착했다. 아들은 타지 않는다. 등원 시간이 한참 지났는데도 아들은 느긋하다.

"엄마, 계단으로 가자"

아들과 계단을 내려왔다. 1층에 도착한 세원이는 차에 타지 않으려 했다. 순간 나도 모르게 큰소리를 쳤다.

"세원! 어서 차에 타!"

아들을 차에 태우려는 순간, 핸드폰이 울렸다. 등원이 늦어지자 선생님이 연락을 한 것이다. 유치원 앞에서 기다리고 있겠다며 세원이를 보내달라는 당부였다. 유치원에 도착하자, 선생님은 세원이를 업고 유치원으로 들어갔다.

며칠 후, 선생님과 상담을 했다. 세원이가 친구들과 잘 어울리지 못하고 혼자 놀기를 좋아한다고 말했다. 이에 놀이치료를 추천하셨고, 집에 돌아와 남편과 상의한 후 놀이 센터에 가기로 했다.

놀이치료 가는 날이었다.
"싫어, 가기 싫어, 게임할 거야!" 세원이가 소리쳤다. 아들을 달래야만 했다.
"세원아, 센터에 재미있는 놀이가 많아. 한 번 가보자"
남편이 운전대를 잡자, 아들의 태도는 돌변한다. 세원이는 눈을 반짝였다.
"엄마, 센터 가고 싶어, 어서 가자!" 다시 물었다.
"진짜 가고 싶어?"
"응, 가고 싶어! 아빠도 같이 가줘?" 세원이가 기대에 찬 눈빛으로 남편을 바라봤다.
"가자, 세원아"
남편은 웃으며 말했다.
놀이 수업이 끝나고 선생님은 우리 부모에게 몇 가지 놀이 활동을 소개해 주셨다. 집으로 돌아오자마자, 이불을 펼치고 아들을 이불 위에 눕혔다. 그러고는 김밥처럼 아들을 말아주었다. 세원이는 그 즐거움에 웃음을 멈추지 않았다. 이렇게 놀다 보니 어느새 저녁 시간이 돼버렸다.

배가 고팠던 세원이는 유튜브에서 본 탕후루가 먹고 싶다고 했다. 마트에서 포도와 딸기를 사고, 유튜브를 보며 탕후루를 만들었다. 엄마, 아빠와 함께 활동하는 시간이 늘어나니, 아들의 게임 시간이 줄어들었다.

놀이치료 센터를 다닌 지 6개월 정도 된 어느 날이었다. 수업을 마치고 나오는데 세원이가

"엄마, 나랑 놀이치료 함께 와줘서 기뻐. 고마워"라고 하는 거다. 갑자기 눈물이 쏟아졌다.

6학년이 된 세원이는 이제 아침에 스스로 일어나 계란 프라이를 만들어 먹고 물통을 챙겨 학교로 간다.

아들이 성장한 것처럼, 나 역시 성장했다.

아들이 학교에 가면 책상에 앉는다. 펜을 들고 노트를 펼친다. 아침에 일어나 창문을 열고 들어오는 신선한 공기, 스스로 뭐든 알아서 하는 기특한 아들의 일상을 적는다. 노트는 일기장이 되어 아이들과의 갈등, 남편에 대한 불만, 경제적 어려움을 솔직하게 쓴다.

하루 중 일기를 쓰며 스스로에게 질문하는 시간이 가장 행복하다. 내 마음은 어떤 색인지, 오늘이 생애 마지막 날이라면 어떤 선물을 받고 싶은지, 남편에게 차마 하지 못한 말은 무엇인지, 아이들에게 어떤 말을 듣고 싶은지 등 이런 질문을 통해 삶을 되돌아보게 된다.

삶을 기록하며 일상에 세 가지 변화가 일어났다.

첫째, 아이들에게 '공부해라', '학원가라'는 잔소리가 줄었고 꿈을 지지해 주는 엄마로 변했다.

둘째, 생각과 감정을 효과적으로 표현하는 방법을 알았다. 글쓰기 능력을 통해 다른 사람과 소통하는 능력이 키워졌다.

셋째, 위로하는 시간을 찾았다. 대상포진에 걸린 남편 이야기, 알츠하이머로 기억이 사라지고 계신 시아버지, 자신을 공주로 생각하는 딸, 한 번에 요구르트 일곱 개를 먹고 배탈 난 아들. 집 안 곳곳에 책이 쌓여 발 디딜 틈 없는 우리 집. 아이들과 부모의 마음을 글로 표현하며 평온과 위로를 받았다.

일기 쓰기에 어려움을 느끼고 있다면 다음과 같은 방법을 추천한다. 질문으로 문장 시작하기다. 오늘 내 마음은 어떤 색일까? 내 감정은 몇 점일까? 마음을 날씨로 표현한다면? 내가 만든 벽은 뭘까? 만약 복권 1등에 당첨이 된다면? 내일은 없다. 오늘만 산다면 가장 하 싶은 일은? 등 여러 가지 상황을 질문으로 표현해 그날의 경험과 연결한다. 이 방법은 일기 쓰기의 글감이 필요할 때 또 다른 재미를 준다.

매일 밥만 먹고 살 수 없다. 소고기도 먹고, 뷔페도 가고, 치킨, 탕수육 먹는 재미가 사는 맛이다. 일기 형식을 조금 다르게 설정하면 나만의 특별한 인생 일기가 된다.

일기 쓰는 펜이 마법의 지팡이가 되길 바라며 나는 오늘도 일기장을 펼친다.

아브라카다브라!

나는 매일 글을 씁니다

1-9.
선물 같은 하루

이경숙

말을 잘하고 싶었다. 학원장들 모임에서 자기소개를 하는데 뭐부터 말해야 할지 모르겠단 생각에 막막했기 때문이다. 유튜브에 자기소개 잘하는 방법을 검색해서 들어보기도 했다. 듣다 보니 글을 잘 쓰고 싶어졌다. 왜 잘 쓰고 싶었을까? 말을 횡설수설하는 이유를 알게 되었다. 생각이 정리되지 않아서라고 했다. 하고 싶은 말을 정리하려면 글로 써 보는 것이 먼저라고 생각했다. 그런 이유로 글을 잘 쓰고 싶었다. 장황하고 길게 말을 하고 나면 괜히 얼굴이 빨갛게 됐다. '내가 무슨 말을 했나?' 싶다. 더구나 같은 원장 중에 말을 깔끔하게 잘하는 사람이 있었다. 왜 나는 저 원장처럼 깔끔하게 말하지 못할까? 생각했다. 짧으면서도 딱 떨어지게 말하고 싶었다. 그러려면 우선 글을 잘 써야겠다고 생각했다.

친한 원장에게 물어보았다. 어떻게 하면 글을 잘 쓸 수 있냐고. 매일 쓰면 된다고 했다. 무작정 매일 쓰는 것이 답일까? 쓰는 방법도 모르는데. 매일 꾸준히 쓰면 된다는 얘기는 그냥 모범 답안일 뿐 내게는 먼 얘기 같았다. 매일 바쁘다는 생각에 저녁 퇴근 전에 잠깐 그날 있었던 일을 다이어리에 키워드만 적는 것이 전부였다. 그런 내게 매일 쓰면 글쓰기가 좋아진다고 했다. 어쩌다 마음먹고 글을 써보려 해도 막막했다. 어떻게 하면 글을 잘 쓸 수 있을까? 카톡 단톡방에 글이 많이 올라온다. 읽기는 해도, 뭐라고 댓글을 써야 좋을지 몰라 조용히 있을 때가 많았다. 다행히 친한 사람이 많은 단톡방에서는 나도 가끔 끼어들지만 모르는 사람이 많은 방에서는 그냥 조용히 보기만 했다.

학원 운영을 그만두게 된 후로 글을 잘 쓰고 싶다는 생각을 잊어버렸다. 우연히 자기 계발 시장에 들어왔다. 강사가 되고 싶었다. 늘 학생들을 가르쳤기에 누군가에게 내가 알고 있는 것을 전달하는 게 좋았다. 강사가 되려면 역시나 말을 잘해야 한다. 다시 전에 학원장들 사이에서 말을 잘 못했던 내 모습이 떠올랐다. '내가 잘할 수 있을까?' 하는 생각이 들었다. 강사가 아니면 내가 할 수 있는 일이 없을 것 같은데. 늦었지만 이제부터라도 말을 잘하고 싶었다. 글도 잘 쓰고 싶었다.

어느 날 글쓰기 무료 특강을 듣게 되었다. 그 특강에서 강사는 일기를 쓰면 글을 잘 쓸 수 있다고 얘기했다. 자신도 10년 넘게 일기를 매일 써오고 있다면서 직접 일기장을 보여주기도 했다. '일기를 써봐야 하나?' 하는 생각을 했다. 매일 써야 한다던 친한 원장의 말이 떠올랐다. 일기도 매일 쓰는 거구나 싶었다. 일기는 특별히 형식이 있는 것도 아니고 누구에게 보여주는 것도 아니니까 잘 써야 한다는 강박도 없겠다 싶었다. 꼭 그 강사처럼 하루도 빠짐없이 매일 써야 한다고 생각하지 않아도 될 것 같았다. 나도 일기를 써 볼까? 그 강사는 일기장이라고 고급스러울 필요도 없다고 했다. 그냥 편한 공책이면 된다고 했다. 편한 공책이야 집에도 있었다. 그렇게 마음먹고 며칠 썼다. 의무감이 있는 게 아니어서 쓰다 말다 했다. 내가 정말 말을 잘하고 싶은 사람 맞나 싶었다.

　어느 날 아는 지인이 글쓰기 수업을 같이 듣자고 했다. 글쓰기 수업을 들으면 글을 잘 쓸 수 있겠지 하는 막연한 기대가 생겼다. 글쓰기 수업을 신청했다. 8주 과정인데 별로 신통한 게 없었다. 내가 쓴 글에 대해 조언해주지도 않고, 글 목차를 잡아주지도 않았다. 이론 수업을 하고 글 몇 꼭지만 쓰고 나니 8주가 지났다. 제대로 배우고 싶었다. 새롭게 글쓰기를 배웠다. 수업을 들을 때마다 열심히 써야겠다는 마음이 솟았다. 그런데 수업이 끝나고 줌을 닫으면 언제 그랬냐 싶게 매일 쓰지 못했다. 어느 날 수업 시간에 '매일 쓰기' 힘들면 일기부터 쓰라는 말을 들었다. '그래 인제는 마음 단단히 먹고 매일 일기를 써 보자'라고 다짐했다. 가끔 쓰지 못하는 날은 제목만이라도 적어두고 다음 날 쓰더라도 매일 썼다. 제목만 적어두어도 그때의 감정이 살아나서 쓸 수 있었다.

　그렇게 매일 써 보니 왜 매일 쓰라고 하는지 알 수 있었다. 일기 쓸 거리를 찾으려니 조그마한 사건이나 일이 있어도 더 자세히 보고 세세하게 느끼려고 했다. 평소 같으면 그냥 지나칠 일도 한 번 더 생각하게 되었다. 그때 이렇게 했으면 더 좋았겠구나 하고. 잘못되었던 일도 되짚어 생각했다. 다음에는 그런 실수를 하지 말아야겠다고 다짐하기도 했다. 매일 쓰게 되니 날마다 특별한 날이 되었다. 작은 사건 하나로 하루가 평범하지 않은 날이었다. 왠지 매일 꽉 찬 하루로 사는 기분이었다. 나도 의미 있는 사람인 듯이 느껴졌다. 전에는 말을 할 때도 대충 떠오르는 대로 했다. 쓰다 보니 한번 멈춰서 생각해 보기도 한다. 이전보다 말을 조리 있게 할 수 있다. 갑자기 마이크를 들이대면 여전히 횡설수설하지만, 그 빈도가 좀 줄었다.

학원을 운영하기 전에 학생들을 가르칠 때도 그랬지만, 학원 운영하던 8년간 매일 다이어리에 기록했다. 중요한 일이 많았던 날에는 포스트잇도 붙여가며 썼다. 티켓이나 영수증이 붙어 있기도 하다. 아쉽다. 감정이나 상황 묘사가 없어서 그냥 글자다. 최근에 일기를 쓰면서 느끼게 된다. 작년에 쓰던 일기장을 다 써서 대학노트 같은 일기장을 마련했다. 써야 할 공간이 많아 약간 부담스럽다. 어느 날은 남기기도 했다. 기왕 쓰는데 페이지 끝까지 채워보자는 마음이 생겼다. 그렇게 써보니 글쓰기 연습이 되었다. 앞부분에서 길게 쓰다 보면 뒷부분에 급하게 마무리해야 해서 뒤가 아쉬웠다. 다음에 쓸 때는 분량 안배를 해야겠다고 생각한다.

나는 매일 글을 씁니다

일기를 써놓고 나중에 펼쳐 보니 다름 아닌 나의 역사였다. 짧게 메모처럼 써두었던 다이어리나 메모장 묶음도 많다. 다이어리만도 14권 있다. 메모장 묶음은 A4 용지를 네 등분해 묶은 것만 어지간한 다이어리 열댓 권 이상이다. 키워드만 있어서 지금 펼쳐 보니 아무짝에도 쓸모가 없다. 아깝다. 조금만 더 상세하게 상황이 묘사되어있으면 모두 글감일 텐데. 나의 역사일 텐데.

기분이 좋지 않았던 날도 그대로 적어 보니 내가 보인다. 별거 아닌 것에도 짜증 냈던 내 모습에 미소가 지어지기도 한다. 왜 저렇게 옹졸하게 생각했나 반성하기도 한다. 그런 나를 생각해 보면 다른 사람이 짜증 나게 해도 웃어넘길 수 있다. 항상이라고 말할 수는 없지만, 하루가 선물처럼 느껴진다. 일기를 쓰면서 나를 보면.

인생을 업그레이드 하는 비결 - 3줄 일기

이원용

늘 화가 나 있었다. 화를 누를 방법을 찾지 못해 매일 혼자 술을 마시다 잠들었다. 상상하지 못했던 좌천을 받아들이지도 이해할 수도 없었다. 회사에 충성을 다했던 지난 10년이 허무했다. 하루아침에 사람들의 시선도 달라졌다. 나는 회사에서 인정받았고 동료 중 제일 먼저 임원이 될 가능성도 높았다. 하지만 한 순간 아무도 찾지 않는 사람이 되었다. 나를 더 힘들게 만든 건 그들의 시선과 소문이었다. 소문은 또 다른 소문을 낳았다. 결국 나는 외딴섬에 떨어진 것처럼 혼자가 되었다. 부서도 없었다. 동료도 상사도 없었다. 내게 남은 건 사원증뿐이었다.

나는 2005년 입사를 했다. 벤처 회사로 시작한 회사는 매년 성장하고 있었다. 사람이 많지 않아. 월화수목금금금의 연속이었다. 회사에서 밤새는 날이 많았다. 옷만 갈아 입고 나온 적도 많다. 힘들다는 생각도 많았지만 참고 견뎠다. 눈물 흘린 날도 많았고, 하루에도 몇 번씩 그만두겠다는 생각을 했다. 그러나 금전적인 여유가 없기에 그만둘 수 있는 선택권은 없었다. 하루하루 버티다 보니, 1달, 1년, 3년, 5년이란 시간이 지났다. 그리고 매일 반복되는 야근에 노력이 더해지니 최연소 팀장이 되었다. 그동안의 노력에 대한 보상을 받은 것 같았다. 이후 승승장구했다. 일하는 게 즐거웠고 팀원 한 명 한 명이 생길 때마다 더 즐겁게 일할 수 있었다.

그러던 어느 날 문제가 발생했다. 직장인은 회사의 방침에 따라야 하고 회사의 이익이 되는 방향으로 업무를 해야 한다 생각했다. 하지만 파견을 온 본부장은 그렇지 않았다. 회사의 이익보다 본인의 성과가 중요한 사람이었다. 본사에서 계열사로 파견을 올 때 2년간 파견된다. 2년 후 다시 본사로 복귀를 하는데 대부분 승진하여 복귀하게 된다. 업무 파악도 쉽지 않은 2년간 성과를 낸다는 건 사실 어려운 일이다. 승진이 보장된 그들은 안정성을 추구한다. 그로 인해 의견 충돌이 잦았다. 나는 회사의 이익이 우선이기에 파견된 본부장이 반대를 해도 설득하고 또 설득했다. 그러다 문제가 발생한 그날은 정말 납득할 수 없는 일이 생겼다. 고민 끝에 사장님을 찾아갔다. 이 건을 꼭 진행해야 하는 이유를 설명했다. 그렇게 본부장의 반대에도 불구하고 진행하게 되었다. 그 일로 나는 본부장 눈 밖에 제대로 났다.

그날 이후 나는 본부장의 타겟이 되어 힘든 시간을 보냈다. 팀원의 이력서를 보관하고 있다는 이유로 개인정보위반 징계를 받거나, 팀원 채용에 있어서 불합격 처리한 인원을 나의 팀에 채용하는 등의 복수였다. 그 외 표면적으로 드러나는 불합리한 대우가 많았다. 그렇게 눈엣가시가 되어 좌천을 당하게 되었다. 좌천 이후 내 삶은 바닥에 바닥을 뚫고 지하 어딘가로 향해 가고 있었다. 사람들의 시선은 차가웠고, 소문은 꼬리에 꼬리를 물고 생겨났다. 그럼에도 나는 그만둘 수 없었다. 용기도 없었고, 자신감도 없었다. 가족을 먹여 살려야 한다는 책임감만 남았을 뿐 자존심을 굽히고 회사에 남아 있는 게 유일한 생존 방법 이었다. 회사에서 짤리면 인생의 목적도 그 어떤 것도 가진 게 없는 사람이 된다는 걸 처음 깨닫게 된 시간이었다. 다른 사람들이 출근하기 전에 출근을 했고, 대부분 퇴근한 후에 퇴근하는 삶을 살았지만 나에게 남은 것은 아무것도 없었다. 아니 하나 있었다. 좌천당하고 자존심도 없이 회사를 그만두지 못하는 무능력한 사람이라는 패배감, 그 패배감을 이겨내지 못했다.

그 후 1년간 패배감에 술만 마셨다. 술 없이는 하루도 잠을 제대로 잘 수 없었다. 술을 마시다 술기운에 잠이 들어 아침 8시 30분이 되면 마지못해 회사에 출근했다. 먹고 살 일이 막막했던 나는 월급의 노예였다. 회사에서는 사람들의 시선이 무서워 회사에서는 물 한 방울 먹지 않았다. 내 자리에서 화장실까지 가는 동안 직원들을 마주치는 게 두려웠다. 점심 밥은 당연히 먹지 않았다. 먹고 화장실 가는 게 두려웠기 때문이다. 그렇게 1년을 보냈다. 마지못해 출근했고, 일했다. 고백하면 1년간 술을 마셨던 이유는 죽기 위해서였다. 삶에 의미도 미래도 없다고 생각한 내가 가족에게 해줄 수 있는 방법은 보험금을 지급해주는 것이 최선이라 생각했다. 그러기 위해서는 자살은 할 수 없었다. 못난

나는 매일 글을 씁니다

생각이지만 그게 나의 상황에서 할 수 있는 최선을 방법이라 믿었다. 그렇게 1년의 시간을 보냈지만 변하는 건 없었다. 1년간 살이 10kg이상 불어났다. 외모도 생각도 행동도 많이 바뀌게 되었다. 그러다 우연히 내가 왜 이렇게 힘든 건지, 무엇이 문제인지 생각하다 종이에 하나씩 적어보았다.

처음 쓴 부정적인 생각들

[창피하다] [그 사람 때문이다] [복수하고 싶다] [난 이제 끝났다] [앞으로 어떻게 하지?] [뭘 해야 할까?] [막막하다] [회사 가기 싫다] [사람은 믿은 게 못된다]

부정적인 생각들로만 가득했다. 부정적인 생각들만 매일 적다 보니 적개심이 더 커졌다. 그러다 문득 하나의 깨달음을 얻게 되었다. 직원을 마주치는 걸 무서워했고, 직원들이 내 모습과 반대되는 모습만 본다고 생각했는데 결국 내 자신 역시 그런 관점으로 나를 보고 있구나 하는 깨달음. 그 날 이후 부정적인 생각보다 긍정적인 생각을 적기 시작했다.

부정적인 생각에서 긍정으로 변화

출근하기 싫다   ⇒   출근해서 미래를 위해 책을 읽었다.
그 사람 때문이다   ⇒   그 사람을 설득하기 위해서 어떻게 해야 했을까?

복수하고 싶다   ⇒   내가 그런 사람이 아님을 증명하고 싶다.
난 이제 끝났다   ⇒   이제 내가 할 수 있는 게 무엇이 있을까?

이렇게 부정적인 생각 대신할 수 있는 일을 쓰기 시작했다.

3줄 감정일기로 변화

어제 나는 잠이 오지 않아 술의 도움이 필요했지만, 먹지 않고 잠을 잤다. 덕분에 좋은 컨디션으로 하루를 보낼 수 있었다.

오늘 나는 출근하기 싫은 마음을 달래고 일찍 출근해서 책을 읽고 나에게 필요한 공부를 했다.

어제 보다 나은 오늘을 살고 있는 내가 자랑스럽다.

사람들의 시선이 무섭지만 곧 나는 내 스스로를 증명해 낼 것이다. 나는 할 수 있다.

3줄 일기를 쓰기 시작했다. 처음에는 일기를 쓰는 게 어색하고 힘들지만, 며칠만 지나면 아주 쉬워진다. 우리 뇌가 그렇게 돕는다. 부정적인 생각에서 긍정으로 바꾸는 연습을 하기 위해 3줄 일기를 쓰기 시작했고 감정일기, 감사일기로 이어졌다. 오늘 글을 쓰고 있는 시점인 5월 8일 기준으로 감사일기를 342일간 쓰고 있다. 중간에 끊긴 이후 다시 사람들과 감사일기를 쓰면

나는 매일 글을 씁니다

서 하루를 감사함으로 채우고 있다. 만약 당신이 지금 너무나 힘들고 미래가 불투명하다면 감사일기를 써보자. 처음에는 한줄이라도 좋다. 그 한 줄이 당신의 인생을 변화시켜 준다고 확신한다. 감사일기로 하루가 바뀌었고 그 하루하루가 모여 삶이 변하였다. 내가 삶의 바닥에서 희망을 찾았듯 당신도 감사일기를 통해 희망과 더 나은 내일을 찾길 바란다.

너는 멋진 친구였어

이은설

2004년부터 다이어리를 썼다. 자이언트 책 쓰기 수업 시간에 대학 노트 한쪽 일기를 말씀하셨다. 노트 한쪽 일기를 쓰고 싶었다. 마음뿐이었다. 엄두가 나지 않았다. 차일 피일 미뤘다. 대학 노트 한쪽 매일 일기 쓰기가 만만치 않아 보였기 때문이다. 6개월이 지나도록 실행을 하지 못하고 있었다. 늘 머릿속으로 해야지 생각만 했다. 다이소를 갔다. 대학 노트 중 85매짜리 두껍지 않은 노트 한 권을 구했다. 며칠 쓰다가 그만둘까 봐 두려웠기 때문이다.

대학 노트 한쪽 분량의 일기를 쓰는 것이 처음에는 어려웠다. 습관이 되지 않았기 때문이다. 하루 일을 마치고 고단한 날은 일기 쓰기가 미루어지기도 했다. 어쩌다 일기를 못 쓰는 날은 사부님이 무서운 얼굴로 야단치는 소리가 들리는 듯했다. 저녁에 엄청 고단하거나 잠이 쏟아지는 날은 할 수 없이 이튿날 새벽에 쓰기도 했다. 절대 미루면 안 된다고 하셨지만, 그렇게라도 써야 했다. 미루지 않기 위해 새벽에 일기를 몇 줄 쓰기도 했다. 아예 새벽에 쓰는 날은 미룰 일이 없어서 좋았다 처음에는 쓸 거리가 없을 때도 있었다. 쓰다 보니 횡설수설하면서 썼다. 술에 취한 것도 아닌데 중언부언하기도 했다. 그래도 나 혼자 보는 것이기에 그냥 묵묵히 썼다. 22년 2월 25일부터 시작했다. 일주일을 쓰고 한 달을 쓰고 나니 쓸 수 있을 것 같았다. 8월 31일까지 한 권을 썼다. 한 권을 다 쓰고 나니 약간의 자신감이 생겼다. 새 일기장은 170매 되는 두꺼운 노트를 구해서 쓰고 있다. 출퇴근하면서 느낀 일, 문득 떠오른 일, 근무하면서 겪은 일, 특히 억울하거나 하소연하고 싶은 일 등으로 채운다. 중요한 내용이나 기록으로 남길 만한 것은 노란 색연필로 표시를 했다. 실수를 하지 않아야 할 부분은 빨간 볼펜으로 표시를 해두기도 했다. 다이어리 내용을 자세히 알고 싶을 때 일기장을 찾아보기도 한다. 자세히 기록된 날도 있고 그렇지 못한 날도 있다.

중학교 2학년 때로 기억한다. 술에 취한 아버지가 나에게 야단을 쳤다. 무슨 일이었는지 생각나지 않지만, 서러워서 많이 울었다. 눈물을 뚝뚝 흘리면서 노트에 휘갈겨 썼다. 눈물 자국이 서너 방울 찍힌 노트에 뭐라고 막 썼는데 마지막에 내가 커서 돈을 벌면 아버지한테는 절대로 용돈을 한 푼도 주지 않겠다고 적었다. 울면서 쓰고 나니 가슴이 후련했다. 마음 터놓는 친구도 없었고, 자매도 없었다. 종이와 연필만 있으면 억울하고 서러운 일 뭐든지 이야기 할 수 있어서 좋았다. 누가 가르쳐주지도 알려 주지도 않았지만, 혼자 쓰면서 어려움을 마주했던 것 같다. 아마 그때부터 쓰는 것을 좋아했던 것 같다. 공책과 연필이 나의 어설 픈 친구가 되어 주었기 때문이다.

 팔목이 엄청 아팠다. 무거운 청소기를 매일 돌렸다. 아픈 것 은 당연한 일이었다. 며칠을 견뎠다. 나아질 기미가 보이지 않았 다. 이 댁 일을 그만두어야 하나 갈등이 생겼다. 센터장과 상담 했다. 팔목 보호대를 구하라고 했다. 4월 25일 그날은 오른손이 얼마나 아픈지 볼펜을 잡고 제대로 쓸 수가 없었다. 그래도 일기 를 써야 했다. 볼펜을 힘주어 잡을 수가 없었다. 어설프게 잡은 펜으로 글씨를 제대로 쓸 수 없었다. 매일 손목이 이렇게 아프 면 글씨를 쓰지 못할 수도 있을 것 같았다. 작가는 늘 손을 조심 해야 한다고 하셨는데. 은근히 걱정되기도 했다. 나만 알아볼 수 있게 글씨를 휘갈겨 썼다. 진통소염제를 며칠 동안 먹었다. 팔목 보호대를 하고 장갑을 끼고 청소기를 돌렸다. 다행히 사나흘이 지나니 조금씩 나았다. 한 쪽 일기 쓰기 아직 부족하고 모자란 다. 관계없다. 내 일기장을 남들이 보는 것이 아니다. 남과의 비 교가 아닌 어제의 나 자신과의 비교다. 어제보다 나은 오늘의 내 가 되면 되는 것이다.

 사부님은 "기록으로 남긴 날은 나에게 의미 있게 남아 있지만, 기록이 되지 않는 날은 무의미한 날이다."라고 시간이 될 때마 다 강조하셨다. 지금 퇴고하고 있는 글도 요양보호사를 하면서

나는 매일 글을 씁니다

적은 일기장을 보고 초고를 썼던 글이다. 형식이나 요건에 상관없이 나의 하루를 기록으로 남기는 것이 중요하다. 일기는 잘 쓰고 못 쓰는 것이 중요한 것이 아니다. 나의 하루가 기록으로 남아 있느냐 사라지느냐가 관건이다. 손에 잡힐 수 없는 하루가 일기장에 차곡차곡 쌓이는 것이다. 일기장을 넘기다 보면 자기 계발을 하면서 수업한 내용, 미용실 갔던 이야기, 잠실 교보 사인회 갔던 이야기, 공저 출간하면서 있었던 에피소드 입사지원서 작성한 이야기, 게으름을 부리고 스스로 반성한 이야기가 적혀 있다. 내 일기지만, 그때는 그랬었지. 그동안의 이야기가 한곳에 모여 있다는 것이 신박하다. 쓸 때는 그냥 생각 없이 하루 일만 적었을 뿐이다. 별것 아닌 이야기들이 모여 별것이 되는 세상이다. 별것이 되지 않더라도 삶을 기록하기 위해서는 하루가 기록되어야 한다. 무조건 하루만 쓰자. 하루를 쓰다 보면 일주일이 되고 한 달이 된다. 한두 달이 쌓이면 일 년이 될 수 있었다. 시작은 하루였다. 하루를 기록하고 나를 돌아보며 꾸준히 매일 기록하면 된다.

"시작이 반이다." 그냥 시작했다. 하다 보니 여기까지 올 수 있었다. 언제까지 뭘 하겠다는 것이 아니라, 그냥 꾸준히 하는 것이다. 일과를 마치고 공책을 펴면 하고 싶은 말을 거침없이 쏟아낸다. 내 이야기 잘 들어 주는 친구 하나 만난 지 일 년 남짓 되었다. 비밀을 지켜주는 친구에게 내가 하고 싶은 말을 한다. 친구는 내 이야기를 묵묵히 들어 준다. 나에게 잔소리도 하지 않고 반론을 펴지도 않는다. 그냥 내가 하는 대로 입을 다물고 보고 있을 뿐이다. 이 친구가 좋다. 무슨 말이든 할 수 있다. 비밀이 탄로 날 일도 없다. 화가 나면 고함을 치르고, 억울하고 분하면 원망도 풀어 놓는다. 그날 있었던 일을 조곤조곤 설명하기도 한다. 그냥 들어 주어서 좋다. 근무하면서 하지 못한 이야기를 이 친구에게는 마음대로 할 수 있어서 다행이다. 마음속에 울분을 쓰고 나면 속이 시원하기도 했다. 일이 잘 풀리지 않아 속상하고 억울할 때 이 친구 하나 있어 견딜 만했다. 가만히 일기장을 만져본다. 너는 나의 멋진 친구였지. 그동안 고마웠어. 앞으로도 잘 부탁해.

나는 매일 글을 씁니다

1-12.
나의 가장 친한 친구, 일기장

이은정

　　　초등학교때부터 일기를 써 오고 있습니다. 일상에 대해 글을 쓰는 것은 단순한 취미 이상입니다. 일기는 주치의이자, 가장 친한 친구입니다. 모든 것을 알고 있습니다. 나의 희망, 꿈, 두려움, 실패, 부끄러운 순간, 노이로제 등 있는 그대로 모든 걸 쏟아부었으니까요.

　　처음 일기를 쓰기 시작했을 때, 두 얼굴의 나를 보았습니다. 하나는 삶이 신나고 즐거워 마주하는 것들이 주는 신비롭고 경이로움에 감탄하는 감성 충만한 소녀입니다. 또 다른 모습은 분노가 많고 그것을 표현할 출구가 충분하지 않은 십대 사춘기 소녀였지요. 떠오르는 생각과 고민을 부모님이나 친구들에게 이야기하는 게 너무 두려웠나 봅니다. 그래서 분출 방법으로 공책을 선택했습니다. 처음에는 낯설었습니다. 나를 가혹하게 판단할 것만 같았지요. 보이지 않는 누군가에게 내 속마음을 들키는 게 불편했나 봅니다. 하지만 일기를 쓸수록 솔직할 수 있고, 충분히 안전한 공간임을 깨달았습니다. 자연스레 불편하고 두려운 마음으로부터 해방되었습니다.

　나에 대해 잘 안다고 생각했습니다. 착각이었습니다. 나름대로는 스트레스 관리를 꽤 잘한다고 생각했어요. 가면 쓰고 아등바등 살아내는 나를 발견하기 전까지. 일이 잘못되면 짜증부터 내고 초조해졌으며, 진정하기까지 몇 시간 또는 며칠이 걸렸습니다. 해야 할 일이 많거나, 통제할 수 없는 상황을 마주하면, 거절은 커녕 도움 요청도 못하는 어리석은 나를 보았습니다. 많은 일을 혼자 떠안은 채, 나에게 스트레스를 허락한 것이지요. 헛웃음이 났습니다. 철저하게 변형된 스트레스 볼로 무장한 나를 보았거든요. 일기장에 썼습니다. '스트레스에 지배당하지 말자.' 스트레스를 일으키는 요인, 스트레스 받으면 나타나는 패턴들을 적어보았습니다. 스트레스에 압도당하면 일단 휴식을 취하기로 했습니다. 도움이 필요하면 요청하거나 위임하겠노라 마음먹었습니다. 일기장에 고백하고 다짐한 것들은 점점 스트레스를 관리해 주었습니다. 아뿔싸! 그것이 끝이 아니었습니다. 두통이나 죽음, 또는 무엇인가에 압도당하면 일을 미루거나 아예 손을 놔버리는 것입니다. 그러면 더 많은 스트레스와 불안으로 확대되었지요. 결국 아무것도 하지 않겠다며 금촉(禁觸)을 선언합니다. 나를 가두고 세상과 단절합니다.

　떠오르는 감정을 썼습니다. 매일 나에게 말을 걸었습니다. 어느 날, 나를 방해하는 행동과 사고의 패턴들이 보였습니다. 그동

　나는 매일 글을 씁니다

안 감정 관리와 문제 해결에 꽤 능숙하다며 자만했던 것이지요. 일기를 매일 쓰면서 강점과 약점을 이해하게 되었습니다. 이제는 약점을 극복하면서 더 나은 나를 발견하는 과정에 있습니다. 생각과 감정과 행동을 성찰하며 반복되는 패턴을 자각합니다. 스트레스도 건강하게 관리하고 있습니다. 단언컨대, 일기는 알아차림의 유용한 도구입니다.

　수첩이든, 메모장이든, 노트든, 그동안 써 온 일기가 내 삶을 긍정적으로 바라보게 한 건 분명한 사실입니다. 생각, 감정, 아이디어를 추적하고, 나의 목표와 열망을 상기시켜주는 개인 비서입니다. 가장 좋았던 건, 부끄러운 순간에 대해 글을 써도 말대꾸하거나 판단하지 않는다는 사실입니다.

　첫째, 매일 일기를 쓰면 떠오르는 아이디어를 정리할 수 있습니다. 오만가지 생각에 압도되어 밤을 지샌 적이 많습니다. 편두통약을 처방받았습니다. 해결되지는 않았지요. 어느 날, 공책을 펼치고 앉아서 글을 쓰기 시작했습니다. 머릿속이 정돈되는 느낌이었습니다. 아하! 내 생각을 적어두고, 그것들을 연결하고, 새로운 관점에서 다시 보기를 반복하였습니다. 마치 내가 정리의 여신 곤도 마리에(Marie Kondo)가 된 것 같았지요. 『정리의 힘』의 저자인 곤도 마리에는 '집 안을 정리하면 자신의 사고방식과 삶의 방식, 나아가 인생까지 극적으로 달라진다.'라고 강조했습니다. 내 생각을 작은 노트 안에 기록하며, 생각을 정리하는 축복을 경험한 것이지요. 결국 불면도 점차 사라졌습니다.

　둘째, 매일 쓰는 일기는 내 삶을 추적할 수 있습니다. 초등학교 시절 농장에 가기 싫어서 꾀병부리다 일 마친 후 맛있는 외식을 할 때의 과정이든, 중고등학교 시절 친구들과의 추억 이야기든, 아이를 임신 했을 때 태아 일기부터 육아일기를 쓴 과정이든, 초중고 학생 대상 프로젝트를 진행하는 과정이든, 대학을 입학하고 박사학위 받을 때까지의 과정이든, 종양을 진단받고 힘든 시간을 이겨내려고 노력하는 지금의 상황이든. 일기장을 들춰보니 내 여정에 얼마나 멀리 왔는지 알 수 있습니다. 빛바랜 일기장부터 삐쭉빼쭉 보이는 메모장들을 모은 묶음 종이, 여러 종류의 다이어리, 그리고 지금의 노트들을 보니 입가에 미소가 번집니다. 나의 성장과 발전을 시각적으로 상기시켜주니 뿌듯하고 성취감에 감회가 새롭습니다.

셋째, 일기를 쓰면 스트레스가 관리되고 기분이 조절됩니다. 처음에는 일, 가족, 그리고 개인적인 책임에 대한 요구 사항을 탐색하면서, 지치고 현실에 압도당할까 두려웠습니다. 떠오르는 생각과 감정을 손에 잡히는 무엇인가에 끄적거리는 나를 발견했습니다. 어느새 긴장이 풀리고 평안한 마음이 들더니, 다른 관점으로 해석하고 있습니다. 충분히 그럴 수 있지! 암. 불안하거나 슬프거나 압도당할 때면 일기장을 꺼내 듭니다. 다양한 감정을 쏟아내는 최고의 공간입니다. 때로는 나를 괴롭히는 모든 의식의 흐름에 대해 호언장담을 하고, 어떤 때에는 나를 행복하게 만드는 것들을 낙서하거나 목록을 만들기도 합니다. 어느 쪽이든, 나를 기분 좋게 만드는 자기관리의 한 형태입니다.

어느새 일기는 일상이 되었습니다. 나의 생각과 감정을 반영하여 아이디어를 정리합니다. 삶의 전 과정을 추적하고 스트레

　　　　　　　　나는 매일 글을 씁니다

스를 관리하니 매 순간 즐거움과 마주합니다. 단언컨대, 이것이 일기를 매일 쓰는 충분한 이유입니다!

수년에 걸쳐 기록해 왔습니다. 여행의 경험과 모험을 기록하는 것부터 부정적이든 긍정적이든 감정 처리에 이르기까지 모든 것을 보관해 둔 쉼터가 되었습니다. 평범한 것부터 심오한 것까지, 그리고 그 사이의 모든 것에 대해 글을 써 왔습니다. 주말에 농장 가기 싫어 꾀병 부린 일, 성적과 친구에 대한 고민, 선생님에 대한 짝사랑, 첫 키스, 첫 이별, 첫 직업, 그리고 나의 첫 실존적 위기 등 그날 떠오르는 것을 썼습니다. 그리고 목표, 후회, 선택과 갈등, 미래에 대한 희망에 대한 글도 적었습니다. 내 일기장은 최고와 최악의 나의 모습을 담고 있습니다. 결코 나를 판단하지 않는 충직한 친구처럼 나를 위해 여전히 함께합니다. 사람들이 소소한 일상의 경험을 글로 쓰고, 그것과 평생 친구가 되는 데 디딤돌이 되었으면 좋겠습니다. 돌이켜보니, 매일 일기를 쓰면서 배운 것이 있습니다. 내 삶이 치유가 되었고, 카타르시스를 경험했으며, 심지어 들춰보는 재미도 있다는 사실입니다. 이제, 오십이 되었지만 매일 일기를 씁니다. 모닝저널이라는 이름으로. 아침에 눈 뜨자마자 그 순간, 떠오르는 감정과 생각을 끄적거리기도 하고, 다른 사람들과의 상호 작용을 기록하기도 합니다. 한 페이지를 다 쓰고 나면, 나와 타인에 대해 더 큰 공감과 이해를 선물 받습니다. 마주하는 것들과 지금보다 더 충만한 소통을 하리라 다짐합니다. 단단하고 만족스러운 관계를 지속 할 수 있는 나름의 힘을 장착합니다.

일기를 쓰는 것은 사소한 숙제가 아닙니다. 축제이자 축복입니다. 새로운 관계를 시작하는 마음입니다. 누군가 처음 만나면 서로를 알게 되어 기쁩니다. 때로는 무엇을 말해야 할지 감이 잡히지 않을 수도 있습니다. 관심사나 취미를 가볍게 나누면서 서로를 알아가지요. 일기도 마찬가지입니다. 작게 시작하면 됩니다. 단순한 것부터 쓰면 됩니다. 아침 식사 풍경, 오늘 나를 웃게 만든 것, 갖고 싶거나 아끼는 것, 좋아하는 노래나 시도 좋습니다. 기쁨과 위안을 줄 때, 반대로 스트레스를 받을 때 일기장에 쏟아내면 모든 걱정을 내려놓을 수 있습니다. 어느새 나의 가장 친한 친구인 것처럼. 나의 일기장을 열게 될 것이고, 그것들 없이 어떻게 살았는지 궁금해질 것입니다. 왜냐면, 일기장은 나를 판단하지 않고 그냥 앉아서 귀를 기울여 들어줄 것이니까요. 생각만 해도 신나고 기대됩니다. 내 생각과 감정으로 채울 수 있는 나의 친구가 있으니까!

1-13.
오후 두 시의 일기, 쓰기의 시작

정가주

"아. 오늘 또 뭐 써?"

일기를 써야 하는 아들이 나에게 물었다. 학교에서 일기 쓰기에 대해 배우는 모양이었다. 어떻게 쓰는지는 배웠을 텐데. 책상에 앉아 딴짓만 하며 못쓰겠다고 했다. 세 줄만 쓰면 되는데 시작도 하기 전에 짜증만 내다니. 결국은 나랑 그날 축구 시합을 했던 일에 대해 이야기하고 쓰기 시작했다.

2021. 10. 7
오늘은 축구 시합을 했다. 나는 골을 못 넣었다. 유찬이 공이 들어가서 우리 팀이 이겼다. 재미있었다.

아들은 그날 후반전에 들어가 잠깐 뛰었다. 체력도 좋고 달리기도 잘하는 친구들을 부러워했다. '난 축구를 못 해' 시무룩하게 말하는 아들의 모습을 보니 마음이 아팠다. 재밌었다고 썼지만, 사실은 속상한 마음이 컸던 아이였다. 아들이 좀 더 커서 일기를 쓴다면 아마 그런 속마음도 털어놓겠지 생각한다. 화나고 불안했던 마음을 쓰면서 진짜 감정을 마주하는 시간이 필요할 테니까. 초등학생 때 방학 숙제로 그림일기 숙제를 한 적이 있다. 일주일 치를 몰아 쓰느라 머리를 쥐어짰다. 그림도 그리느라 팔이 아팠다. 크레파스가 묻은 손가락으로 한꺼번에 쓰니 흰 종이 여기저기 얼룩이 졌다. 가짜 일기니 내 마음을 그대로 기록했을 리 없었다. 날씨도, 느낌도 지어서 썼다. 어렸을 때부터 '일기는 꼭 써야 한다.'라는 말을 많이 듣고 자랐다. 하지만 숙제로 내는 일기는 재미없었다. 딸도 투덜거렸다. 솔직하게 쓰고 싶은데 선생님이 보는 게 싫다고. 맞는 말이다. 일기는 혼자만 보는 글이다. 남을 위해 일기를 쓰지 않는다. 글을 쓰는 목적이나 의도 없이 오로지 '나'만 생각하며 쓴다. 그래서 좋다. 이것저것 머리 굴리지 않아도 되는 가장 편한 글쓰기이다. 하지만 일기를 쓰려면 내 마음을 가만히 들여다볼 시간이 필요하다.

일기는 혼자만의 시간에 쓴다. 집에 혼자 있는 시간은 많지 않지만, 하루 중 잠깐이라도 고요한 시간을 내기 위해 애쓴다. 밤 10시쯤이면 엄마로서의 일상도 마무리된다. 엄마에서 내가 되는 순간이다. 스탠드를 켜고 책상에 앉으면 마음이 고요해진다. 따뜻한 차도 마시고 좋아하는 양초도 가끔 켜 놓는다. 나만의 작은 의식이다. 낮에 읽던 책도 다시 들춰보고 오늘 했던 일과 매

나는 매일 글을 씁니다

일 지켜야 하는 루틴도 돌아본다. 마음에 걸렸던 일, 기억하고 싶은 순간도 기록한다. 하루를 기억하며 내일을 계획하기도 한다. 한동안 습관 노트를 쓴 적이 있다. 물 1.5ℓ 마시기, 메모 글쓰기, 영양제 챙겨 먹기, 10분 요가처럼 나에게 도움이 되는 일과를 적어 하나씩 체크했다. 꼭 해야 하는 일부터 자잘한 일까지 다이어리에 적어놓고 하나씩 지워나가면 무언가 해냈다는 성취감에 기분이 좋아진다.

블로그 이웃이 오후 세 시의 일기를 쓰는 걸 봤다. 오후 세 시에 알람을 맞춰두고 3시에 하는 일, 생각과 감정, 만나는 사람들에 대해서 써서 올렸다. 어디에서든 3시가 되면 블로그 앱을 켜고 쓰는 모습을 상상했다. 나도 따라 하고 싶어졌다. 둘째가 낮잠 자는 시간, 딸이 유치원에서 돌아오기 전 '오후 두 시'에 알람을 맞춰두고 쓰기 시작했다. 오후 두 시의 일기였다. 휴대전화 메모장을 켜거나 블로그에 사진 한 장과 함께 몇 줄 썼다. 아이가 어릴 때는 하루 5분, 10분 짬을 내어 기록하는 것도 힘들었지만 매일 몇 줄이라도 쓰면 마음이 든든해졌다. 별일 없이 지나가는 비슷한 일상이지만 뭐라도 남기고 싶어 읽고 있는 책 이야기도 쓰고, 살림, 육아 이야기도 썼다. 그때 일기를 쓰면서 알게 되었다. 소소한 일상도 쓰면 특별해진다고. 매일 같은 오후 두 시는 없었다. 어느 날은 〈그리스인 조르바〉를 읽고 짧게 단상을 적었고, 또 어떤 날은 청귤청을 담으며 썼다. 아이를 유모차에 태우고 집 앞을 산책하고, 혼자 커피를 마시고, 친구와 오랜만에 만났던 오후 두 시의 일상을 기록했다. 하루가 차곡차곡 쌓여 나만의 이야기가 쌓였다. 글로 남겨진 그때의 이야기를 가끔 읽는다. 내 하루가 이렇게 예뻤다니! 쓰지 않으면 잊혀질 순간들이 빛나는 글감이 된다. 일기로 에세이 한 편을 쓸 수도 있다. 내가 뭘 좋아하고 어떤 것을 소중하게 여기는지 쓰고 나면 보인다.

일기를 쓰면 내 진짜 감정도 만나게 된다. 남에게 보이기 싫은 내 못난 마음도 털어놓고 속상한 마음도 뱉어놓는다. 감정을 표현하는 데 서툴렀다. 혼자 속으로만 끙끙 앓았다. 그러다가 한순간 폭발해서 무너졌다. 참고 사는 게 속 편하다고 생각했는데 그게 아니었다. 누구에게도 말하지 못했던 감정을 혼자 공책에 쓰면서 마음을 풀어냈다. 일어나자마자 책상에 앉아 머리에 떠오르는 생각을 쓴다. 반쪽도 쓰고 세 장도 쓴다. 속이 부글부글하면 길어진다. 글씨도 날아간다. 그래도 내 감정을 글로 쓰면서 나에 대해 생각하는 시간이 많아졌다. 쌓여있던 감정의 찌꺼기를 하나둘 덜어내니 내가 원하고 바라는 것들이 선명해졌다. 감정에 휘둘리며 이리저리 끌려다니는 삶이 싫어 쓰기 시작했는데 앞으로 하고 싶은 일도 적고 꿈 일기도 쓰기 시작했다. 정해진 틀은 없다. 그날 나의 기분에 따라 쓰고 싶은 것을 쓴다. 분량과 형식도 자유다. 누가 뭐라 할 것도 아니고 어휘나 문법에 신경 쓸 필요도 없다.

5년 동안 쓸 수 있는 다이어리를 선물 받았다. 상자를 열어보니 하늘색 표지에 제법 두툼한 속지가 달려있다. 올해부터 앞으로 5년 동안 매일 쓰면 해는 바뀌어도 같은 달, 같은 날에 뭘 썼

나는 매일 글을 씁니다

는지 한 번에 알 수 있는 일기장이다. 오늘 써야 내년에도 그다음 해에도 쓸 수 있으니 게으름 피우지 않아야 한다. 지금 내 일기장에는 새로운 다짐들로 가득하다. 올해 안에 책 한 권 쓰기, 나만의 서재 갖기, 온라인으로 글쓰기 강의하기 등. 일기는 매일의 습관과 태도, 일상을 잘 살아가겠다는 의지의 글쓰기이다. 눈에 보이는 것보다 내 마음속 일을 보살피는 하루의 기록. 일기를 쓸 이유는 많아도 쓰지 않을 이유는 없다.

1-14.
나이 들수록 일기를 써야 하는 이유

정성희

       나이 들수록 일기를 써야겠다는 필요성을 느
낀다. 어제의 일도 기록으로 남기지 않으면 휘발되고 말기 때문
이다. 하물며 몇 년 전 몇십 년 전 있었던 그날을 기억하기란 쉽
지 않다.

  지난가을, 30년 만에 한 친구와 연락이 닿았다. 그동안 나를
간절히 찾고 있었다고 한다. 다른 동창을 통해 내 연락처를 알
게 된 친구는 곧바로 만나자고 했다. 한강이 바라보이는 현대백
화점 12층 식당가에서 친구가 비싼 스테이크를 사주었다. "그날
밥 먹고 가라고 붙잡지도 못했다. 그렇게 널 보내놓고 얼마나 마
음 아팠는지 몰라." 이제야 가슴에 얹힌 체증이 내려가는 것 같
다며 눈물 글썽한 표정으로 말했다. 세상에나, 밥 한 끼를 사주
려고 30년 동안 나를 찾았다니. 그야말로 구리 료헤이의 '우동

                          나는 매일 글을 씁니다

한 그릇'만큼이나 진한 감동 스토리가 아닐 수 없다.

"그런 일이 있었어?" 기가 막힌 건 내 머릿속에 지우개라도 지나갔나 싶게 전혀 기억해내질 못한다는 거였다. 부둥켜안고 한바탕 회포라도 풀 요량이었던 친구만 머쓱해져 버렸다. 스테이크를 씹는 둥 마는 둥 내 머릿속은 뭔가 호응할 단서 찾느라 바쁘기만 했다. 시부모를 모시고 살던 친구는 매일 세 끼 식사 시간을 엄격히 지켜야 했다고 한다. 친구의 첫아이가 태어난 지 7개월 정도였을 때 내가 인형을 사 들고 그 집에 놀러 갔다는 것이다. 곧 점심때가 되었고 친구는 어른들 눈치 보느라 안절부절못했다고 한다. 아마도 은연중 가라는 신호를 보냈을 터다. 절친 정도는 아닌 여고 동창이었는데 나는 어찌 갔을까. 천호대로 횡단보도 하나 건너면 되는 지척에 마주 보고 살았으니 가능했던 것 같다. 그 시절, 나는 결혼 3년 차였고 이상하게 아이가 안 생겼다. 당시 난임전문병원으로 유명한 차산부인과에 시험관아기 시술하러 다니던 시점이었을 거다. 친구는 그러한 상황도 염두에 두었지 않나 유추해 본다.

나에게 밥 한 끼 먹고 안 먹고가 그렇게 중요했을까. 그 집 대문을 나오며 서른 살 나는 어떤 기분이었을까. 그날의 일기장이 있었더라면!

일기를 쓴 후로 인생이 좋아졌다는 자이언트 북 컨설팅 이은대 대표는 '왜 일기를 써야 하는지' 수업 시간마다 목청 높여 강조한다. 일기를 쓰면서 삶에 대한 목적과 의미를 되새겼다고 한다. 10여 년간 써온 노트를 펼쳐 보여주기도 한다. 그럴 때마다 입증할 게 없는 내 결과물에 절로 쫄아들었다. 실패만 하고 살았던 지질한 과거가 일기를 쓰지 않아서였을까. 정곡을 찔린 것 같아 자괴감이 들었다. 성공한 사람들의 공통된 루틴. 일기 쓰기가 성장의 촉매제였음을 여실히 느낀다.

104세에 접어든 김형석 교수의 일상을 우연히 보게 되었다. 정해진 시간에 기상하고 아침 식사는 과일, 야채, 계란 등으로 간단하게 드셨다. 강의 스케줄이 안 잡힌 시간에는 뒷산을 오르며 운동을 한다. 규칙적인 시간관리가 건강을 유지하는 비결인 것 같았다. 저녁에는 독서를 하고, 잠자리 들기 전에 일기 쓰는 걸 끝으로 하루를 마무리하였다. 빽빽하게 채워진 노트가 인상적이었다. 무심코 보던 중 한 가지 특이한 점이 포착되었다. 작년 일기와 재작년 일기를 꺼내 놓는 모습이었다. 작년의 오늘과 재작년의 오늘을 펼치며 현재의 '오늘'과 비교해 보는 습관이 평생 몸에 배신듯하였다. "사람은 새로워져야 합니다. 나 자신이 변화하기 위해 과거를 아는 것이 좋아 일기를 씁니다. 그때의 나보다 지금의 나는 얼마나 새로워졌는지를 확인합니다." 백 세 어르신이 하루도 빼지 않고 성찰의 시간을 가지는 모습에 경건함을 느꼈다. 철학의 대가답게 배울 점이 많았다. 기록하는 습관이 장수의 비결이지 않을까 싶다. 그런 루틴을 50년 동안 지켜오고 있는 104세의 노장 앞에 어떤 핑계가 통할까.

일기를 쓰면 창의성이 길러진다고 한다. 창의성은 다양한 자기만의 글쓰기 스타일로 발전할 수 있다. 그 외에도 장점은 많다. 감정을 정리함으로써 스트레스 해소에도 도움이 된다. 언제든 꺼내 볼 수 있는 추억창고이며 내가 누구인지를 상기시켜 준다. 기억력 향상에 좋다니 치매 걱정 미룰 수 있을 것이다.

일기를 잘 쓰면 글쓰기 실력도 는다고 한다. 중언부언 죄다 쓰려하지 말고 딱 한 가지 주제만 가져오는 게 좋다. 부감하듯 나를 관찰해 보자. 그러면 하루를 요약하는 힘도 길러진다. 작년에 켈리 최가 진행하는 줌 워크숍에 참여한 적이 있다. 그때 프로그램 중 영화감독 입장에서 바라보기가 있었다. 죽음을 상상하는 체험도 했다. 교통사고 현장에서 사망한 나의 육신을 담담히 내려다보는 독특한 경험이었다. 감정을 배제한 채 나를 객관적으로 바라볼 수 있는 유용한 방법인 것 같았다. 그러한 부감 기법을 일기 쓰기에 적용하기로 했다. 일기 쓰는 습관을 길들이면 여타 글쓰기에도 탄력이 붙을 것이다.

김형석 교수는 펜을 손에 쥐고 한자씩 꾹꾹 눌러쓰셨다. 손으로 글씨를 쓰면 소근육 발달에 도움이 된다고 한다. 좌뇌와 우뇌에 골고루 자극을 주니 치매 예방도 될 것 같다. 나처럼 인생 2막을 사는 시니어들은 더욱 손글씨로 쓰는 게 바람직할 것 같다.

일기는 매일 쓰는 걸 원칙으로 한다. 그동안 나는 숙제하기 싫은 청개구리처럼 그런 틀을 거부하며 살았다. 얽매이지 않겠다는 말은 귀찮고 게으르다는 고백이나 마찬가지였다. 스마트폰이든 노트북이든 되는대로 두서없이 메모하는 편이었다. 그런데 나이 들수록 손글씨로 써야 좋다는 말에 정신 번쩍 들었다. 성공한 많은 사람들이 손글씨를 강조하고 권하는 데는 다 그럴만한 이유가 있을 거란 생각도 들었다. 손글씨로 쓰면 뇌반응이 달라지고 치매예방에 도움 된다지 않던가. 악필을 핑계로 손글씨 쓰는 걸 누구보다 싫어했지만, 이젠 그 고집 내려놓기로 했다. 필체 따위 뭐 그리 대수롭겠는가. 그냥 쓰는 것이다. 쓰다 보면 글 근육도 붙고 필력도 생기리라. 그동안 블로그에 불규칙적으로 썼던 일기 습관을 종이노트에 손글씨로 쓰는 훈련하고 있다.

일기를 쓴다는 건 누구를 위해서가 아니라, 오롯이 나 자신을 위한 행위이다. 혹여 다 풀어내지 못한 이야기를 안고 이 세상 떠난다면 얼마나 발길 무겁고 후회스러울 것인가. 오늘의 나는, 어제보다 또 작년의 그날보다 얼마나 새로워졌는가! 따박따박 일기 쓰며 되짚어 볼일이다.

일기를 쓰니 하루를 스캔하듯 차분히 명상해 보게 된다. 오늘 일기에는 고향 요양병원에 있는 친구와 통화한 이야기를 남겼다. 신장암 수술하고 7개월째 병석에 있는 중이라 걱정되었다. 암 2기 진단받고 수술하면 곧 나아질 줄 알았는데 지금은 뼈에 전이가 되었다고 한다. 친구의 건강 회복을 간절히 기원하는 마음을 기록했다.

나는 매일 글을 씁니다

쏜살같이 흘러간 젊음을 뒤로하고 서있다. '지금 이 순간의 인생보다 더 좋은 것은 없다.'라는 말이 떠오른다. 살아있는 지금을 오롯이 즐기고 맛보기 위해 일기 쓰기가 최고인 것 같다.

항상 일기의 첫 줄은 "오늘도 수고했어."라고 나를 칭찬하는 멘트를 적기로 했다. 그리고 마지막 줄은 감사로 마무리한다. 10년 동안 감사일기 써서 효과 보았다는 오프라 윈프리를 애써 따라 하지 않더라도, 매 순간 감사하는 마음이 절로 드는 나이인가 보다. '오늘도 편안히 숨 쉴 수 있고 자유로이 걸어 다닐 수 있어서 감사합니다.' 매사 감사하게 생각하니 가난한 일상도 그저 행복하다.

나를 바라보고 조각하는 시간

최서연

일기를 쓴 지 1,300일이 넘었다. 초등학교 다닐 때 선생님 도장을 받기 위해 일기를 쓰기도 했다. 중고등학교 때는 학업의 스트레스를 풀기 위해 문구점에 가서 다이어리를 샀다. 며칠 적다 말았다. 죽고 못 사는 친구와 우정일기도 썼다. 성인, 정확히 월급을 받는 처지가 되고서부터는 그나마도 접었다. 돌이켜보면 충분히 시간이 있었을 텐데 불안한 미래를 술로 풀기 바빴다. 다행히 고등학교 시절 썼던 일기를 버리지 않아서 가끔 그때의 나를 만나는 행운을 누리고 있다.

1996. 6. 6. (토)

5월부터 하기로 한 외식이다. 드디어 오늘 먹게 되었다. 피자 먹으면서 싫어하는 애들 흉을 봤는데, 세상에 그 아이들이 거기 있다니! 가슴이 철렁하더군!

오늘의 교훈: 다른 사람 흉볼 땐 주위를 둘러보자.

친한 친구 두 명과 함께 충장로 베니스 피자집에서 외식하다가 있었던 일을 적었다. 좋아하는 선생님 이야기, 싫어하는 반 아이 흉보기, 친구들과 돈을 모아 충장로 시내에서 외식하는 재미로 살았다. 거의 삼십 년이 되어가지만, 기록했기 때문에 기억을 떠올릴 수 있다. 오늘의 교훈까지 적은 고등학교 1학년 최서연이 대단해 보이기도 하지만 지금의 나라면 다른 사람 흉을 볼 때 주변을 둘러보지 않고, 웬만하면 그런 일을 만들지 않을 것이다.

어떤 어른이 되고 싶은지, 무엇으로 먹고살지를 걱정했던 글도 있다. 내가 무엇을 할 수 있을까 보다는 남 탓만 했다. 서른 중반이 돼서 자기 계발을 시작했다. 자기 계발서를 보면 대부분 성공한 사람들은 일기를 쓴다고 했다. 책장에 꽂혀있는 빈 노트를 꺼내서 일기를 쓰기 시작했다. 주로 밤에 썼다. 어렸을 때 그렇게 배웠으니까 말이다. 피곤해서 못 쓰는 날도 많았다. 나를 힘들게 했던 직장 상사, 무시했던 동료 이야기로 일기를 쓰다 보면 데스노트처럼 변했다.

감정을 쏟아내고 좋아지는 것이 아니라, 부정적인 생각에 꼬리를 물고 다시 내 신세를 한탄했다. 이렇게 살아서 뭐 하나 싶어 울기도 했고, 밤에 술도 마셨다. 일기를 쓸 필요가 있을까 싶었을 때 팀 페리스의 『타이탄의 도구들』 책을 읽었다. 하루의 시작과 끝, 아침과 저녁에 두 번의 일기를 쓴다고 했다. 거기에는 감사내용도 포함됐다. 책에 나온 내용을 참고해서 마인드맵으로 만들어 일기를 적어보기 시작했다.

아침에 써야 할 내용은 〈내가 감사하게 여기는 것, 오늘을 기분 좋게 만드는 것, 오늘의 다짐〉이다. 5분 정도 걸린다. 저녁에는 〈오늘 있었던 굉장한 일 3가지, 오늘을 어떻게 더 좋은 날로 만들었나?〉를 적는다. 이 내용으로 양식지를 만들어 300일을 썼다. 시간은 2년이 걸렸다. 즉, 2년 중에서 1년도 제대로 쓰지 못했다. 나처럼 일기를 쓰고 싶은데 어떻게 써야 할지 모르거나, 습관 만들기가 필요한 사람이 있을 거라는 생각이 들었다. 가벼운 마음으로 블로그에 감사일기 30일 프로젝트 글을 올렸다. 내가 만든 속지를 출력해서 보내주고, 30일 동안 감사일기를 같이 쓰는 비용은 1만 원으로 정했다. 나와 같은 사람이 30명이나 있었다. 통장에는 30만 원이 입금됐고, 속지를 출력해서 그들에게 보냈다. 일기를 쓰면서 돈까지 벌게 되다니! 그전에도 강의하면서 돈은 벌었지만, 모임 운영은 새로운 경험이었다. 매달 일기를 출력하는 어려움이 있어서 프로젝트를 시작한 지 1년이 넘었을 때 직접 노트를 제작해서 시중에도 판매를 시작했다. 감사일기는 7,000부 이상 팔렸다. 일 년에 두 번 정도는 중고등학교에서 대량으로 주문이 들어왔다.

"무엇을 써야 할지 막막했는데, 내용대로 쓰면 되니 좋아요."
"하루를 어떻게 보내야 할지 생각해 볼 수 있어서 도움이 돼요."
"아이와 함께 쓸 수 있어서 좋아요."

나는 매일 글을 씁니다

감사 인사가 담긴 리뷰를 볼 때마다 감사일기를 쓰길 잘했고, 모임도 꾸리고 제품을 만들길 잘했다고 생각한다. 지금은 감사일기 회원 중 한 분에게 리더를 위임하고 5년째 모임이 유지 중이다.

〈책먹는여자의 감사일기 형식〉

아침 - 오늘 아침 기분은 어떤가요? 감사하게 생각하는 것은 무엇인가요? 이루고 싶은 꿈 하나를 적어보세요. 오늘 가장 중요한 일은 무엇인가요?

저녁 - 오늘 내가 가장 잘한 일은 무엇인가요? 오늘 감사했던 사람은 무엇인가요?

참가자들의 피드백을 받아 개선하면서 온전한 제품이 된 것은 2년 전이다. 일기를 쓰면서 나를 돌아보고 하루를 계획한다. 하루의 마무리도 감사로 끝난다. 5년 전과 나는 달라졌다. 내가 원하는 모습에 가까워졌다. 어떻게 살고 싶은지 기록한다. 그런 모습이 되기 위해 오늘 하루를 계획하고 실행했다. 조각과 같다. 예술가의 머릿속에는 어떤 작품을 조각할지 이미 구상이 됐다. 이제 그가 할 일은 매일 끌과 정을 들고 돌을 깎는 것뿐이다. 나에게 끌과 정은 일기다. 매일 나를 조각하며 더 멋진 삶으로 데려다줄 일기를 쓴다.

2부

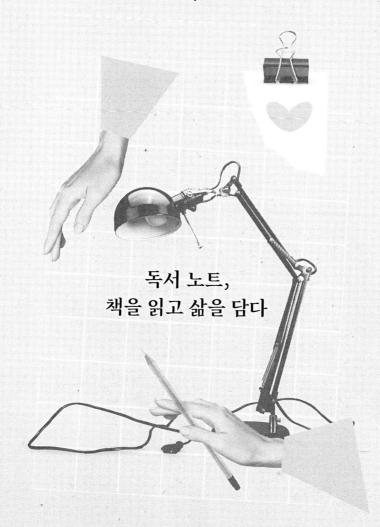

독서 노트,
책을 읽고 삶을 담다

2-1.
입력 대비 출력

김선황

코로나 기간에 독서 모임 수가 늘었다. 매주 모임과 격주 모임이 섞여 있다. 화요일에는 새벽, 오전, 밤까지 세 번 독서 모임 할 때도 있다. 그리스로마 신화, 고전문학, 스테디셀러, 철학사, 철학, 미술사 등 장르가 다양해 읽는 맛이 있다. 책 분량을 나눠서 읽기에, 매일 읽어야 한다. 주간 일정에 따라, 주말에 미리 읽어둬야 할 때도 있다. 내가 리더인 역사 독서 모임은 여러 번 읽고 분석해 강의 자료를 준비한다. 나는 스스로 '하루살이'라고 한다. 매일 읽어야 할 책이 달라, 하루 전날 촌각을 다투는 일이 허다하기 때문이다.

다양한 독서모임을 하면,

첫째, 수업에 도움이 된다. 독서논술 수업을 할 때도, 국어 수업을 할 때도 유용하다. 모의고사 지문에 오이디푸스와 세이렌이 등장했다. 문제 풀어주면서 그리스로마 신화에 나오는 인물이라며 배경까지 얘기해 주었다. 인문-예술 지문에는 플라톤, 아리스토텔레스가 자주 나온다. 과학 지문에서는 갈릴레이, 케플러, 뉴턴, 아인슈타인이 단골이다. 철학이 융합된 지문을 어디서든 만날 수 있다.

둘째, 읽은 책을 권할 수 있다. 책을 추천해달라는 요구를 자주 받는다. 신간 도서도 중요하지만, 분야별 필수 고전을 먼저 추천한다. 읽지 않고 추천하기는 힘들다. 내가 읽었거나 현재 읽고 있으면 학생들이 흥미가 돋을 정도만 간단히 설명해 준다. 수업 중 아이들이 흐트러질 때도 책에 대한 얘기를 한다. 당장 아니더라도 언제고 책을 쉽게 잡았으면 하는 마음에서다.

셋째, 꼬리에 꼬리를 무는 독서가 가능하다. 즐겁게 읽은 책은 그 뿌리가 궁금하다. 관련 내용을 깊게 알고 싶을 때도 있다. 한 독서 모임의 경우 대략 6개월 분량의 도서 목록이 정해져 있지만, 꼭 읽어야 할 책이 생기면 중간에 끼워 넣는다. 각자 책을 추천하기도 하고, 추천받기도 한다. 그래서 독서모임을 마치고 나면 읽을 책이 더 늘어난다. 집단 지성이 발휘되는 시간이다.

넷째, 구메구메 독서량이 쌓인다. '구메구메'는 순우리말이다. '남모르게 틈틈이'라는 뜻이다. '구메구메'를 발음하면 느리지만 꾸준함이 느껴진다. 어감이 좋아서 블로그 주제어로 쓴다. 독서는 시간과 인내심이 요구된다. 시간을 정해두지 않으면 핑계가

나는 매일 글을 씁니다

생긴다. 날씨가 화창해서, 습해서, 머리가 아파서 등 책을 읽지 못하는 이유는 많다. 자발적 독서 장치를 하면 독서량이 쌓인다.

지식이든 감동이든 깨달음이든 독서를 통한 입력은 부지런히 하는 편이다. 반면 입력 대비 출력은 지나치게 부족하다. 책장 한쪽을 채울 만큼 글쓰기 관련 책이 많은 것을 보면 쓰기에 대한 열망은 분명히 있다. 그런데 잘 쓰지 않는다. 두려움이 앞서는 탓이다. 불특정 다수의 비평을 감당할 자신이 없다. 서평단에 신청해서 드문드문 서평을 써보기도 했다. 여유가 있을 때만 글을 썼다. 한동안 쓰지 않다가 서평 쓰는 모임 '천무'에 참여하면서 독서 노트를 작성하기 시작했다. 온라인으로만 가끔 기록한 게 다였는데, 노트에 쓰도록 권유 받았다. 모처럼 펜을 쥐니 설렜다. 어떻게 쓰나.

블로그에 서평을 남길 때는 특별한 형식이 없었다. 작가 소개로 시작하기도 하고, 기억에 남는 구절을 발췌해 올리고 싶은 분량을 올렸다. 거기에 내 경험과 연관된 것이 있으면 쓰고, 문장에서 느낀 감동을 썼었다. 지금은 서평 쓰는 모임에서 제시한 기본 양식대로 쓴다. 책에 대해 한 문장으로 요약을 한 뒤, 기억에 남는 구절 딱 세 곳만 적는다. 고른 이유도 기록한다. 그리고 독후 감상을 적는다. '나의 어록'을 쓰는 부분도 있다. 가장 마음에 드는 문장을 골라내 말로 바꾸는 어록을 만드는 것은 아직 서툴다. 독서 노트를 작성하고 온라인에 동시 발행하면 서평이 마무리된다.

서평 쓰는 모임에 참여하면서 이것저것 나름의 방법을 시도한다. 보통의 토론 모임을 할 때는 노트를 사용하지 않았다. 적을 만한 게 있으면 책 한 귀퉁이 아무 곳이나 기록했었다. 미리 작성하지 않고 모임에 참여하면, 듣는 순간에 내 생각과 타인의 의견이 섞인다. 시간이 지나면 특별한 경우를 제외하고는 생각의 고유성은 사라진다. 봇물 같았던 감정의 흐름도 메말라 버릴 때가 많다. 순간적으로 떠오른 신선한 의견을 적어두지 않았더니, 나중에 아무리 생각해도 기억이 나지 않았다. '그때 그 의견 좋았는데' 하는 감정만 남아 있다.

서평 모임을 통해 얻은 노하우가 있다. 노트 양쪽을 다 이용하는 것이다. 처음에는 독서 기록을 왼쪽에 작성하고 오른쪽은 비워둔다. 수십 명의 작가들이 서평 모임에 참석해 소모임에서 각자 읽은 부분을 공유한다. 독서 노트를 작성해서 1차 생각을 정리하고, 오른쪽에 소모임실에서 나눈 이야기들을 작가 이름 옆에 적어두니 생각의 흐름이 보였다. 책의 인용 부분 쪽수를 기록하고, 모임 후 찾아보았다. 내 생각과 일치하는 부분도 신기하고, 내가 그냥 지나간 부분을 짚어 주는 것도 놀랍다. 늘 먹는 음식을 색다르게 먹는 방법을 알게 되었다고 할까? 블로그에 서평을 발행한 뒤 노트를 보면 급하게 쓴 낙서장인가 싶다. 두 시간을 집중한 흔적에 뿌듯해진다. 마냥 정갈한 기록보다 산만한 글씨에 더 정이 간다.

입력과 출력은 비대칭 상태다. 읽는 속도를 쓰는 속도가 따라 잡으려면 쓰기 시간을 더 늘려야 한다. 쓰기 욕심이 생길수록 그동안 흘려보냈던 생각의 단편들이 아쉽다. 하지만 앞으로도 책을 꾸준히 읽을 것이고 성실하게 쓸 텐데, 무슨 걱정이랴. 미래의 나를 믿는다. 나만의 독서 노트 역사는 이미 시작되었다!

2-2.
읽고 쓰는 삶

김은정

어느 때보다 삶이 풍요로워졌다. 복권에 당첨된 것도 아니고, 돈벼락을 맞은 것은 더더욱 아니다. 읽고 쓰는 삶을 통해 일상이 달라졌을 뿐이다. 변한 일상 덕분에 삶에 더 감사하게 되었다. 살아있는 게 고통인 삶이었는데, 살아있는 자체가 축복이라 여기게 되었다.

독서와 거리가 먼 삶이었다. 불행한 어린 시절 독서는 사치였다. 일기장에 죽고 싶다는 말을 도배하며 간신히 버티던 어린 시절이었다. 책을 볼 여유가 나에게는 없었다. 성인이 돼서도 마찬가지였다. 대학을 졸업하고 사회에 나왔지만, 그 삶 또한 만만치 않았다. 열정으로 도전한 만큼 실패 또한 상처가 컸다. 젊음으로 다시 일어나 도전하고 또 넘어졌다. 일어나고 넘어지기를 반복하던 시기였다. 독서가 들어올 틈이 전혀 없었다. 이쯤 되면 이

나는 매일 글을 씁니다

번 생은 책과 인연 맺기는 어려울 것 같은 분위기였다.

아이러니하게도 쫄딱 망했을 때 책을 만났다. 두 번째 죽음의 고비를 맞이할 때, 삶에 아무 미련이 없을 때 우연히 독서를 만났다. 약속 시간 30분 전, 시간이나 때울 생각에 서점으로 향했다. 처음 가 본 대형서점이었다. 입구에 들어선 순간, 서점 내부가 환해졌다. 큰 서점에 오로지 나와 수많은 책만 존재했다. 강한 빛에 이끌려 안으로 들어갔다. 30대 초반 나의 생존 독서는 그렇게 시작되었다. 육아하는 동안에는 독서가 들쑥날쑥 이였다. 여러 상황에 이끌려 마흔 넘어 폭풍 독서를 경험했다. 덕분에 삶의 터닝 포인트를 맞이했다. 그리고 지금은 평생 독서를 실천 중이다.

육아하는 동안 자기 계발로 유일하게 할 수 있는 일이 독서였다. 하지만 독서가 습관이 안 된 사람인지라 강제성을 부여하고 싶었다. 그래서 도전한 것이 100일에 33권 읽기였다. 읽기만 하는 독서는 의미가 없다는 것을 깨달았다. 시간이 지나면 책 내용이 가물가물했다. 심할 때는 읽었던 책인 것조차 알아보지 못할 때가 있었다. 휘발성 독서를 하고 싶지 않아 기록하기 시작했다. 독서 노트를 마련했다. 책 제목, 저자, 출판사, 읽은 날짜를 기본으로 썼다. 읽게 된 배경, 책 내용, 느낀 점, 삶에 적용하고 싶은 점 들을 기록했다. 33권을 읽는 동안 책 읽기와 서평 쓰는 것을 병행했다. 학교 다닐 때는 독후감이 숙제여서 억지로 썼던 기억만 있다. 어른이 돼서 자발적으로 하는 모습이 스스로 신기하기도 했다. 늦은 육아로 몸도 마음도 지쳐있는 시기였지만, 스스로 하고자 하니 실천으로 옮겨지는 것 같다.

지금은 서평 쓰는 게 일상이다. 그냥 무조건 하는 일이다. 책을 읽고 서평을 쓴다고 해서 밥이 나오는 것도 아니고 돈이 나오는 것도 아니다. 누구에게 검사받아야 하는 일도 아니다. 기한에 맞춰 제출하는 일도 아니다. 어떠한 강제성도 없다. 그저 스스로 책을 읽고 서평을 쓸 뿐이다. 가장 큰 이유는 휘발성 독서를 하고 싶지 않기 때문이다.

서평을 써보면 알겠지만, 장점이 많다. 크게 다섯 가지를 뽑는다면 다음과 같다. 첫째, 서평을 쓰면서 책 내용을 한 번 더 정리해 볼 수 있다. 둘째, 책을 읽고 느낀 점이나 깨달은 점을 통해 생각 정리를 해볼 수 있다. 셋째, 휘발성 독서를 지양하다 보니 나의 독서 역사가 쌓여간다. 넷째, 저자의 생각이나 메시지를 그대로 받아들이지 않게 된다. 즉, 나의 언어와 생각으로 재해석하는 연습을 하게 된다. 마지막으로, 글쓰기 연습에 도움이 된다는 사실이다.

한 달에 적게는 다섯 번, 많게는 여덟 번의 독서 모임이 있다. 이 말은 한 달 독서량이 최소 5권에서 최대 8권 이상은 된다는 의미이다. 물론, 내가 운영하는 독서 모임과 참여하는 독서 모임의 준비 강도는 다르지만, 전체적으로 봤을 때 결코 적은 양이 아니다. 『거북이 독서 혁명』에서 말했듯이 독서 불치병이 있는

나는 매일 글을 씁니다

내가 정말 일취월장했다. 읽고 쓰는 노력이 쌓인 덕분이다. 독서도 하다 보니 좋아졌다. 더 많이 하게 되었다. 서평도 계속 쓰니 처음보다 훨씬 수월해졌다. 가장 큰 변화는 부담감이 줄었다.

처음 서평을 쓸 때는 노트를 택했다. 육아가 한창이었기에 컴퓨터를 켜는 자체가 일이었다. 아이가 자는 틈에 책을 읽고 기록해야 했기에 아날로그가 편했다. 어디를 가든 책 한 권과 노트 한 권 챙기는 것은 어렵지 않았다. 그때는 개인 독서여서 기간이 자유로웠다. 지금처럼 한 달에 몇 권 읽는 생활이 전혀 아니었기 때문에 가능했다.

본격적으로 책을 읽고 서평을 쓰고자 했을 때 고민이 생겼다. 예전처럼 독서 노트를 마련할 것인지, 블로그에 서평 코너를 만들 것인지 갈등이 되었다. 이럴 때는 둘 다 해보고 나에게 맞는 방법을 선택하는 것이 최선이다. 노트 한 권을 새로 준비해서 기록해보았다. 두 가지 문제점이 발견되었다. 속도가 너무 느렸다. 다섯 권 읽으면 한 권의 서평이 완성될까, 말까였다. 다음으로 내 글씨에 받는 스트레스가 갈수록 커졌다. 신경 쓰지 않으면 글씨가 엉망이었다. 그러다 보니 잘 쓰려고 노력하게 되고, 속도는 더 느려졌다.

직접 손으로 쓴 독서 노트의 장점은 알지만, 나는 키보드를 택했다. 많은 책을 읽으면서 독서 노트를 지속할 자신이 없었기 때문이다. 온라인 서평이 정착될 때까지 두 방법에서 갈팡질팡 했지만, 지금은 모든 서평은 워드로 쓰고 있다. 에버노트나 한글 파일에 기록을 하든, 블로그 포스팅으로 남기든 모든 책의 서평은 키보드를 두드리고 있다. 덕분에 여러 권의 책을 읽고 생각 정리하는 것을 이어가고 있다. 각 방법의 장단점도 중요하지만, 지속할 수 있는 원동력은 나에게 맞는 방법을 선택하는 것이다.

독서 노트와 온라인 서평보다 중요한 것은 읽고 쓰는 것이다. 매일 책을 읽고, 책 내용을 정리하고 내 생각으로 살을 부쳐보는 일이 핵심이다. 거북이 독서 주인공인 내가 경험한 후 주변에 읽고 쓰는 삶을 권하고 있다. 꾸준히 하면 책 읽는 힘이 길러진다. 어려운 독서도 할 수 있게 되는 비법이다. 또한, 생각 정리를 위해 쓰는 과정이 사고를 확장 시킨다. 깊어지는 사고 속에 성장한다. 삶이 풍요로워질 수밖에 없다. 앞으로도 읽고 쓰는 삶을 지속하고 나눌 것이다.

나는 매일 글을 씁니다

2-3.
독서 노트가 답이다

나선화

독서하고 글 쓰는 삶 살고 있다. 불과 3년 전만 해도 생각하지도 못했다. 사는 게 바쁘다는 핑계로 독서는 먼 나라 이야기던 내가 지금은 매일 독서를 한다. 자이언트 북 컨설팅에 들어와서 책부터 쓰려고 했다. 쓸 수가 없었다. 내 앎이 좁고 얕았다. 글을 쓰겠다고 덤비지 않았다면, 내 상태를 모르고 살았을 것이다. 직업이 내담자의 이야기를 듣고 함께 해결해 나가는 심리상담가였으니 어느 정도 공부 그릇은 되는 줄 알았다. 착각이었다. 금방 들통이 났다. 얼굴이 붉어졌다. 부끄러웠다.

찾으면 길이 보인다. 독서동아리에 가입했다. '급시우'라는 일요모임이다. 아침 7시 30분에 시작해서 9시까지 진행된다. 독서모임 덕분에 자기 계발서를 읽게 되었고, 인문, 철학, 문학 등 다양한 책을 접할 기회가 생겼다.

독서력도 키워야 커진다. 처음에는 책의 한 챕터, 혹은 절반쯤 읽기도 버거웠다. 그러다가 무라카미 하루키 소설 『1Q84』
을 읽을 차례가 왔다. 『1Q84』는 3권으로 이루어졌는데 1권이
거의 650쪽에 달한다. 무라카미 하루키 소설의 힘 덕분이었겠
지만, 3일 만에 1권을 읽어냈다. 그 책을 읽은 후로 독서동아리
에서 진행하는 책을 거의 읽을 수 있게 되었다. 나도 모르는 사
이에 독서 근력이 조금씩 붙고 있었던 거다. 독서 노트를 쓰기
까지는 하루키 소설을 읽은 후에도 6개월의 시간이 더 필요했
지만 말이다.

2022년 1월, 자이언트 북 컨설팅 이은대 작가가 진행하는 독
서 모임 '천하무적'의 줄임말, '천무'가 출범했다. 독서 모임이지
만, 독서 노트 쓰기, 소모임에 6~7명의 작가가 모여서 골라낸 문
장 나누기, 독서 노트를 기반으로 즉석 서평 쓰기까지 진행한다.
이은대 작가가 호명하면 시작하는 말과 마치는 말을 즉석에서
해야 한다. 작가들이 처음에는 시킬까 봐 고개도 못 들었는데,
나중에는 준비된 사람처럼 잘 해낸다. 작가들의 성장을 보며 나
도 성장한다.
　천무 첫 모임이 공지되었다. 설레는 마음으로 추천 책을 주문
했는데 안 오는 거다. 며칠을 기다리다가 알라딘에 접속했다. 전
자책으로 잘못 주문한 것이었다. 난감했다. 책이란 모름지기 손
으로 만져가며 읽어야 한다고 생각하지만, 안 읽는 것보다는 전
자책이라도 읽고 참석해야 했다. 『인생을 바라보는 안목』을 전
자책으로 읽었다. 밑줄을 그을 수도 없고 접을 수도 없고 메모도
할 수 없었다. 노트에 메모하며 읽었다.

　나는 매일 글을 씁니다

천무 시간. 이은대 작가는 책 제목과 저자를 소개한 후 바로 독서 노트를 작성하게 했다. 머리털 나고 처음 독서 노트를 쓰는 역사적인 날이었다. 한 줄 평, 3개 문장, 독후 감상, 나만의 어록 순으로 빠르게 진행했다. 수강생들은 다들 혼이 나간 듯 보였다. 내 머리에도 지진이 났다. 전자책을 구매하다 보니 종이책과 페이지도 달랐다. 우물쭈물할 시간이 없다. 이가 없으면 잇몸으로 버티는 법. 따라갈 수밖에 없다.

소모임 시간이 나를 구했다. 같은 책을 읽었는데 소모임에 있는 작가들 밑줄 친 곳이 대부분 다르다. 나와 생각이 같을 때는 반가움으로, 다른 이야기를 들을 때는 호기심으로 듣는다. 책이 풍성해졌다. 한 권을 읽었을 뿐인데 여러 권을 읽는 느낌이다. 독서 노트를 먼저 작성하고 이야기를 나누니 산으로 갈 염려 없고 대화가 막힘없이 이어진다. 독서 노트 위력에 감탄한다.

다음 단계는 네이버 블로그에 접속해서 서평 쓰기를 했다. 서평 쓰기도 독서 노트를 보면서 하니 수월하다. 처음 서평 쓸 때는, 발행 버튼을 누르라고 이은대 작가가 소리치자 손이 떨리고 가슴이 두근두근해서 차마 누르지 못했다. 결국 다음날 발행했다. 그래도 서평 쓰기까지 얼떨결에 한 것이다. 한번 하고 나니 독서 노트 작성도 서평 쓰기도 훨씬 수월해졌다. 독서 노트 근력도 붙어가고 있다.

작년에 '천무'에서 읽은 책만 24권. 한 달에 2권씩이다. 일요일 '급시우' 독서 모임까지 하면, 한 달에 최소 6권의 책을 만난다. 다 읽는 책도 읽고 끝까지 못 읽고 모임에 참석하기도 하지만 6권의 책 속에서 6명의 멘토를 만나는 것은 항상 가슴 설레는 일이다.

책장에 '천무'에서 읽은 책과 '급시우'에서 읽은 도서가 빼곡히 꽂혀 있다. 분명 다 읽었는데 낯선 책이 보인다. '내가 읽은 거 맞아?' 고개를 갸우뚱거리며 독서 노트를 펼쳐본다. 읽은 거 맞는다고 독서 노트가 말해준다. 아무리 감동적으로 독서하고 밑줄을 그어도 돌아서면 잊어버린다. 소설은 그나마 줄거리나 결말은 기억이 나지만, 자기 계발서는 좋다고 밑줄 쳐 놓고도 다음 장 읽다 보면 앞장이 생각나지 않는다. 머리를 쥐어뜯고 싶다.

늦은 나이에 독서와 글쓰기를 알았다. 지나간 세월을 되돌릴 수도 없다. 후회보다 이제라도 독서하고 글 쓰는 삶을 살아갈 수 있는 것을 다행으로 여긴다. 이제는 독서를 할 때 독서 노트를 옆에 두고 읽는다. 그렇게 나의 독서력과 독서 역사가 만들어져 간다.

최근에 이은대 작가에게 '렉처 독서법'에 대해서 배웠다. 시각화를 이용해서 독서 노트를 만들 수 있다. 뒤통수를 한 대 세게 얻어맞은 것처럼 신선했다. '렉처 독서법' 뿐만 아니라 '메모 독서법', '마인드맵', '킬러 리딩 독서 노트' 작성하는 법도 배웠다. 공부하면서 어쩌면 사람의 수만큼 다양한 독서 노트가 존재하리라는 생각이 들었다.

독서 노트는 왜 쓰는가? 책의 내용을 오래 기억하고 싶은 이유다. 왜 오래 기억하고 싶은가. 지금보다 나은 삶을 살기 위해서

나는 매일 글을 씁니다

다. 책은 사람이 만들지만, 책 속에 길이 있다. 내가 가고자 하는 방향을 분명하게 알려준다. 독서를 많이 하면 삶의 지혜가 생긴다. 어떤 일에도 흔들리지 않는 멘탈이 생긴다.

앎이란 머리로 아는 것이 아니라 몸으로 실천해서 삶에 적용해야 진짜 아는 것이다. 공부를 한 후 72시간이 지나도록 행동하지 않으면 그 행동을 할 가능성이 일 퍼센트로 떨어진다. 독서하고 독서 노트 적는 것이 삶을 적용하는 데 있어서 첫 번째 해야 할 일이다.

공부하고 적용하면 어제보다 오늘이, 오늘보다 내일이 더 나은 삶을 살게 되는 것은 확실하다. 거인의 어깨에 올라서 세상을 본다. 이미 개척해 준 사람들 덕분에 나는 수월하게 성장할 수 있으니 얼마나 행운인가.

내 인생도 하나의 책이다. 책의 주인공은 나다. 우주에서 단 한 명. 쉰일곱 해를 살았으니 굽이굽이 많은 이야기가 있다. 기록하지 않아서 대부분을 날려버렸다. 특히 먹고 사느라 바빠서 육아에 대해 기록을 하지 못한 것이 지금도 아쉽다. 기록하지 않으면 어느새 오 년, 십 년이 훅 지나간다. 그동안 내가 무엇을 했는지 큰 사건은 기억이 나지만 엊그제 일도 기억이 가물가물하다. 인간은 망각의 동물이다. 망각은 축복이자 저주다. 망각이 축복으로 바뀌려면 오직 기록하는 수밖에 없다. 기록만이 내 인생을 살아낸 흔적을 남길 수 있는 유일한 방법이다. 내 인생의 책도 기록하고 오늘 읽은 책도 기록하자. 독서 노트가 답이다. 오늘은 렉처 독서를 한 후에 독서 노트를 만들어 봐야겠다.

팬데믹과 독서 노트 덕분

민주란

책을 작정하고 읽은 지 3년. MKYU(Mi Kyung & Your Universiry) 열정 대학생이 되면서 독서 모임에 참여했다. 그동안 사 모았던 책, 읽고 싶은 책, 책 타이틀은 익숙하지만 내용이 무엇인지 모르는 책들을 팬데믹 덕분에 시간이 생겨 읽을 수 있게 되었다. 이번 기회에 얼마나 책을 읽을 수 있는지 배틀을 하듯이 읽었다. 그동안 읽지 못했던 한을 풀듯이.

옴파로스 북클럽. 매달 한 권의 책을 읽고 마지막 주 수요일 책의 내용을 나누는 북클럽이다. MKYU에서 미국 서부에 있는 멤버들이 모였다. 평점을 적는다. 별 다섯 개 중 몇 개를 주고 싶은지. 한 줄 평을 적는다. 책을 요약하는 한 줄, 또는 읽고 나서 하고픈 말 한 줄. 함께 나누고 싶을 만큼 좋았던 구절 3~4개. 그리고 나만의 질문 서너 가지. 한 줄 평을 한다는 것이 어려웠다.

어떻게 작가의 좋은 말들을 한마디로 할 수 있을까. 각 장을 읽을 때마다 한마디로 요약하기 시작했다. 요약한 내용을 적을 독서 노트를 마련했다. 일회성으로 적고 카톡으로 나누던 내용들이 노트에 쌓여갔다. 30권의 한 줄 평이 내 생각도 요약할 수 있게 도와준다.

주중 새벽 5:30~6:00. 묵주기도와 독서 모임. 이 모임은 짧게 운영되었다. 기도하고 싶은 내용을 공유하고 묵주기도를 했다. 신앙 서적을 읽고 기도하고 싶은 마음이 커졌다. 기도하는 책상 옆 작은 메모 노트에 적어나갔다. 기도해 줄 사람들의 이름과 이유가 적혀 있던 노트다. 그들에게 도움이 될 수 있거나, 내게 와닿은 문장을 적어 놓는다.

주중 새벽 6:00~7:15. 경제 관련 독서 모임. 노트할 것이 많다. 모르는 경제 용어부터 앞으로 더 공부해야 하는 부분까지 끝도 없다. 『경제용어 백과』를 먼저 읽어 나갔다. 용어를 집대성해 놓은 책이라 순서대로 읽기보단 사전처럼 사용한다. 주식투자에 대한 열기가 넘쳐 『뉴욕주민의 진짜 미국식 주식투자』를 읽는다. 내가 직접 활용하고 도움이 될 수 있는 것을 적었다. 경제 관념이 달라지고 있다. 팬데믹 전에 했던 네트워크 사업과 더불어 할 수 있는 새로운 도전을 하게 되었다. 부동산 중개업. Real Estate Agent 시험을 보고 합격했다. Urban Nest Realty라는 네바다주에서 가장 높은 소득과 매매량을 자랑하는 브로커와 계약했다. 할 수 있을까 고민하던 일들을 실행하고 있다.

주중 아침 9:00~10:00. 북드라마 낭독클럽. 멤버들이 돌아가며 낭독하는 시간이다. 적어도 서너 명에서, 많게는 열네 명 전원 참석할 때도 있었다. 순서대로 두서너 단락을 읽는다. 눈은 책을 읽고 있고, 귀는 낭독자의 목소리를 듣고 있고, 손은 읽은 내용 중에 와닿은 것을 밑줄치고 하이라이트 한다. 내 차례가 오면 소리 내어 읽는다. 성우가 된 것처럼. 아나운서로 변신한다. 목소리 톤이 적당한지. 빠르기는 듣기 좋은지. 모르는 단어가 나오면 하이라이트를 하면서 읽는다. 내가 읽는 부분에 밑줄 긋고 간직하고 싶은 문장은 화살표를 해 놓았다. 낭독이 끝나면 노트에 옮겨 적는다. 낭독 북클럽의 장점을 체험한다. 다른 사람들의 말을 잘 듣게 된다. 독서는 오감을 이용해서 하면 더 잘 기억된다, 발음이 좋아진다. 독서 노트를 나눌 수 있다.

주중 저녁 9:00~10:00. 원서 페르소나 낭독클럽. 원서를 읽는다. 영어로 된 책을 읽는다고 하면 도전하기 쉽지 않다. 미국에 살아도 마찬가지다. 발음이 걱정이다. 모르는 단어는 더 걱정된다. 읽으면서 한글처럼 술술 이해되면 좋겠지만, 노력해야 한다. 주로 세 가지를 당부한다. 첫째, 발음 걱정하지 말자. 모두 이민자들이다. 콩글리쉬한다. 참가자들이 다양한 지역에서 온다. 캐나다 서부 Vancouver, 동부 Nova Scotia Halifax, Philippine, Hawaii, San Jose, Irvine, Los Angeles, Las Vegas and Seoul. 둘째, 모르는 부분 있어도 너무 개의치 말고 따라 읽는다. 읽다 보면 단어의 뜻이 문장 또는 문단 안에서 해석이 될 때가 있다. 셋째, 모르는 단어는 밑줄치고 뜻을 찾아보자. 완벽하게 단어 하나 하나를 이해하기보다는 작가가 말하고자 하는 주제를 파악하면서 낭독한다. 하루 한 시간 읽으면서 맘에 드는 문장 하나를 적어 오픈 카톡방에 나눈다. 그리고 위의 문장을 북 노트에 쓴다. 누군가에게 전달하려고 한 번 더 쓰게 되면 이해하기 쉽다. 골라 놓은 문장을 쓰고, 읽고, 나누다 보면 뜻도 알게 된다. 일주일 다섯 시간 투자로 현재까지 읽은 책이 30권이나 된다. 행동이 먼저다.

한 달에 두 번. 일요일 새벽 3:00~5:00. (미국 서부 현지 시각) 천무를 시작했다. 자이언트 북 컨설팅에서 이은대작가가 주관하는 서평 쓰는 북클럽이다. 그동안 메모 형식이나 줄거리 정리의 북 노트를 쓰다가 서평을 쓰고 블로그 포스팅까지 마친다. 북 노트의 끝판왕을 경험하고 있다. 이전에 읽은 책도 서평 노트로 정리하니 나누기가 쉬워졌다.

책 읽고 싶은 욕구만 가득해 구입해 놓은 책. 읽지 않고 책장에 장식처럼 놓았다가 친구나 지인 생일에 선물로 준 적이 있다. 반성하는 마음으로 책장을 정리하기 시작했다. 사다 놓고 읽지 않아서 있는지 몰라 여러 권 산 적도 있다. 서점에서 책 타이틀이 익숙했던 이유다. 읽은 책과 읽을 책. 소장 책은 액셀로 정리한다. 미국에 살기 때문에 한글책 구입이 자유롭지 않고 돈도 많이 든다. 결국은 e북을 읽기 시작했다. 종이 넘기는 맛과 노트하고 줄 그을 수 있어 좋아했던 책. 처음 e북을 읽으면서 난감했다. 북 노트를 옆에 놓고 적으면서 읽었다. 북 나눔을 할 때 바로 적용하기 힘들었다. 노트 하나에 정리하기 힘들어 손에 잡히는 대로 했더니, 노트만 쌓여갔다. 누군가 굿 노트 앱을 알려주었다. 구입한 e북을 스크린숏 해서 모으니 노트를 할 수 있고 정리도 가능해졌다. 독서 노트와 서평 노트도 한 곳에 작성할 수 있다. 평생 내 것이 되어 나눌 수 있게 되었다. 독서 노트를 통해 유용한 앱도 알게 되었다,

팬데믹이 끝나고 하루 24간의 스케줄이 달라지기 시작했다. 부동산 중개업 라이센스 시험을 보고 합격했다. 부동산 브로커를 찾아 일을 시작했다. 시간 조정이 가능하다고 여겼지만, 시작하는 단계라 배울 것이 많다. 북클럽 몇 개는 주관자들이 바빠져 자연스럽게 끝이 났다. 관심사가 달라서 새로운 북클럽을 운영하는 분도 생겼다. 함께 읽고 나누지 못해도 독서 노트를 작성하니 혼자 읽는 것 같지 않다. 읽으면서 생각하게 된다. 어느 문장이 저자가 나에게 주고 싶은 핵심일까. 누군가에게 도움이 될 수 있는 문장은 어떤 걸까. 책을 읽기만 하는 게 아니라 생각하면서 읽게 된다. 독서 노트의 힘이다.

책을 읽으면서 줄 치기에 바빴다. 모든 말들이 왜 그리 좋은지. 가슴에 와닿은 모든 문장을 내 것으로 만들고 싶은 욕심이 솟구쳤다. 마치 하나도 빠짐없이 알아야만 할 것 같았다. 그러나 읽기만 할 때와 다르게 북 노트에 적어 놓으니, 내 몸과 생각이 닻이 달려진 배 같다. 모든 걸 가져갈 순 없다. 독서하고 노트를 적으며 많은 이들과 함께 있는 느낌이다. 저자, 나누어 줄 사람,

　　　　　　　　　　　나는 매일 글을 씁니다

북 노트를 통해 변화 성장하는 나까지.

독서 노트 덕분에 이젠 장식이 아닌 나를 만드는 책이 되었다.

독서로 변하는 삶

서한나

스무 살 때 좋아하던 친구가 있었다. 그 친구는 책을 좋아하고, 많이 읽었다. 별명은 문학 소년이었다. 그 친구랑 이야기하고 싶고, 공감대를 형성하고 싶었다. 나는 그 친구에게 책 좀 읽는 '괜찮은' 사람처럼 보이고 싶었다. 내가 책을 읽는 이유는 오롯이 그 친구 때문이었다. 그 친구가 좋아하는 책과 작가를 위주로 책을 읽었다.

그 시절 나는 책을 꽤 아꼈다. 책을 완전히 펼쳐 읽지 않았다. 표지도 쫙 펼쳐 꾹꾹 누르지 않았다. 단 한 번도 펼쳐진 적이 없는 것처럼 조심스럽게 책을 펴서 읽었다. 책에다 밑줄을 긋거나 생각을 적는 것은 상상할 수 없었다. 한 번은 엄마가 내 책을 펼쳐서 밑줄을 그으며 읽었다. 그 사실을 알게 된 나는 엄마에게 생난리를 치며 짜증을 냈다.

"엄마! 내 책에 밑줄 쳤어? 아니 책 아끼느라 펼쳐서 보지도 않는데. 왜 책에다 줄을 쳐. 지저분해지게. 그리고 내 책인데. 왜 가져다가 보는 거야. 왜 내 방에 들어와서 책을 만져. 완전 짜증 나!!"

"지집년이! 책에 밑줄 그은 게 뭐 그렇게 대수니? 너 그 책도 엄마가 사보라고 용돈 주는 거로 샀으면서. 밑줄 좀 그었다고 이렇게 난리를 지겨!!"

지금 생각해 보면 웃기지만, 그때 나는 그랬다. 서점에 꽂혀있는 책처럼 깨끗한 상태로 책이 있는 게 좋았다. 그렇게 책을 아끼며(?) 150권 가까이 책을 봤다. 말 그대로 보기만 했다. 그러니 책 내용이 기억에 남을 리 없었다. '책 읽어도 뭐 별거 없네'라고 생각했다. 마침 그 친구와 멀어지며 자연스럽게 책도 멀어졌다. 그 이후로는 책을 읽지 않았다. 다들 책을 읽는 것이 좋다고 하니까 '아. 나도 책 좀 읽어야 하는데'라고 생각했다. 연초에는 늘 독서를 계획하고 '올해는 책 좀 읽자.'라고 다짐했을 뿐, 책을 읽지 않았다. 일 년에 한두 권 책을 구매했다. '나도 문화생활에 돈 써' 하는 느낌으로.

서른여섯 살. 3P자기경영연구소에서 진행하는 독서교육에 참여했다. 독서법을 배웠다. 독서에도 방법이 있다는 것을 처음 알았다. 여태껏 왜 독서를 못 했는지, 책을 읽어도 왜 기억에 남지 않는지 알 수 있었다. 강사는 책을 잘 읽을 수 있는 여러 팁을 알려주기도 했다.

"자. 책 읽을 때 책이 잘 안 넘어가면 짜증 나죠? 그러면 우리 어떻게 해요? 책이 나랑 안 맞는다고 하면서 책을 덮어버리죠? 그런 핑계를 못 대게! 책 앞과 뒤쪽 열 장 정도를 잡고 꾹꾹 눌러 주세요. 책 가운데도 확 펼쳐주세요."

하면서 시범을 보였다. 강사를 따라 실습에 참여했다. 책을 펼쳤다. 이렇게 쫙 책을 펼쳐본 건 처음이었다. 책을 읽다가 좋은 문장을 발견하면 밑줄을 그었다. 별표로 중요도도 표시했다. 떠오르는 아이디어를 여백에 적었다. 내가 해왔던 독서와는 정반대였다. 책을 읽으며 한 번도 해보지 않은 행동들이다. 배우고 있는 모든 것이 새로웠다. 강사가 하라는 대로 따라 했다. 독서로 변하고 싶었기 때문이다. 그리고 교육비도 비쌌다. 큰마음 먹고 참여한 교육에서 제대로 효과를 보고 싶었다. 독서 노트를 작성하는 방법에 대해서도 배웠다. 일명 '본깨적' 독서 노트였다. 책에서 본 것, 깨달은 것, 적용할 것을 적는 것이었다. 강사 설명과 예시를 보면서 몇 가지를 적어봤다. 독서하고 노트를 작성한다는 것도 이때 처음 알았다. 학창 시절 쓰던 독후감과는 달랐다.

처음 독서하다 보니 주옥같은 문장들이 너무 많았다. 이것도 좋은 얘기, 저것도 좋은 얘기. 밑줄을 많이 그었다. 독서 노트를 작성할 때도 밑줄이 너무 많아 무엇을 옮겨 적어야 할지 구분이 어려웠다. 중요한 것이 너무 많았기 때문이다. 밑줄 친 것을 그대로 옮겨 적다 보니 독서 노트가 열 장씩 되기도 했다. 교육에서는 처음에는 그럴 수 있다면서 꾸준히 작성하는 것을 강조했

나는 매일 글을 씁니다

다. 그래야 자기만의 방식이 생긴다고 했다. 계속 독서 노트를 작성하다 보니 나만의 방법이 생겼다. 책을 읽기 전에 내가 이 책에서 알고 싶은 것을 세 가지 내외로 추리게 됐다. 책에서 나에게 필요한 답을 찾는 데 집중했다. 목적이 있으니, 책이 더 잘 읽혔다. 그렇게 찾은 답을 독서 노트에 정리했다. 내가 책을 읽기 전 궁금했던 내용을 중심으로 작성하니 열 장이 넘어가던 독서 노트가 한두 장으로 줄었다. 나에게 필요한 것을 구분하고, 요약하는 능력이 생겼다.

그렇게 작성한 독서 노트는 직장에서 유용했다. 당시 나는 중간관리자였는데, 팀원들에게 한 달에 한 번 슈퍼비전을 줘야 했다. 이때 내가 독서 노트에 적었던 것을 활용해 조언했다. 직장인으로 고민하는 것은 대부분 비슷했다. 나도 그 과정을 거쳐 왔기 때문에, 내 경험과 책 내용을 말해주었다. 도움 될 만한 책을 추천해 주기도 했다. 단순히 내 생각뿐 아니라 책이라는 근거로 이야기하니 내 슈퍼비전을 믿고 따라주는 직원도 생겼다.

독서 노트에 좋았던 문장이나 깨달은 점을 적기는 쉬웠다. 적용 점을 찾고 실천하는 것은 쉽지 않았다. 처음에는 배운 대로 적용 점을 쓰다가 어느 순간 적용 점을 쓰지 않았다. 그러다 보니 책은 다시 '그저 좋은 말'에 불과했다. 그래서 꼭 적용할 점을 작성하려고 했다. 적용 점을 쓰다 보면 여러 개가 될 때도 있었다. 그럴 때는 부담감이 생겼다. '언제 다하지?'라는 생각이 들었다. 의무감처럼 느껴지니 실천하기가 어려웠다. 적용 점도 우선

순위를 고민했다. 가장 중요한 것 한 가지만 실천하려고 했다. 실천을 더 잘하기 위해 바인더에 옮겨 적고, 스스로 마감 날짜도 지정했다. 할 수밖에 없는 환경을 만들자, 적용 점을 실천하게 되었다.

『당신의 소중한 꿈을 이루는 보물지도』라는 책을 읽고 시각화의 중요성을 깨달았다. 드림 보드를 만들었다. 드림 보드에 내가 되고 싶은 모습, 이루고 싶은 것, 가지고 싶은 것 등에 대한 이미지를 붙였다. 매일 드림 보드를 보면서 실제로 그렇게 될 내 모습을 상상했다. 실제로 이뤄진 목표가 생기기 시작했다. 꿈을 이룬다는 사실이 신기하고 뿌듯했다.『독서 천재가 된 홍 팀장』을 읽고 매년 오십 권 이상 독서한다는 목표를 가지게 됐다. 독서의 중요성을 깨달았기 때문이다. 매일 시간을 정해서 독서한다. 독서 시간을 확보하려고 노력한다. 예전에는 이동할 때 휴대전화로 인터넷이나 SNS를 했다면, 이제는 책을 읽는다. 독서 목표에 따라 현재까지 오백여 권을 독서했다.『미라클 모닝』을 읽고 아침에 일어나 하는 행동이 중요하다는 것을 알게 되었다. 독서, 필사, 일기 쓰기 등 아침 루틴을 사 년째 하고 있다. 루틴을 꾸준히 하다 보니 성취감이 커지고, 하루를 만족하며 시작할 수 있었다.

나는 오늘도 독서하고 독서 노트에 적는다. 독서로 바뀌는 내 모습에 행복하다. 십 년 후 내 모습이 기대된다. 책을 읽고 독서 노트를 작성하면서 책이 나와 동떨어져 있는 것이 아니라 삶의 일부가 되었다. 이십여 년 가까이 된 일을 아직도 기억하는 엄마는 내가 독서하는 모습을 보며 말한다. "너 예전에 엄마가 책에 밑줄 좀 그었다고 난리 난리를 치던 거 기억나? 이제는 책에 밑줄도 긋고, 열심히 독서하네. 완전 변했네. 우리 딸!!"

독서 마라톤에 참여하다

오정희

"독서 마라톤 우수작에 선정되었습니다."라는 문자를 받았다. 그리고 며칠이 지난 후 책자로 만들어 전시할 예정이라며 개인정보 동의서를 작성해 달라는 문자도 받았다. 나의『독서일지』가 만들어졌다. 도서관 로비에 다른 사람들의 독서일지와 함께 전시되었다. 독후감이라기보다는 내가 읽은 책이 무엇이었는지 기억하기 위해 메모한 간단한 한 줄 기록이었다.

요즘 독서와 관련된 책과 강의, 모임이 많다. 나는 책 욕심이 있다. 많이 잘 읽고 싶다는 욕심도 있다. 그러나 시간을 핑계로 다 읽지 못하는 책들이 쌓여갔다. 책을 읽고 나서도 내용이 무엇이었는지, 어떤 책을 읽었는지 도통 생각나지 않을 때도 있었다. 독서 모임에 가입하여 함께 책을 읽었다. 독서법의 종류도 다양했다. 하루에 한 권, 한 시간에 한 권을 읽는다는 속독부터 시작해서 발췌독, 낭독, 통독, 윤독, 강독 등 여러 독서법이 호기심을 자극했다. 나름 책 읽기, 독서에 관심을 가져보자고 생각하고 있던 때였다.

코로나19로 대부분의 강의가 온라인 줌으로 진행되었다. 무료 특강도 많았다. 그런 곳을 기웃거리다 한 곳을 선택했다. 한 달 단위로 진행되는 유료 강의였다. 일주일에 지정 도서 한 권을 읽고 모임에 참여해서 이야기를 나누는 독서 모임이었다. 1년에 최소한 50권은 읽고 정리할 수 있을 것 같았다. 모임의 진행 방법과 시스템이 낯설었다. 잘 적응하지 못했다. 나와 맞지 않았다. 한 달을 참여하고 난 뒤에 재등록을 하지 않았다. 책을 읽으며 더 나아진 나를 만나고 있다는 느낌을 받지 못했다. 오히려 나를 알지도 못하는 사람들을 향해 그들의 인정을 구걸하는 느낌이었다. 책을 읽는 것조차 과시와 경쟁이 되어버린 듯한 느낌을 받았다.

책을 많이 읽는 것만이 중요한 것은 아니었다. 마음에 드는 책의 내용에 밑줄 그으며 그대로 따라 하려고 했었다. 남는 것이 없었다. 다시 온라인 독서 모임에 참여했다. 자이언트 북 컨설팅에서 주관하는 독서 모임 '천무'. 한 달에 두 번, 지정 도서를 읽고 소모임에서 책에 관한 생각을 서로 나눈다. 독서 노트를 작성하고, 블로그 작성까지 진행한다. 말 그대로 '천하무적'이다. 2시간이 금방 지난다. 한 권의 책을 읽고 참여하지만, 소그룹 모임에 참여하는 사람들의 수만큼 다양한 시선으로 재해석한 이야기를 듣는다. 나의 나눔이 부족하고 독서 노트의 작성이 어설퍼도 블로그 작성을 완료하지 못해도 그냥 참석했다. 책을 읽고 한 줄이라도 내 생각을 정리하고 적용해 보려고 애썼다. 새로운 경험이었다.

눈으로 읽고, 마음으로 서로의 느낌을 나누는 대화를 한다. 손글씨로 독서 노트를 작성하는 부담스러운 과정이 이젠 기다려진다. 그리고 독서 기록이 조금씩 다양해지기 시작했다. 책 속의 마음이 닿는 부분에 밑줄을 긋고 그대로 필사를 하던 내가 마음에 드는 문장 하나를 내 것으로 만들려고 노력한다. 나만의 멋진 어록에 도전하게 되었다. 지금도 이 글을 쓰면서 나의 『독서일지』와 독서 노트를 펼쳐본다. 책의 한 페이지를 1미터로 환산한 마라톤 코스에 따라 나누어 진행된 책 읽기 프로젝트 독서 마라톤. 풀코스(42.195km, 42,195페이지)에 도전했다가 중간에 하프 코스(21,100페이지)로 변경했다. 일단은 완주한 것에 만족했다. '지속 가능한'이라는 말을 좋아한다. 책 읽고, 기록하는 일을 계속할 것이다. 천무와 함께하는 독서 노트에는 소모임에서 나눈 이야기를 메모한 부분도 보인다.

온라인에 보면 독서법과 독서 모임이 많다. 사람들이 모였다 흩어졌다 하는 모습을 본다. 나 또한 내게 맞는 독서법 찾기가 어려웠다. 너무 서두르지 않고 나만의 속도로 독서력을 키웠으면 하는 생각이다. 한 권의 책만 읽었어도 그 한 권의 책을 자기 것으로 만들 수 있다면 진정한 독서가라고 할 수 있다고 한다. 많이 읽고 많은 기록을 남기지 않아도 하루 한 줄 읽고 느낀 소감을 기록하고 내 삶에 적용해 보려고 노력한다. 내가 읽고 메모한 『독서일지』를 또다시 읽어본다. 책을 읽었을 그때의 생각과 기억이 되살아난다. 그때의 내가 읽고 느낀 점을 또 읽으면서 이런 생각을 했던 내가 지금은 다른 생각을 하는 게 보인다. 생각이 진화되고 있음을 확인하고 점점 나아지는 나를 본다. 복잡하고 불편한 마음이 다스려진다. 마음이 편해짐을 느낀다.

이젠 나만의 독서 근육이 생겼다. 책 읽기에 대한 욕심, 좋은 책 읽기를 주변 이웃들과 함께 나누고 싶은 마음이 생긴다. 그리고 좀 더 철저한 독서를 해야겠다는 생각이다. 누군가 나의 독서일지를 보면서 책을 읽고 싶다는 생각을 들게 해 주고 싶다.

살아가면서 도망치고 싶을 때도 있었고, 쉬고 싶을 때도 있었고 울고 싶을 때도 있었다. 그럴 때 책을 통해 위로받았다. 작은 독서 활동이었지만 『독서일지』를 통해 '인생 마라톤' 완주도 꿈꾸게 되었다. 독서는 다양한 모두를 대신해 '나'라는 자신을 돌아보게 해 주었다. 마음이 새로워지면 발 닿은 모든 곳이 여행지가 된다고 했듯이 독서를 바라보는 나의 마음이 달라지니, 내게 있어 독서는 온갖 가능성을 품은 재출발이 되었다.

이제 책 읽고, 글 쓰는 삶으로의 마라톤 대장정에 라이팅 코치로서의 활약도 기대해 본다.

2-7.
책 읽고 독서 노트 쓰는 하루하루

우승자

　　책장에 책이 미어터진다. 비좁은 공간에서 빽빽하게 갇혀 있는 책들을 보니 미안한 마음이 들었다. 주인이 한 번도 꺼내주지 않으니 숨이나 제대로 쉬었을까. 대학원 교재들은 표지도 딱딱하고 두께도 엄청나다. 집단상담의 이론과 실제, 이상 심리학, 얼굴의 심리학 등 대부분 벽돌 책이다. 졸업과 함께 고이 모셔두고 있다. 40년 동안 가지고 있었던 대학 전공 교재들은 얼마 전에 처분했다. 표지는 낡고 종이는 누렇게 바랬다. 넘기면 종이 부서지는 소리가 바스락거렸다. 필요하지도 않고 자리만 차지하고 있는 책들을 버리지 못했다. 그렇게 쌓아두고 버리지 못하는 이유를 생각해 보니 어린 시절이 떠올랐다.

　　친구 영옥이네 책장에는 책이 많았다. 50권으로 된 세계 문학 전집이 눈높이에 가지런히 꽂혀 있었다. 주황색이었다. 다른 책

나는 매일 글을 씁니다

보다 그 전집이 유난히 눈에 들어왔다. 언제든 마음껏 책을 골라서 읽을 수 있는 친구가 부러웠다. 자주 놀러 갔다. 순전히 책을 읽기 위해서 뻔질나게 드나들었다. 잠깐 놀다가 책방으로 들어가 읽고 싶은 책을 꺼내서 자리 잡고 읽기 시작했다. "옛날 옛적에 나무토막 하나가 있었다"로 시작되는 『피노키오』는 중간에 멈출 수가 없었다. 쉴 새 없이 떠들어대는 나무토막의 이야기 속으로 빨려 들어갔다. 제페토와 피노키오가 만나서 일어나는 일들이 너무 재미있어서 밤새워서라도 읽고 싶었다. 집에 가야 할 시간이 되어 빌려 달라고 부탁해도 절대 허락하지 않았다. 친구네 집에서 읽을 수는 있지만, 가져가지 못하는 게 규칙이었다. 영옥이 언니 오빠 틈에 끼어 읽다가 읽던 책을 두고 올 때는 아쉬웠다. 돌아오면서 언젠가는 우리 집 책장에도 '문학 전집'이 꽂혀 있는 모습을 상상했다.

결혼 후 우리 집에도 한 권, 두 권 책이 꽂히기 시작했다. 단칸방에서의 신혼 살림살이는 단출했다. 우리 부부는 다른 세간살이보다 책장 마련이 먼저였다. 하나의 책장에 책이 가득해지면 가구거리에 가서 새 책장을 샀다. 그렇게 우리도 책 부자가 되어갔다. 태백산맥과 대하소설 토지가 나란하게 있는 모습만 봐도 든든했다. 어릴 때 책이 가득한 친구네를 부러워했던 서러움이 씻기는 듯했다. 책장에 책이 쌓여가는 기쁨을 맛보기 위해 책을 사고 또 샀다. 서점 나들이는 우리 가족의 사치이자 책에 대한 애정이었다. 그렇게 우리 집은 방마다 책장과 책이 쌓이고 쌓였다.

큰아들을 위한 그림책 공간도 마련했다. 초등학교 들어갈 무렵, 아동문학 전집도 샀다. 아들이 읽고 싶어 하는 책을 사기 위해 자주 서점을 찾았다. 특히 『Why』 시리즈는 신간이 나오면 바로바로 샀다. 『먼 나라 이웃 나라』도 새 책이 나오기가 무섭게 서점으로 달려갔다. 다행히 큰아들 강휘는 책이라면 사족을 못 쓸 정도였다. '책벌레'가 초등학교 때 별명이었다. 초등학교 5학년 때 생일날 갖고 싶은 선물을 물었더니 『브리태니커 백과사전』이란다. "뭐라고? 그 어마어마한 사전을?" 사실 그 당시 브리태니커 사전을 사는 것은 자녀를 우등생으로 키우는 필수 요소였다. 억지로라도 사주고 싶은데 생일선물로 사 달라하니 우리 부부는 신났다. 아이는 "학교 도서관에 있는 책은 다 읽었어요. 학교에 더 이상 읽을 책이 없어요."라는 말을 하곤 했다. 정확한 지식이 방대한 분량으로 기록된 이 책은 아들의 지적 욕구를 채워주기에 충분했다. 알고 싶은 게 생기면 백과사전을 펴서 읽던 아이의 모습이 지금도 눈에 선하다. 책벌레였던 큰아들이 '공부벌레'가 되는 건 자연스러웠다. 책을 가까이하고 공부하기를 즐겼던 아들은 의대로 진학했다. 지금은 가정의학과 의사다.

중·고등학교 시절에 국어 선생님이 필독 도서를 안내해주면 손이 가지 않았다. 내가 즐겨 읽었던 분야는 소설이었다. 작가의 상상력을 따라가다 보면 소설 속 주인공과 현실의 내가 뒤엉키기도 했다. 한번 읽기 시작하면 주인공의 삶에 단숨에 빨려 들어가는 시간을 즐겼다.

독서 편식이 심했다. 그러다가 마흔 무렵부터는 책 대신 드라

나는 매일 글을 씁니다

마에 맛을 들였다. 다양한 주제로 스릴 넘치게 이어지는 이야기 매력에 빠졌다. 특히 주말 드라마는 중독성이 강해 멈추기 어려웠다. 책 읽기는 점점 멀어졌다. '책을 좋아하던 사람이 맞나?' 하는 생각이 들 정도로 책에 관심이 없어졌다. 운동하지 않으면 근육이 빠져나가듯, 책을 읽지 않으니 독서력이 약해지고 있었는데 알아채지 못했다.

2021년 6월, 평소 관심이 있었던 글쓰기 공부를 시작했다. 읽지 않으면 쓸 수 없다는 것을 금방 알았다. 내가 쓰고도 무슨 말을 하는 건지 도통 알 수 없었다. 앞뒤 맥락이 맞지 않았다. 표현은 진부하기 짝이 없었다. 내가 쓴 글을 보면 도망가고 싶었다. 글쓰기 선생님은 기회 있을 때마다 책 읽기를 강조했다. '분명 어릴 때 책 읽기를 좋아했는데…' 예순 나이에 책을 읽으려니 글자가 눈에서 뱅뱅 돌고 머릿속에 들어오지 않았다. 작가가 되고 싶어 시작한 글쓰기 공부다. 초고를 마구 쓰고 퇴고하려고 앉으니 책을 읽지 않은 내가 보인다. 쥐구멍에 들어가고 싶다. '작가는 무슨…….'

책을 읽어야겠다고 마음먹었다. 때마침 서평 쓰는 독서 모임 '천하무적'이 시작되었다. 나의 글쓰기 선생님은 정말 천하무적이다. 내 마음과 상황을 훤히 꿰뚫고 있는 듯하다. 독서 모임 천무는 독서력이 떨어진 나에게 구원투수가 되어 주었다. 일요일 저녁 8시에 모여 두 시간 동안 진행한다. 정해진 책을 읽고 오는 것이 기본이다. 독서 노트 쓰는 법부터 신생아 걸음마 하듯 하나 하나 배웠다. 읽은 책을 한 문장으로 요약하고, 기억에 남는 문장 세 가지를 뽑아내서 내 생각을 덧붙인다. 독후 감상을 쓰고 나만의 어록을 만든다. 첫 책이『인생을 바라보는 안목』이었다. 경영의 신인 이나모리 가즈오 회장의 철학을 집대성한 책이다. 저자가 말하는 명랑, 신념, 현명, 열의, 의지, 용기 등의 키워드가 내 삶의 키워드가 되고 인생 책이 되었다. 나만의 첫 어록도 기억에 남는다. "살다 보면 오르막도 있고 내리막길도 있다. 좋은 일, 궂은일이 찾아온다. 그동안 힘든 일이 올 때 이겨 낸 것처럼 앞으로도 잘 견디면 좋은 날이 올 것이라 믿는다."

매주 일요일 아침 6시, 제자들과 독서 모임을 한다. '일요 책마중'이라고 부른다. 정해진 책은 없다. 각자 읽고 싶은 책 한 권 들고 온라인에서 모인다. 한 시간 동안 책을 읽는다. 그리고 독서 패들렛에 읽은 내용을 정리하고 배운 점을 적는다. 기억에 남는 문장 세 가지를 뽑고 자기 생각을 덧붙인다. 이번 주가 75회다. 3년째 이어오고 있다. 올해 1월부터 한 달에 한 번은 천무처럼 운영한다. 책을 한 권 정해서 읽고 독서 노트를 쓰고 소모임 방에서 토론한다.『물은 답을 알고 있다』가 첫 책이었다. 서로의 생각을 듣고 이야기 나누면서 한층 단단해지는 제자들이다. 이번 달 책은『아낌없이 주는 나무』이다. 어떤 이야기들이 오고 갈지 벌써 기대된다. 천무 덕분에 일요 책 마중도 성장하고 있다.

완독에 대한 강박관념이 있었다. 책을 잡으면 첫 페이지부터 끝 페이지까지 차근차근 읽으려 했다. 그렇게 다 읽고 나서 독서

나는 매일 글을 씁니다

노트를 작성해야 한다고 생각했다. 한 권의 책을 정독하고 독서 노트를 쓰면 더없이 좋긴 하다. 하지만 매번 그렇게 쓰는 일이 여간 버겁지 않다. 그 생각에서 벗어나지 못하다 보니 독서 노트는 아예 저 멀리 가버렸다. 분명히 읽었는데 생각이 전혀 안 난다는 말만 되풀이했다.

이제는 하루에 한 페이지라도 읽고 내 생각을 덧붙여 남긴다. 그게 바로 나의 독서 노트다. 한 문장만 읽어도 가져와서 내 생각을 쓴다. 그러다 보니 매일 '독서 노트' 쓰는 사람이 되었다. 매일 책을 읽고 내 삶을 담아내는 일, 의미 있고 즐겁다.

2-8.
독서, 기록의 씨앗을 뿌리다

이영숙

　　　　　책상 앞 의자에 앉았다. 큰일이다. 방금 전에 읽은 책 제목과 내용이 기억나지 않는다. 기억력에 문제가 있는 걸까? 단락과 문장을 짚어 가며 읽어 본다. 낱말이 사라지고 저자들의 이름이 생각나지 않는다. 읽은 책의 내용을 기억하고자 독서 노트를 썼다.

　　첫 페이지에 날짜, 책 제목, 작가를 적는다. 인상 깊은 구절을 필사한 후 감상을 짧게 기록했다. 책을 읽고 생각과 내용을 노트에 정리하니 나만의 독서 노트가 완성됐다. 기억을 저장하는 힘이 커지고 있다.

　　독서 노트를 지속적으로 작성하기란 내게는 도전이었다. 친정에 가는 시간도 내기 힘들만큼 여유가 없다. 시부모님 가게에 손님이 많은 날은 피곤해서 아무것도 하기 싫다. 독서와 기록, 그 것은 쉽지 않은 습관이었다. 나만의 루틴이 필요했다. 아침에 일 어나자마자 책상에 앉았다. 10분간 책을 읽었다. 5분간 필사하 고 한 줄 생각을 썼다. 그렇게 나만의 독서 습관이 만들어지자 또 다른 문제가 생겼다. 고전을 읽고 나만의 생각을 글로 담기가 어려웠다.

프란츠 카프카 『변신』은 내게 고전의 어려움을 안겨준 책이다. 이 책을 읽고 어떻게 독서 노트에 담아야 할까? 여러 고민을 했다. 나만의 고전 기록 방식이 필요했다. 그 첫 번째 시도는 책 의 표지와 제목에 질문을 적는 것이었다.

'제목이 왜 변신이지?', '표지에 사람의 눈동자가 다르게 보이 는 이유는 뭘까?', '벌레가 사람 옆에 있는 이유는?', '시간과 수많 은 숫자에 어떤 의미가 숨겨져 있을까?' 등 책 표지를 통해 다양 한 질문을 쏟아냈다. 그리고 책을 읽고 키워드를 세 가지 뽑아 단어로 정리했다. 키워드와 질문은 주제로 이어졌고 작가의 세 계를 알 수 있는 열쇠가 되었다. 이 방법을 노트에 기록하다 보 니 고전 독서가 즐거워졌다.

또 좋은 문장을 발견하면 메모하거나 사진을 찍기도 한다. 이 런 독서 습관 덕분에 읽었던 책 목록들을 한눈에 확인할 수 있었 고 오랫동안 기억할 수 있게 되었다.

독서는 때가 없다. 누구든 언제든 마음만 먹으면 독서의 세계로 한 발 나아갈 수 있다. 반복해서 읽고 생각을 기록하다 보면 책의 넓고 깊은 바다를 발견하게 된다.

마흔의 어느 날, 지금까지 쌓아온 독서와 기록이 의미 있는 결실로 왔다. 함안군에서 주최한 군민 독서대회에서 북마미 단체 최우수상, 경남 독서대회에서 우수를 수상했다. 기록하는 습관이 준 뜻밖의 기회였고 행복이었다.

나는 같은 책을 두 번 읽는다. 처음 읽을 때는 끝까지 한 번에 읽고 두 번째는 탐구하는 자세로 읽는다. 1독과 2독 사이에는 여러 날을 둔다. 무언가 와 닿는 문장에는 밑줄을 치고 저자의 생각과 의도가 담긴 문장은 형광펜으로 칠한다. 처음 읽을 때와 두 번째 읽을 때 다른 색깔 펜을 사용해 내 생각을 여백에 적는다. 여백을 활용해 의문점이나 밑줄 친 이유, 토론하고 싶은 구체적 질문, 생각을 많이 써본다.

독서 모임에 참여하기 위해 고전 읽기를 시작했지만, 제대로 읽고 싶다는 욕심이 생겼고 인문 고전 책을 탐구하는 온라인 〈생각 학교〉 프로그램에 입문했다. 철학, 인문, 고전 책들을 한 권 두 권 읽기 시작했고 어느새 3년이란 시간이 흘렀다. 처음 고전을 접했을 땐 낯설었다. 책 읽기를 멈추고 싶었다. 하지만 고전을 통해 나다운 삶을 발견할 수 있었고 생각의 깊이가 깊어졌다. 고전을 읽고 사유하는 이 길을 평생의 목표로 삼기로 했다.

나는 매일 글을 씁니다

1년 전 독서 노트를 우연히 펼쳤다. 헨리 데이비드 소로우『월든』과 함께한 추억과 생텍쥐페리『인간의 대지』에서 얻은 깊은 인상이 적혀있었다. 소로우는 문명 세계를 벗어나 숲에서 잠시 머물렀다. 그가 숲으로 향한 이유는 무엇일까? 낡은 책 한 권이 나의 세계를 빛나게 하는 별이 되었다. 진리를 찾는 자는 자유를 얻고, 자유를 얻은 자는 살아있는 지혜를 만난다.

사막은 생명의 소중함을 상기시키는 곳이자, 열기를 흡수하고 받아내는 용기를 가진 생명들이 살아가는 특별한 대지다. 지구상의 모든 생명체는 무한한 역사를 가진 하나의 세계이며 씨앗이다. 사막은 바로 내가 불시착한 곳이다. 황량한 사막에서 오아시스를 찾기 위해 한 걸음씩 내딛는 것이 내 삶이다.

생텍쥐페리『인간의 대지』는 가장 귀하고 소중한 정신적 유산을 찾는 사명을 가르쳐 준다. 내가 사막 한가운데 사라지지 않는 발자국을 남길 수 있을까?

독서 노트에 작가의 세계와 나의 세계 두 세계가 섞여 있다. 생각을 기록하지 않았다면 어떤 관점으로 그들의 언어를 이해할지 몰랐을 것이다. 기록은 사유의 발자취가 되어 남아 있다. 불확실한 세상을 흔들리지 않고 유연하게 살아낼 수 있는 건 독서와 기록하는 나로 살고 있기 때문이다.

생텍쥐페리, 카프카, 소로우의 책에서 얻은 세계를 아이들과 공유하고 싶다. 독서, 기록, 토론을 통한 삶을 꿈꾸며, 이를 통해 아이들이 넓고 깊은 세상을 경험하길 희망한다.

오늘도 책상에 앉아 펜을 잡는다. 아이들이 문을 열고 방으로 들어온다.

"엄마, 오늘은 같이 책을 읽자, 어때?"

나는 미소 지으며 아이들과 함께 책 속으로 별을 찾아 나선다.

2-9.
이제는 글도 쓸 수 있어요

이경숙

요즘 쓰고 있는 독서 노트를 펼쳐 본다. 400 페이지 이상인 책 두께보다 두꺼운 바인더로 한 권 꽉 찼다. 이전에 쓰던 독서 노트도 있다. 나는 자유롭게 쓰고 싶은데 그 노트는 양식이 있어서 불편했다. 절반쯤 쓰고는 지금 쓰고 있는 노트로 바꿨다. 그동안 썼던 필사 노트도 세 권이 있다. 필사는 몇 개월 하다가 말았다. 무의미한 느낌이 들어서였다. 제대로 하지 않아서라는 걸 최근에야 깨달았다. 필사할 때 문장을 외워서 써야 한다는데, 그렇게 하지 않고 그냥 베껴 쓰기만 했다. 자연히 효과가 없다고 느꼈던 것 같다. 의미 없다고 생각되어 필사는 그만두었다. 하지만 독서 노트만은 꾸준히 쓰고 있다. 쓰지 않고 넘어가면 며칠 후에 뭘 읽었는지 제목조차 바로 떠오르지 않아서다. 전에 썼던 독서 노트를 펼쳐 읽어보면, 책을 읽을 때의 느낌이 되살아난다. 그 책을 다시 읽지 않아도 또 읽은 것 같다.

독서 노트를 매일 조금씩이라도 쓰고 있다. 마음에 남는 문장을 쓰기도 하고, 한 단락 정도를 옮겨 적기도 하고, 때로는 그날 읽은 내용을 요약정리하기도 한다. 코칭 관련 책인 티머시 골웨이의 『이너게임』은 두 번 읽고 정리했다. 코칭에 대해 좀 더 알고 싶어서 읽은 책이다. 처음 읽을 때는 이해되지 않았다. 독서노트에 그냥 정리했다. 학생이 공부할 때 중요한 부분을 정리하는 것처럼. 끝까지 읽으면서 생각했다. 한 번 더 읽어야겠다. 두 번째 읽으며 정리도 다시 했다. 확실히 개념도 잡히고 이해도 잘되었다. 읽기를 두 번 한 것도 좋았다. 정리를 똑같이 두 번 해보니 전체적인 내용이 들어왔다. 그때 정리했던 내용을 다시 읽어보았다. 그때는 이해가 안 되어 답답했었지 하며, 책을 읽을 때의 느낌까지 고스란히 따라왔다. 독서 노트에 적기만 하지 말고 꼭 읽어보라는 글쓰기 선생님의 말씀이 이해되었다.

『백만장자 메신저』는 세 번 정리했다. 처음 자기 계발을 시작하고 1인 기업에 대해 알고 싶었다. 좋은 책이라고 추천받았는데 이해는 되지만 숙지가 안 되었다. 처음에는 하루에 읽은 양이 2~30페이지였다. 세세하게 정리했다. 두 번째에는 4~50페이지여서 처음 읽었을 때보다 자세한 내용을 덜 적었다. 좀 더 큰 눈으로 볼 수 있다. 세 번째는 장별로 정리했다. 학생들이 시험공부 할 때 정리하는 서머리 노트처럼 정리했다. 다시 읽어봐도 책 전체를 제대로 볼 수 있다. 내가 독서한 만큼 내 독서 노트도 커 간다.

책쓰기 수업 시간에 병렬 독서에 대해 배웠다. 그 뒤부터 나는 병렬 독서를 좋아한다. 하루 한 권으로 읽기보다는 두세 권을 읽는다. 그래서 같은 날에도 독서 노트에 두세 번 정리한다. 어떤 때는 비슷한 분야의 책을 읽기도 하고 어느 때는 다른 분야의 책을 섞어 읽기도 한다. 하루에 한 가지 책을 읽되 매일 다른 책을 읽어보기도 했다. 1주일 중에 요일별로 다른 책을 정해서 읽는 방식이다. 가끔은 한 책만으로 깊게 하루 종일 읽기도 한다. 대게 주말이다. 꼭 알고 싶은 분야의 책을 깊게 공부하고 싶을 때 그 책만 읽는다. 그렇게 읽고 나면 그 분야가 조금씩 보인다. 이후에 그 분야의 다른 책을 읽어도 쉽게 이해된다. 주말은 한 분야의 책을 집중적으로 읽고 정리할 수 있어서 좋다.

새롭게 독서법을 배우게 된 경우에도 주말에 그 새로 배운 방법을 시도해본다. 빠르게 3독 하는 방법을 배웠다. 처음 읽을 때는 각 장을 20분에 빠르게 읽는다. 두 번째는 각 장을 15분에 읽는다. 1독·2독할 때는 꼭 연필을 들고 중요 문장에 줄을 그으며 읽는다. 마지막에 내게 와 닿는 부분 3곳을 다시 읽으며 정리한다. 주말에 시도해보니 기억하기 좋은 또 다른 독서 방법이었다. 이렇게 읽은 날은 독후감 쓰듯 서평 쓰듯 독서 노트를 정리한다.

22년 10월, 『평단지기 독서법』을 읽었다. 이 책을 읽을 때부터 독서 노트는 세 가지 색으로 정리했다. 책 내용을 그대로 옮겨 적은 내용은 검정, 내 생각은 파랑, 그날 한 가지라도 실천해야겠다고 다짐하는 내용은 초록이다. 초록색으로 쓴 내용은 감사 일기 중 오늘 해야 할 일에 적어두며 잊어버리지 않으려고 신경 썼다. 그 이후로 독서 노트만 달라진 것이 아니다. 나는 평소 내 의견을 제대로 말하지 못할 때가 많았다. 좋은 게 좋은 거라며 말하기를 꺼릴 때도 있었다. 그런데 내 생각까지 정리한 후부터 조금씩 내 의견을 말할 수 있게 되었다. 지금도 글로 내 주장을 유려하게 펼치지는 못한다. 곧 좋아질 거라고 믿는다.

내가 독서 노트를 어떻게 활용하느냐에 따라 나도 변할 수 있다는 걸 깨닫게 되었다. 그래서 독서 노트 적는 일은 꼭 해야 하는 일과가 되었다. 가끔 바쁘다는 핑계로 독서 노트 정리하는 걸 게을리하고 나면 그 책을 읽었다는 생각이 들지 않는다. 분명히 책에는 밑줄이 수없이 그어져 있는데도. 예전에 학원을 운영할 때, 매일매일 바빴다. 분 단위로 살고 있다고 말하곤 했다. 퇴근하기 전, 그날 지낸 일을 밤에 다이어리에 정리했다. 그렇게 정리해보지 않으면 하루를 도둑맞은 기분이 들어서였다. 독서 노트 정리도 비슷하다. 적어두지 않으면 내가 그 시간 동안 뭘 했나 싶다. 독서 노트에 정리해보니 요약도 잘된다. 내용을 제대로 보는 눈도 생긴듯하다.

중학교 1학년 때, 독후감을 쓸 줄 몰라서 문집에 실린 다른 사람의 독후감을 베껴서 숙제로 낸 적이 있다. 기억에는 없지만 선생님께 혼났을 것이다. 그때 이후로 나는 책을 읽어도 독후감을 쓸 줄 모른다고 생각했다. 독후감뿐만 아니라 글을 못 쓰는 사람이라고 스스로 생각했다. 독후감이나 독서 노트가 어떤 틀이 있어야 한다고 생각했던 것 같다. 지금 돌아보면 우습다. 그때에는 귀가 들리지 않으면 말을 하지 못하는 것처럼, 독후감을 쓸 줄 모르면 글을 못 쓰는 사람이라고 생각했다. 얼마 전까지도 나는 글을 쓸 줄 모르는 사람이라는 생각이 나를 짓눌렀다.

작년 1월부터 참여하는 독서 모임 '천무'에서는 토론한 후 서평을 쓴다. 한 달에 두 권씩 읽는다. 이 독서 모임에서 한 달에 두 번 서평을 쓴 후부터는 독후감이나 서평을 어렵다고 생각하지 않게 되었다. 덕분에 나는 글을 못 쓰는 사람이라는 딱지를 조금씩 떼어내고 있다. 어릴 적 사소한 사건이 나에 대한 정체성으로 굳어져 버렸다. 그것을 바꾸는 데 많은 시간이 걸렸다. 학원 운영할 때, 누구나 쉽게 쓸 수 있는 수강료 고지서도 8년 동안이나 남편이 대신 써주었다. 나는 글을 못 쓰는 사람이라는 생각 때문에. 지금은 아니다. 나도 글을 조금씩 쓰고 있다. 개인 저서도 냈다. 글쓰기 책쓰기 코치도 되었다.

2-10.
저자의 경험을 레버리지 하는 독서 노트

이원용

처음 독서를 시작하면 행복을 느끼게 된다. 책을 읽는 뿌듯함과 깨달음을 통해 과거의 삶에서 벗어나 희망찬 내일이 다가올 것 같은 기대와 성취감 덕분이다. 그러나 책을 읽는 사람에게는 누구나 슬럼프가 찾아온다. 계속 책을 읽는데 마음 한 켠에 불안함과 의구심이 든다. 책을 읽는다고 성공할까? 정말 발전하고 있을까? 이 두 가지 생각이 끊임없이 괴롭힌다. 이런 책 슬럼프를 막기 위해 그리고 읽은 책을 내 것으로 만들기 위해 추천하는 독서법이 바로 독서 노트다. 책을 읽었는데 3일이 지나고 그 책 내용을 요약해서 말할 수 있는 사람은 몇 명이나 될까? 아마도 대부분 읽은 책의 내용이 기억에 남지 않을 것이다. 그 이유는 읽기에 중점을 두었기 때문이다. 한번 읽은 책의 내용을 잘 기억하고 언제든 다시 볼 수 있는 방법이 있다면 얼마나 좋을까? 저자가 사용하고 있는 독서 노트 만드는 방법을 공유 한다.

　책을 보는 스타일은 크게 두 종류가 있다. 줄을 치면 읽는 독자 그리고 줄을 치지 않는 독자. 책은 깨끗하게 보는 게 좋을까? 밑줄을 치고 흔적을 남기는 게 좋을까? 책을 500권이상 본 사람이라면 이 대답은 99.9% 일치한다. 바로 밑줄을 치고 흔적을 남기고 독서를 해야 한다. 지금 경제는 어려워지고 앞으로 생활은 더 힘들어 질것이라 한다. 자기 계발서 중에 일부는 독서를 통해 미래의 변화에 대비할 수 있다는 것을 알기에 한 푼이라도 아끼기 위해서 책을 사서 깨끗하게 보고 중고로 다시 판매를 한다. 절약을 하며 자기 계발 하는 모습에 박수를 보내고 싶지만 책은 깨끗하게 보면 깨끗하게 잊게 된다. 도이 에이지『그들은 책 어디에 밑줄을 긋는가』에 나오는 내용으로 "단 하나의 밑줄이라도 그을 수 있다면 책값을 충분히 회수하고도 남는 성과를 올릴 수 있다"라고 했다. 금전이 넉넉하지 않아 책을 사는 금액조차 두려움에 떨던 시절부터 책은 중고라 할지라도 구매해서 읽었다. 책 한 권이 나오기 위해서는 짧게는 6개월~수년이 걸린다. 이건 단순 집필 기간이다. 한 권의 책에는 수년~수십 년 동안 그 사람의 경험과 통찰, 성공에 이르기까지 다년간의 경험이 담겨 있다. 즉 책 한 권에는 저자의 수십 년 노하우가 담겨 있다고 말할 수 있다. 독서는 누군가의 수십 년간 통찰을 우리가 단 몇 시간 만에 읽을 수 있는 기회다. 수십 년의 통찰을 2~3시간 만에 과연 담을 수 있을까? 저자들의 10년의 노하우를 3시간 만에 담기 위해서 책은 깨끗하게 봐야 할까? 밑줄을 치고 메모를 해야 할까?

당신이 책을 사서 깨끗하게 보고 중고 도서로 팔 생각이 아니라면 반드시 책에 밑줄을 치고 메모를 하면서 봐야 한다. 누군가의 10년 노하우를 3시간 만에 담는 레버리지를 활용하기 위해서라면. 3시간 독서 이후 독서 노트를 만든다면 기억에 더욱 오랫동안 남고 강의나 글을 쓸 때 자료로 남아 언제든 꺼내 보고 활용을 할 수 있다. 그렇다면 독서 노트를 만들기 위해 필요한 게 무엇일까?

1) 독서 노트

독서 노트 만드는 방법은 간단하다. 노트라면 A4 사이즈 A5 사이즈 뭐든 무관하다. 휴대성의 편리함을 생각한다면 A5를 추천한다. 노트북, 휴대폰도 좋지만 독서 노트는 아날로그로 시작하는 것을 추천한다. 컴퓨터로 타이핑을 하는 것과 직접 손으로 써 보는 필사는 뇌 활용에 있어서 차이를 주기에 독서 노트를 만들어 본적이 없거나 초보라면 아날로그 방식으로 필사를 한 이후 독서량과 필사량이 늘어나게 되면 디지털 방식으로 시도해서 나만의 방식을 찾아가면 된다. 필자도 처음에는 아날로그 방식으로 독서 노트를 만들었고, 독서량과 정리하는 양이 늘어남에 따라 디지털 방식으로 변경을 한 상태다.

2) 필기구

노란색 색연필, 3색볼펜
노란색 색연필로 다시 읽고 싶은 부분에 밑줄을 친다.
색상은 빨간, 파랑, 검정 3색 볼펜
색상마다 시각적으로 정보를 구분해주면 좋다.
빨강: 책 속에서 반드시 기억해야 할 내용, 적용점 등
파랑: 좋은 내용이지만 아직 내가 받아들이기 힘든 내용, 그
　　　이유
검정: 책 내용 중 깨달음을 책 속에 기록
색을 구분하는 이유는 독서를 하면서 중요도, 내용 구분을 시
각적으로 하면서 집중력을 올리기 위한 방법이다.

3) 포스트잇 플래그

책을 덮으면 해당 내용을 바로 찾을 수 없기에 키워드를 써 놓
으면 책에서 필요한 내용을 빠르게 찾을 수 있다.

최근 소책자 만들기 코칭을 하고 있는데 많은 사람들이 글을
쓰는데 어려움을 느낀다. 만약 독서 노트가 있다면 책 집필이나,
강의를 할 때 큰 도움이 된다. 실제로 저자는 연간 수백 회의 강
의를 하고 있는데 독서 노트 정리를 바탕으로 글을 쓰거나 강의
를 할 때 아주 큰 도움을 받는다. 주위에 글을 잘 쓰는 사람들은

한 가지 공통점을 갖고 있다. 글을 쓰기 위한 소재 글감이 많다는 것이다. 글을 잘 쓰는 출발점은 독서 노트가 된다는 것은 이 책을 읽는 독자들에게 꼭 알려주고 싶다. 저자는 현재 노션으로 독서 노트를 정리하고 있고 종류별로 나눠서 보유하고 있다. 마케팅, 돈, 경제, 인문학, 건강 등의 분류는 반드시 필요하다. 독서 노트가 하나씩 쌓이고 있는데 종류별로 노트를 만들지 않을 경우 만능노트라는 아름다운 이름을 갖지만 찾는데 더 많은 시간을 잡아먹을 수 있으니 반드시 종류별 독서 노트를 만드는 것이 중요하다.

2-11.
"천무"를 만나고 "렉처 독서법"을 배웠다

이은설

책 읽는 것만 좋아하고, 독후감 쓰는 것은 고개를 흔들었다. 한 권 다 읽고 나면 처음 읽었던 내용이 생각나지 않았다. 읽다가 중요한 대목이나 문장을 줄 치기는 했지만, 줄 칠 때만 살아 있었다. 책을 읽을 때는 시간 가는 줄 모르고 푹 빠져 읽지만 정작 다 읽고 나면 뭘 읽었는지 생각나지 않았다. 요약하지 못했다. 잘 쓴 독후감을 보면 부럽기만 했다. 저 사람들은 어떻게 저렇게 조리 있게 잘할까. 나는 왜 못하지. 생각하면서도 독후감 쓰는 것에는 관심이 없었다. 책을 읽은 후, 실행하고 내 것으로 만드는 것은 꿈도 꾸지 못했다. 수박 겉핥기 독서만 하고 있었다.

자이언트 골든 클래스에서 "천무" 독서 모임을 만들어 주셨다. 무조건 손들고 참석했다. 요약할 수 있는 능력이 필요한 시대라고 하셨다. 늦어도 2주 전 선정 도서를 지정하고 격주로 진행되었다. 첫 번째 책 이나모리 가즈오 회장의 『인생을 바라보는 안목』을 만났다. 책을 읽고, 부족함이 많은 나의 모습을 돌아보게 되었다. 가장 쉬운 독서 노트 작성법을 알려 주셨지만, 뭐가 뭔지 안갯속을 헤매는 듯했다. 독서 노트를 작성하면서 기억하고 싶은 문장 세 개를 뽑았다. 뽑은 이유를 쓰지도 못하고 그냥 따라 했다. 독서 토론 시간에는 다른 사람들은 어쩌면 그렇게 잘하는지 부럽기만 했다. 내가 책을 읽다가 줄친 부분을 다른 사람이 이야기할 때는 고개가 끄덕여지기도 했다.

읽은 내용을 기반으로 독서 노트를 작성했다. 한 문장 요약은 이 책을 사람들에게 소개하는 쇼 호스트가 되어 말하듯이 하라고 했다. 기억하고 싶은 문장 세 개를 썼다. 뽑은 이유를 그 아래에 적었다. 책 한 권에서 세 개만 뽑으면 충분하다고 하셨다. 책 한 권에 한 개씩만 실천해도 누적되면 그 힘은 대단할 것이다. 독후 소감을 썼다. 나의 어록을 작성했다. 독서 노트 작성이 끝나면 그 노트를 들고 소그룹에서 독서 토론이 진행되었다. 소그룹 모임 때는 6~7명의 작가를 만났다. 할 때마다 무작위로 다른 얼굴을 만난다. 같은 작가를 자주 만나면 반가웠다. 줌이지만 늘 얼굴만 보다가, 소통하고 이야기를 나누니 서로에 대해 더 잘 알 수 있는 기회가 되었다. 2주 만에 한 번씩이지만 자주 보면 더 친해지는 느낌도 들었다. 소그룹 모임 시간이 끝나면 본격적으로 SNS에 독후 소감을 작성하는 시간이다. 사부님은 진행하면서 입력 시간을 "5분 남았습니다." "3분 남았습니다." 하면서 시간 체크 했다. 마음이 급해진다. 손이 바들바들 떨린다. 바

뻔 마음을 애써 진정시키고 태그를 입력 후 동시에 발행 버튼을
누른다. 발행 버튼을 누르는 것이 중요하다고 했다. 누르지 않
을 수도 없었다. 입력 속도가 늦어서 시간이 될 때는 독서 노트
를 미리 작성하기도 했다. 블로그 입력까지 해놓고 참석할 때는
마음이 조급하지 않고 느긋했다. 마치고 몇 사람의 소감을 듣는
다. 다음 선정 도서와 공지 사항을 마치고 미니 특강을 듣고 나
면, 두 시간이 후딱 지나간다. 마쳤다는 안도감에 휴~한숨이 나
왔다.

　2022년 1월 16일에 시작하여 격주로 29회를 하는 동안 스물
아홉 권의 책과의 만남을 했다. 첫 번째 책 이나모리 가즈오 회
장의 『인생을 바라보는 안목』은 60년 경영철학에 9가지 주제와
27가지 키워드를 정리한 책이다. "하늘의 도움을 받으려면 '남을
돕겠다'는 이타적인 방향으로 바꾸어야 한다"는 부분이 와닿았
다. 첫 번째 책의 매력에 흠뻑 빠지게 되었다. 몇 권을 제외하고
는 내가 몰랐던 책들이었다. 천무 덕분에 귀한 책을 만날 수 있
었다. 책을 읽고 독서록으로 기록했다. 시간이 지나고 가끔 넘겨
보면 책 내용이 생각났다. 회를 거듭할수록 조금씩 익숙해진 것
같다. 독서록을 제대로 쓰지 못했지만, 한 번도 빠지지 않고 참
석했다. 가끔 책을 다 읽지 못하고 참석할 때도 있었다. 숙제를
다하지 못한 것처럼 부끄러웠다. 참석하는 데 의미를 두었다. 가
끔 완독하고 독서록을 작성하고 참석할 때는 숙제를 다 하고 학
교 가는 것처럼 가벼운 기분이 들기도 했다.

렉처 독서법을 배웠다. 생소하고 낯설었지만, 새로운 것을 배우는 것 자체가 좋았다. 내가 몰랐던 세상을 알아가는 느낌이었다. 그림을 보고 요약하는 것이 재미있었다. 선선하게 느껴졌다. 사부님은 반드시 자이언트 작가들이 가져가야 하는 것이라고 힘주어 말씀하셨다. 한 꼭지 글을 읽고 요약하고 요약한 것을 중얼중얼 말로 해보고 나의 말로 바꾸면 된다. 키워드에 맞는 사진을 찾고 사진을 보면서 이야기를 한다. 그림을 보면서 이야기하는 것은 메모를 보고 하는 것보다 재미있었다. 신선하게 와 닿았다. 기억도 잘되었다. 이미지 연상법이었다. 지금까지 "천무"에서 배운 독서법과는 전혀 달랐다, 이미지를 각인시켜서 기억하는 참신한 독서법이다. 아직은 한 꼭지 요약을 하지 못하고 한 문장을 내 것으로 만들기 위해 연습하고 노력 중이다. 배운 대로 하지만 내가 하는 것이 맞는지 틀린지도 모르겠다. 아는 대로 매일 아침 렉처 독서법으로 포스팅을 한다. 렉처 독서법 배울 때부터 저것만은 내 것이 되도록 해야겠다. 6개월만 꾸준히 해보자고 다짐했다. 그래서 매일 했다. 서른 세 번째 포스팅을 했다. 숫자가 중요하지 않지만, 한 달을 진행한 나 스스로에게 박수를 보낸다. 이제 한 달이 지나고 나니 어느 정도 몸에 익은 것 같다. 생각하고 말로 중얼거려 문장을 만드는 시간이 걸린다. 사진을 찾거나 복사하거나 캡쳐 하는 것은 처음만큼 어렵거나 힘들지 않다. 찾은 사진을 보고 혼자서 이야기했다. 텍스트보다는 이미지가 뇌에 더욱 강력하게 각인된다는 것을 알고 있었지만, 새삼 느끼게 되었다. 키워드 독서법, 킬러 리딩독서법, 마인드맵 등 다양한 독서법을 배웠다. 배우는 것보다는 실행이 중요하다. 한

나는 매일 글을 씁니다

가지만 쓰는 것이 아니라 다양하게 적용해보고 나에게 맞는 독서록 쓰기를 찾아야겠다.

　책을 좋아했다. 독서록을 쓰는 것은 부담되었다. 책을 읽다가 마음이 동하면 노트에 몇 번 적다가는 까마득하게 잊어버리곤 했다. 정리를 하다 보면 쓰다 만 독서록이 가끔 나왔다. 아차! 내가 독서록을 쓰기로 했지. 그때 생각이 퍼뜩 스쳐 지나간다. 퍼즐 조각이 맞추어지지 못하고 전부 흩어진 느낌이었다. 자이언트 책 쓰기를 하면서 "천무"에 참석했다. 문장 독서를 강조하셨다. 문장 독서 시연을 하실 때마다 신비로웠다. 늘 바쁘고 급하다는 핑계로 그렇게 독서 하지는 못했다. 아는 만큼 배운 만큼 따라 하고 싶었다. 독서 노트 이렇게 쓸 수 있다는 것도 자신감이 생기고 재미있었다.

　렉처 독서법을 알고 '세상에 이런 방법도 있다니…' 신기했다. 나 같으면 제자들에게 알려 주기 힘들었을 것 같다. 기꺼이 가르쳐주신 사부님 덕분에 새로운 '나'만의 무기를 하나 더 가진 느낌이다. 다른 사람이 가지지 않은 것을 내가 가진 것 같았다. 금방 눈에 보이지 않지만 성큼 한 걸음 앞으로 나아가는 기분이 든다. 좋은 스승을 만나고 좋은 책을 만났다. 내가 배운 좋은 것을 함께 나누고 싶다.

2-12.
독서 노트의 힘, 여백에서 마음 챙김으로

이은정

15년 전, 지인들과 함께 독서 모임을 한 적이 있습니다. 밀도 있는 고전철학 책이었습니다. 모임의 주최자로서 통찰력 있는 서평과 토론으로 깊은 인상을 주고 싶었습니다. 독서 내내 공책에 격렬하게 휘갈겨 썼습니다. 의미있는 내용이라고 생각되는 인용문과 문장을 적었습니다. 각자의 생각을 듣고 내 생각을 공유하는 순서였습니다. 말을 더듬으며 생각을 표현하는 데 어려움을 겪고 있음을 발견했습니다. 답답하고 부끄러웠습니다. 공책을 흘끗 보았는데 아뿔싸! 필기에 몰두한 나머지, 책을 읽고 내 것으로 적용한다는 걸 잊은 것이지요. 지인들이 정중하게 고개를 끄덕이지만, 능글맞은 웃음을 감추려는 모습이 포착되었습니다. 나도 모르게 웃음이 나왔습니다. 귀한 교훈을 얻었습니다. 메모하는 것이 도움이 될 수 있지만, 메모하고 기록하고 참여하는 것 사이의 균형 유지가 중요하다는 것을. 그

나는 매일 글을 씁니다

날 이후, 새로운 균형 감각과 목적 의식을 갖고 독서 노트를 마주했습니다. 여전히 메모도 합니다. 단순히 내 지식으로 다른 사람들에게 깊은 인상을 주려는 오만을 내려놓았지요. 책의 내용을 이해하고, 작가의 메시지에 주목하고, 내 삶에 적용하려는 의도로 작성합니다. 지금은 다양한 방법과 시각으로 기록하고 있습니다.

무엇보다도 독서 노트를 작성하는 데 정답은 없습니다. 자신만의 고유한 스타일과 접근 방식을 가지고 있을 뿐이지요. 그럼에도 저만의 독서 노트 노하우를 공유해 봅니다.

첫째, 독서 노트를 작성할 때 강조 표시와 주석을 사용합니다. 책을 읽으며 마음에 와 닿는 구절이나 기억하고 싶은 주요 개념에 별표(*) 또는 형광펜으로 표시를 합니다. 인용문이나 통계가 있는 경우 여백에 짧은 설명을 적어둡니다. 왜 그것이 나에게 눈에 띄었는지 생각을 적습니다. 독서 노트를 작성할 때 핵심 포인트를 찾고, 그 속에서 강조점을 뽑아내기가 쉽습니다. 책에서 추출한 텍스트의 중요 구절을 독서 노트에 기록하고, 내 생각과 통찰을 추가합니다. 만약 내가 이해하지 못하는 것이 있으면, 물음표(?) 표시를 해두고 저자에게 메일을 보내기도 합니다. 때로는 나중에 더 조사해야 한다는 것을 상기시키기 위해 여백에 질문을 적어두기도 합니다.

둘째, 독서 노트에 시각적 보조 자료를 사용합니다. 마인드맵이나, 차트 및 기타 시각적 요소를 통합하는 것입니다. 복잡한 내용이 한눈에 명확하게 들어오고, 서로 다른 개념이 연결되어

전반적인 흐름을 이해하기가 수월합니다. 독서 중, 내용이 꼬여 있거나 다면적인 개념에 맞닥뜨리면 막막합니다. 종종 마인드 맵을 그립니다. 개념을 나누고 그들 사이의 관계를 시각화할 수 있습니다. 특히, 고전이나 철학책을 읽고 난 후 다양한 주장과 반론을 정리하는데 탁월합니다. 프로세스가 복잡하거나 시스템을 설명하는 과학 관련 책을 읽은 후에는 순서도를 만들어 봅니다. 책에서 제시하는 논리와 구조, 과정의 단계 및 관련성이 이해가 됩니다. 논문을 쓰면서 통계 데이터나 기타 숫자 정보가 포함된 책을 읽는 경우도 있습니다. 이때는 표나 그래프를 만들어 데이터를 시각화합니다. 정보를 명확하고 간결하게 보여주고, 정보의 패턴이나 추세를 비교할 수 있습니다. 기억이 오래 갑니다.

셋째, 독서 노트에 경험과 연결하여 성찰을 기록합니다. 책을 읽으며 공감하는 문장이나 메시지를 만날 때가 있습니다. 그럴 때마다 그것이 내 삶의 경험과 어떤 관련이 있는지 생각해 봅니다. 저자의 경험이 내 경험과 어떻게 유사하고, 그 교훈을 내 삶에 어떻게 적용할 수 있는지 적어두지요. 논쟁의 여지가 있는 주제나 관점을 제시하는 책을 읽을 때도 있습니다. 시간을 내어 저자의 주장을 비판적으로 분석해 본 후, 문제에 대한 나의 생각과 느낌을 정리합니다. 때로는 개념 자체가 어려운 주제에 관한 책을 접하기도 합니다. 먼저 핵심을 요약 후 나만의 언어로 바꿔봅니다. 그런 다음 나의 경험과 관심사에 어떻게 적용되는지 생각해봅니다. 책의 내용을 요약하고 다른 말로 표현해 보는 과정에서 저자가 전하려는 메시지를 이해할 수 있습니다. 이렇게 나만

나는 매일 글을 씁니다

의 생각과 스타일로 독서 노트를 작성하면 시간이 지나도 오래 동안 기억에 남습니다.

독서 노트를 작성하는 것은 재미있고 창의적인 과정입니다. 때로는 핵심 메시지를 강조하기 위해 다양한 색상의 볼펜이나 연필을 사용하기도 합니다. 글의 내용과 관련한 나만의 그림이나 일러스트레이션을 추가하기도 합니다. 중요한 것은 나에게 맞는 독서 노트 스타일을 찾는 것입니다. 인내심을 장착하여 꾸준히 연습하면 누구나 독서 노트의 달인이 될 수 있습니다!

독서 노트를 작성하면서 좋았던 점입니다.

첫째, 기억이 오래갑니다. 책을 읽을 때 우리 뇌는 정보를 처리하고 이해하는 데 적극적입니다. 중요한 개념과 메시지에 주의를 집중하며 읽습니다. 책의 내용을 쉽게 요약하여 정리합니다. 자기개발서의 경우, 저자가 권하는 주요 전략과 기술에 대해 작성합니다. 나중에 이러한 전략이 유용한 상황에 직면했을 때, 이를 기억해 내어 실행한 경험이 많습니다. 때때로 강의 자료를 작성할 때도 세부 사항을 끄집어 내 활용하곤 합니다. 책에 대해 깊이 있는 토론도 가능합니다. 독서 노트를 정기적으로 검토하며 자료를 리허설하면, 다양한 개념과 메시지 사이의 또 다른 연결로 이어지기도 합니다. 결국, 독서 노트에 핵심 내용을 요약하고 기록하며 두뇌를 능동적으로 참여시킨 결과입니다.

둘째, 생각이 정리됩니다. 시간 관리에 관한 책을 읽을 때, 저자가 제안하는 우선순위 매트릭스나 특정 목표 설정 등 여러 가지 전략을 접합니다. 이러한 전략과 특정 상황에 적용하는 방법을 노트에 기록합니다. 생각이 정리되고 내용이 쉽게 이해됩니다. 나아가 저자가 제시한 전략이 특정 상황에 어떻게 적용되는지 기록해 두면, 내용을 내 것으로 만들어 나의 삶과 관련짓기 수월합니다. 독서 노트를 다시 참조하여 기억을 되살리고, 특정 상황에 맞는 방식으로 전략을 적용할 수 있습니다.

셋째, 비판적 사고능력이 향상됩니다. 책을 읽을 때 종종 저자가 전하려는 메시지, 관점 및 주장에 노출됩니다. 그 과정에서 질문하고, 연결하고, 내 생각과 반응을 성찰합니다. 책을 읽은 후 특정 사건이나 기간, 저자의 관점, 뒷받침하는 증거 및 잠재적 편견 등에 대해 기록합니다. 다양한 관점으로 내용을 해석하고 평가함으로써 복잡한 주제를 명확하게 정리할 수 있습니다. 문제나 도전에 직면했을 때 독서 노트를 다시 검토하여, 문제를 해결하는 데 도움이 될 수 있는 전략이나 아이디어를 도움받을 때도 있습니다. 아울러 의사소통 능력도 향상됩니다. 독서 노트를 작성하면서 이해하기 쉽게 정보를 요약하고 종합하는 훈련을 하게 됩니다. 이를 통해 복잡한 내용을 이해하기 쉽게 표현하고, 메시지를 명확하고 효과적으로 전달할 수 있습니다.

평생 독자이자 작가입니다. 독서 노트는 읽은 책을 더 잘 이해하고 기억하는데 훌륭한 도구입니다. 독서 노트를 쓰면서 깨달은 한 가지가 있습니다. 바로, 선택의 중요성입니다. 책을 읽고 떠오르는 아이디어나 생각을 모두 적는 것은 불가능합니다. 대신 가장 중요하고 영향력 있는 메시지에 집중합니다. 즉, 메시지의 본질을 포착하는 간단한 메모나 인용문을 적어 두려고 노력

합니다. 독서 중 메모하면 정리된 상태로 기억하게 되니까요. 공책이든 컴퓨터의 폴더든, 개인적으로 한 곳에 보관하는 것을 좋아합니다. 나중에 메모해 둔 내용을 쉽게 검토할 수 있습니다. 이것은 다른 책의 메시지와 연결하는데도 수월합니다. 아울러 더 깊은 수준에서 자료를 내 것으로 반영하는 기회가 되기도 합니다. 독서 노트를 생활화하면 내가 읽고 있는 책의 내용을 더 잘 이해하고 내면화할 수 있습니다. 어쩌면 독서 노트를 작성하는 즐거운 이유가 아닐까 합니다. 물론, 독서 노트 작성이 항상 순조롭고 쉬운 과정은 아니었습니다. 차근차근 나만의 독서 노트 활용법을 찾으면 됩니다. 책 읽기를 좋아하든, 필요에 의해서든, 독서 노트는 가치 있고 보람 있으며, 적극적이고 사려 깊은 성찰의 도구가 되리라 확신합니다.

2-13.
요가와 독서 메모, 몰입의 즐거움

정가주

책을 읽을 때는 연필을 든다. 연필도 아무 연필이 아니라 내가 좋아하는 것이어야 한다. 적당히 부드럽고 진해야 마음에 드는 문장이 나오면 줄을 그을 때 좋기 때문이다. 아들이 쓰는 서걱서걱한 연필은 쓰지 않는다. 흐릿하고 연한 연필도 싫다. 손에 힘을 빼어도 주르륵 그어지는 색연필도 좋다. 한 권의 책과 연필만 있으면 된다. 천천히 읽다가 나만의 문장을 찜해 놓는다. 한 페이지를 넘길 때마다 마음을 쿵 때리는 문장을 만날 준비를 한다. 책 한 귀퉁이를 접어놓고 빈 곳에 메모하기도 하며 이해하기 힘든 단어가 나왔을 때는 사전에서 찾아 의미를 쓴다. 책을 다 읽고 나서 다시 보기 위해 포스트잇 플래그를 붙이고 신문에서 기사를 찾아 붙여 놓기도 한다. '뭘 이렇게 요란하게 책을 읽어?' 할 수도 있겠지만 눈으로만 쓱 보는 독서는 금방 잊어버릴 것이 분명하기 때문이다. 술술 넘어가는 책도 있지만 한 장 넘기기가 쉽지 않은 책도 있다. 휘리릭 넘기는 책은 부담 없어 좋고 아무 때나 편하게 읽을 수 있지만 나는 책상에 폼 잡고 앉아 공부하듯이 책 읽는 것을 좋아한다. '오늘은 기필코 좋은 문장 하나를 마음에 담겠어!'라는 각오로.

처음부터 이렇게 각 잡고 책을 읽은 것은 아니다. 초등학교 때 내 단짝은 책을 많이 읽었다. 친구 집에 놀러 가면 책장에서 책부터 골라 읽던 친구였다. 맞벌이하는 부모님 때문에 맨날 집에 가면 늘 심심하다고 노래를 불렀지만, 책만 있으면 금방 빠져드는 친구였다. 재밌는 책을 함께 읽고 같이 만화방에 가기도 했다. 어떨 때는 아가사 크리스티의 추리 소설에 꽂혀 만날 때마다 이야기를 해줬고, 해외 패션 잡지를 잔뜩 모아두고 현란하고 멋진 사진을 내게 내밀기도 했다. 무슨 책이든 읽으면 신나게 이야기하는 친구 모습이 좋았다. 펄 벅의 『대지』가 재밌다고 꼭 읽어보라고 했던 친구였다. 책 두께에 놀라 나는 금방 포기하고 말았지만. 책을 많이 읽으라고 엄마가 백 권짜리 세계문학전집을 사주셨다. 그중에 끝까지 읽은 책은 몇 권 되지 않았다. 아빠가 고심 끝에 골라주신 『보물섬』도 듬성듬성 후다닥 읽어 치웠다. 중간을 건너뛰고 끝까지 읽은 척했다. 책에는 흥미가 별로 없었지만, 가끔 아빠의 서재에 꽂혀 있었던 책들을 구경했다. 도통 어떤 의미인지 모르는 이해하기 힘든 책이었지만 그냥 눈으로 담고 제목을 주욱 훑어보는 것이 좋았다. 이십 대가 지나고 삼십 대가 되어서야 책이 조금씩 눈에 들어왔다. 서점에 가서 눈에 들어오는 책을 몇 권 사서 읽었다. 자기 계발서도 읽고 에세이도 읽었다. 좋은 책이라는 기억은 있었지만, 기록이 없으니 시간이 지나면 잊었다. '기록'은 '후일에 남길 목적으로 어떤 사실을 적는다'라는 뜻이다. 기록은 남기기 위해서 한다. 내 머리와 마음속에 남기고 가끔은 누군가가 읽어주기를 바라며 쓴다.

노트를 한 권 샀다. 처음에는 인상 깊은 문장이 나오면 또박또박 예쁘게 따라 썼다. 박완서의 에세이도 따라 쓰고, 신영복의 『감옥으로부터의 사색』도 썼다. 그림책 예쁜 문장도 쓰고 그림도 그렸다. 호프 자런의 『랩걸』을 읽을 때는 나무에 대한 묘사를 읽으며 그림도 그렸다. 멋진 문장이나 내 마음을 닮은 문장을 쓰면서 밑에 내 생각을 쓰기 시작했다. 독서 모임을 하면서 기억하고 싶은 문장을 메모해두고 블로그에 한 줄 서평도 썼다. 책을 읽고 공개적으로 단상을 쓰는 것이 부끄럽기도 했고 내가 제대로 잘 이해했는지 자신이 없기도 했다. 그럴 때면 더 꼼꼼하게 읽으며 노트에 써보고 이리저리 생각도 해보았다. 연필을 붙들고 낙서도 하고 별표도 해보고 시간을 들여야 '아하!' 하는 순간이 온다. 느리게 정독하며 몰입하는 시간이 꼭 필요하다. 눈으로만 훑고 빠르게 읽으면 기억에서 금방 사라진다. 또박또박 필사하고 내 생각을 적어보면 작가의 문장이 내 것이 된다. 책을 읽고 메모를 하는 것은 저자의 생각을 나에게 적용하는 과정이다. 질문도 하고 다른 관점도 찾아보고 내 삶과 연결도 시켜보는 적극적인 독서 활동이다.

오른쪽 팔이 저려 병원에 갔다. 목디스크였다. 물리치료를 받고 침을 맞았다. 디스크에 좋다는 스트레칭을 배우고 요가를 시작했다. 요가복도 사고 새 매트도 사며 의욕이 충만했다. 유튜브에 멋진 요가 강사들이 유연한 몸동작을 보여주면 나도 금방할 수 있을 것만 같았다. 온라인으로 매일 인증하는 요가 프로그램에 등록했다. 하루 10분 요가였다. 참여한 분들은 초급자에서 상급자까지 다양했다. 타이머를 맞춰두고 그날의 동작을 따라 했다. 등은 구부정하고 다리도 곧게 펴지지 않으니 자세가 엉성했다. 뻣뻣하게 굳어있는 몸이 부드러울 리 없었다. 따라 할수 있는 동작이 많지 않았다. 포기하고 싶었다. 욕심을 부리면안 된다는 걸 하다 보니 알았다. 남이 하는 동작이 아니라 내 몸에 집중해야 했다. 요가 마지막에는 가만히 앉아 명상했다. 호흡을 길게 내쉬고 복잡했던 마음을 내려놓는 시간이었다. 요가도 명상도 의식적인 몰입을 해야 했다. 연습이 필요했다. 요가가내 몸과 마음을 들여다보는 것이라면 독서 메모는 문장에 빠져내 생각을 들여다보고 정리하는 것이다. 눈으로만 훑고 빠르게책장을 넘기면 남는 게 없다. 문장을 반복하여 읽고 앞뒤 문맥을보며 깊이 생각하다 보면 책 읽는 즐거움을 알게 된다. 매일 읽고 싶어진다.

블로그와 공책에 '오늘의 한 줄'을 쓰고 있다. 책을 읽고 매일한 문장은 마음에 담고 싶어 시작했다. 그날 읽었던 책 내용 중에서 기억하고 싶은 문장 하나를 뽑아 필사하고 밑에 내 생각을쓴다. '오늘의 한 줄'을 보며 글 한 편을 쓸 수도 있다. 생각하다보면 할 말이 많아진다. 한 문장을 읽고서도 마음에 와닿거나 내 삶과 연결되면 쓰고 싶어진다. 그림책이나 신문, 아이들이 읽는 책 중에서도 한 줄을 발견한다. 소리 내 낭독도 해보고 아이들에게 읽어주기도 한다. 노트에 한 글자, 한 글자 쓸 때마다 마음에 새긴다. 멈추어 생각하는 시간을 통해 나를 돌아보고 앞으로 일을 계획한다. 쓰는 독서는 내 삶을 변화시키는 가장 적극적인 독서이기도 하다. 차곡차곡 쌓인 문장들이 많아질수록 삶도 좋아진다.

2-14.
글쓰기의 힘을 기르는 독서 노트, 이제 시작이다

정성희

'얼마나 책을 좋아하면 독서모임이란 걸 할까.' 전문적이고 특별한 사람들이나 하는 거라 여겼었다. 무식하게도 독서 노트라는 걸 모르고 살았다. 2022년, 처음으로 독서모임에 참여한 '자이언트 천무'에서 비로소 독서 노트 작성법을 알게 됐다. 독서 노트 한 장에 책 한 권을 담았다. 요약력이 실력이라고 한다. 책 한 권의 엑기스를 단 몇 줄로 압축할 수 있는 능력이 각광받는 시대인 것 같다.

2021년 4월, 손을 다쳤다. 오십견에는 철봉 매달리기가 좋다는 말을 듣고 방문 틀에 고정했다. 맨손으로 철봉을 잡고 만세하듯 매달려 있는 게 고작이다. 며칠 하다 보니 단조로웠다. 철봉에 운동용 탄력밴드를 걸어서 하니 재밌었다. 그날은 왜 그랬을까. 고작 방문에 있는 철봉이라고 얕봤다. 탄력밴드를 잡고 몸을 뒤로 젖히려다 한 손이 그만 놓쳐버렸다. 바닥에서 발이 뜨는 동시에 팔을 허우적거리며 뒤로 나가떨어졌다. 다른 뭔가에 허리를 부딪치고 오른팔이 방바닥을 짚었다. 충격이 컸다. 일어날 수가 없었다. 처음 당한 일이었지만 예사롭지 않다는 감이 왔다. 잠시 후 정신을 가다듬고 내 상태를 살폈다. 허리와 고관절 부분도 욱신거렸다. 가장 문제인 건 오른팔이었다. 손목이 부어오르는 게 보였다. 큰일 난 것 같아 마음이 급해졌다. 다른 곳은 아픈 줄도 모르고 근처 병원으로 뛰어갔다. 환자가 한 사람 있는 한산한 곳이었다. 간호사가 호들갑을 떨고 나이 지긋한 의사가 엑스레이를 찍었다. 손목에 금이 몇 군데 간 것 같다고 했다. 통증과 함께 손가락까지 퉁퉁 부어올랐다. 항생제 주사 맞고 약 처방받아 왔다. 한순간에 깁스한 환자가 되어버렸다. 왼손으로 전화기를 붙들고 지인들에게 상황을 전했다. 골절 치료 잘한다는 하늘병원 정형외과를 알려주었다.

생애 처음 책 계약하고 일주일 만에 벌어진 일이었다. 출판사와 이메일을 주고받으며 해야 할 일은 태산이었다. 모든 건 왼손에 맡겼다. 이 없으면 잇몸이라더니 왼손이 열 일을 해냈다. 쓰지 않은 오른손은 일 년 만에 어깨까지 굳어졌다. 이미 석회화가 진행되어 통증이 심했다.

천무 독서모임 시간에 독서 노트를 손글씨로 작성하기가 어려웠다. 종이에 닿는 펜 끝은 뻑뻑하고 손놀림은 둔하기만 했다. 속도를 못 따라가니 진땀이 났다. 일단 좀 쉬기로 했다. 열정은 얼마나 뜨거운지가 아니라 지속하는 힘이라는 말이 계속 들리는 듯했다.

나는 매일 글을 씁니다

독서광은 아니지만, 책은 아꼈다. 한번 내 손에 들어오면 버리지 못하는 습성이 있었다. 언젠가 읽어야지 미루다가 빛바랜 전집류도 상당했다. 무게가 있다 보니 이사할 때마다 큰 일거리였다. 차 한 대가 추가되곤 했다. 여러 번의 풍파를 겪으면서도 고수하던 책장은 이젠 곁에 없다.

3년 전, 트렁크 하나 달랑 들고 고시원 신세로 전락했다. 당시 사기당한 충격으로 거의 넋이 나간 상태였다. 마지막 남은 책과 앨범 등을 재활용 장소에 내놓았을 때 아파트 관리소장이 돈을 내라 했다. 파쇄 처리비용이 든다는 거였다. 필요한 사람에게 재활용되려니 했는데 그게 아니었다. 60년 나의 인생 또한 분쇄되어 흩어지는 듯한 통증이 느껴졌다.

뒤늦게 글 쓰는 삶을 살게 될 줄 몰랐다. 자이언트 북 컨설팅과 인연을 맺으면서 새로운 세상을 알게 됐다. 끝난 것 같았던 암울한 나의 인생에 희망의 불빛이 보였다. 인생 대학교 같은 자이언트에서 다루는 모든 프로그램을 맹목적으로 참여한다. 배우는 기쁨을 누린다. 성장하는 모습에 행복하다. 그 많던 책, 독서 노트에 작성해 뒀더라면 하는 아쉬움이 크다.

〈내가 천무에서 배운 독서 노트 작성법〉

1. 노트 첫머리에 〈책 제목〉 쓰고 색칠을 한다. 나중에 노트를 넘길 때 눈에 확실하게 띌 수 있는 방법이다. 제목 옆에 저자 이름과 날짜를 기입한다.

2. 제목 밑에는 '책 한 권을 단 하나의 문장'으로 요약한다. 똑같은 책을 같은 시간에 읽어도 한 줄 요약은 백인백색이다.

3. 왜 이 책을 택했는가. 이유와 배경에 대해 간략하게 한 줄 적는다.

4. 책 한 권에서 가장 인상적이었거나, 기억하고 싶은 문장 3개를 가져온다. 책 전체를 모두 적겠다는 욕심 내려놓고 딱 세 문장만 뽑아낸다. 여기서 중요한 것은 원래 책에 있던 문장 밑에 자기의 생각을 쓰는 거다. 책에 있는 문장을 그대로 필사하는 건 별의미가 없다. 돌아서면 잊어버린다. 내 생각을 끄집어내 기록하는 순간 그 문장은 특별해진다. 그러므로 기억에 오래 남는다.

5. 독후 감상 - 책 읽은 소감을 간단하게 적는다. 책 읽은 느낌을 정리함으로써 가치관이나 철학이 적립되는 부분이다. 어렵지만 중요한 부분이다. 내 생각을 만들어내는 훈련으로써 꼭 필요한 일이다.

6. 나의 어록 - 책 한 권을 읽은 후 마지막 의미 있는 작업이다. 책 내용을 바탕으로 내가 말하고 싶은 키워드로 나만의 문장을 창조하는 일이다. 어록이라는 건 유명인사들이나 하는 건 줄 알았는데 누구나 만들 수 있다니. 너무 신기했다. 나에게는 사실 어려웠다. 어록 제조기라도 되는 양 뚝딱뚝딱 만들어내는 이은대 대표가 토니 라빈스 보다 멋져 보였다.

독서 노트를 작성하는 취지는 책 내용을 되새김질하기 위해서이다. 언제든 펼쳐도 한눈에 파악되도록 한 페이지 안에 담는 게 좋다. 책 한 권의 내용을 노트 한 장으로 압축할 수 있는 요약력도 길러진다. 신선했다. 배울 수 있고 흉내라도 낼 수 있다는 게 그저 신난다. 그냥 꾸역꾸역 따라가 볼 작정이다. 배우지 않았으면 죽을 때까지 몰랐을 일이다. 아무리 늦은 나이라 해도 모르는 건 배워야 한다. 배워서 깨우치는 순간이 참으로 기쁘고 행복하다.

독서 노트를 블로그에 포스팅하면 금상첨화이다. 독서 노트를 블로그에 옮길 때는 감상적인 개인 느낌을 배제한 서평으로 작성한다. 자신의 생각을 펼치는 것보다 본래의 책 내용을 안내해 주어야 한다. 다른 사람에게 책 소개를 함으로써 선한 영향력을 전파하니 얼마나 좋은가.

글 쓰려는 사람에게 독서 노트의 중요성은 아무리 강조해도 지나치지 않다고 한다. 글을 잘 쓰고 싶으면 먼저 잘 쓴 글을 많이 봐야 한다. 독서하지 않고서는 글 잘 쓰기는 어려울 것이다. 책을 읽고 초록한 다음, 자신의 생각을 덧붙이는 글을 독서 노트에 기록한다. 그러다 보면 어느 순간 글 쓰는 실력도 쑥 자라 있게 될 것이다. 혼자 하면 어렵지만 갖춰진 시스템에 들어가면 쉬워진다. 바로 에너지 동조화 현상이 일어나기 때문이다. 그래서 독서모임이 필요하다. 리더에 기대어 묵묵히 따라가다 보면 나름대로 안목을 키우게 될 것이다.

몰라서 못했고 귀찮아서 안 하고 살았다. 지금부터 다시 시작하면 된다. 용불용설이다. 이제 어깨도 웬만큼 치료되었으니 엄살 그만 떨자. 일요일은 천무 독서모임을 위해 비워두어야겠다. 하나씩 배워서 나처럼 문해력이 약하고 독서 노트 작성에 어려움을 겪는 시니어들에게 전해주려 한다.

처음엔 깨지락 깨지락 갈피를 못 잡고 기어 다녔지만 슬슬 재미가 붙고 성취감이 느껴진다. 멈추지 않고 꾸역꾸역 따라가는 게 중요하다. 그러면 필력에 가속도가 붙을 시점이 올 거라 믿는다. 적극적이고 긍정적인 인생의 태도까지 배우게 되는 자이언트 천무 독서모임이 있어 좋다. 독서 노트에 책을 담고 인생을 담고 세상을 담아보자.

당신이 누구인지 독서 노트로 말하라

최서연

"깨끗하게 읽으면 깨끗하게 잊어버린다." 독서 좀 했다는 사람들끼리 하는 말이다. 아무것도 모르고 읽었을 때는 눈으로만 책을 봤다. 줄 치는 것은 교과서에만 하는 줄 알았다. '읽는 거니까' 눈으로 보기만 했다. 씹고 뜯고 맛볼 수 있는 책에 대한 예의가 아니었다. 2014년부터 독서 노트를 썼다. 기록하고 모아 놓은 덕분에 독서법 강의할 때도 귀한 자료가 된다. 책을 읽고 마음에 드는 구절을 깔끔한 글씨로 정성스럽게 적은 노트를 보면서 그 시절의 나를 만난다.

사당동 지층 집은 전세 6,000만 원이었다. 전세가 귀했을 때라 이것저것 따져보지도 않고 제발 계약만 되길 바라는 마음에 집부터 보러 갔다. 집을 들어섰을 때 습했다. 마침 장마철이라 크게 신경 쓰지 않았다. 살고 있는 사람에게 몇 가지를 물어보고 집주인과 계약했다. 2007년에 서울에 올라와서 반지하에 살다가 드디어 7년 만에 땅 위에서 살게 됐다. 교통의 요충지, 사당이라는 점도 맘에 들었다. 문제는 하나둘씩 드러났다. 식당이 바로 앞집이라서 창문을 열면 뜨거운 열기가 내 방으로 들어왔다. 식당과 내 방 사이에 사람 한 명 들어갈 정도 공간이 있었다. 같은 건물에 사는 할아버지가 폐지, 고물을 주워와서 거기에 쌓기 시작했다. 작은 방에 곰팡이가 피기 시작했고, 급기야 내가 자는 큰 방까지 퍼졌다. 집주인에게 방을 빼겠다고 했지만, 그 돈으로 다시 어딘가를 갈 엄두가 나지 않았다.

그때 나는 '책'으로 도망쳤다. 숨만 쉬어도 불쾌한 공기가 폐로 들어왔다. 현실을 잊기 위해 책을 쌓아놓고 읽기 시작했다. 『햄릿』, 『자기신뢰』, 『플라톤 국가』, 『백범일지』, 『아큐정전』, 『나이 드는 것의 미덕』, 『브리다』, 『외딴 마을의 빈집이 되고 싶다』, 『셜록 홈즈』 등 장르를 넘나들며 99권을 읽었다. 독서 노트를 기록하고 무슨 책을 읽었는지 목록을 적었기 때문에 알 수 있다. 2014년에 책으로 도망치기를 잘했다는 생각이 수시로 든다. 지면으로만 설명하려니 아쉽다. 당시 썼던 노트를 '책먹는여자' 인스타그램에 올려놓을 테니 보면 좋겠다.

책은 나를 품었고 키워줬다. 전라도 광주 고향에서 혼자 서울로 올라와 어떻게든 살아내려고 버텼다. 고향으로 다시 내려가고 싶지 않았다. 곰팡이가 가득한 사당동 집에서 결심했다. '다시는 이렇게 살지 않겠다!'라고 말이다. 그건 나를 낳아주고 자

나는 매일 글을 씁니다

기 삶을 내려놓고 살아온 엄마에 대한 보답이 아니었다. 어디서든 당당하게 엄마 딸로 살아야겠다 다짐했다. 내 스승은 책이었다. 스승의 말은 받아적어야 도리다. 적고 또 적었다. 그렇게 기록한 지 십 년이 돼간다. 그러면서 책먹는여자만의 방법도 생겼다. 지금부터 독서 노트를 작성하는 방법을 여러 각도에서 이야기해보겠다.

첫 번째는 누구나 알고 있는 기록이다. 집에 있는 빈 노트에 적으면 된다. 책을 읽은 날짜, 다 읽은 날, 책 제목, 작가, 출판사, 책을 읽은 느낌, 도움 됐던 구절, 내가 실천할 사항을 기록한다. 이 방법으로 블로그나 인스타그램에 적어도 좋다. 많은 분이 독서 노트를 쓰길 바라는 마음에 R365(Reading 365 줄임말) 노트를 제작해서 5,000부 이상 판매하기로 했다. 다음은 노트가 아니어도 책 앞에 적는 방법이다. 나는 지하철을 타면서 종이책을 보면 집중이 잘 된다. 볼펜 한 자루만 들고 읽다가 책 앞 간지에 메모한다. 페이지, 키워드만 적어놓는다. 좋은 구절을 내 것으로 만들기 위한 각인이기도 하다. 손은 밖으로 나온 뇌라고 한다. 손을 적극적으로 활용한다.

"책을 읽다가 중간에 쓰나요? 아니면 다 읽고 한꺼번에 하나요?" 독서 노트를 쓸 때 가장 많이 듣는 질문 중 하나다. 언제 해도 좋다. 나도 두 가지 방법 다 활용한다. 중간에 기록하면 책 읽는 시간이 길어진다는 분도 있는데, 본질을 생각해 보면 답이 나온다. 책을 빨리 읽기 위해 책을 읽는 것은 아니니까 말이다. 독서리스트는 읽은 날짜와 책 제목만 기록해놓으면 언제 어떤 책을 읽었는지 한눈에 볼 수 있다. 독서를 기록으로 남겨 놓은 덕분에 2018년에는『책 먹는 여자』라는 독서 에세이까지 출간했다.

두 번째는 독서 노트를 입체적으로 해보는 방법이다. 좋은 책은 다른 사람에게 소개하고 싶어지는 것이 사람의 본능이다. 친구한테 이야기하듯 책 소개를 영상으로 찍어본다. 휴대폰과 삼각대만 있으면 된다. 자연스럽게 스피치 연습도 되고 유튜버까지 될 수 있으니 일석삼조다. 얼굴 노출이 부담된다면 목소리만 녹음해서 올릴 수 있는 팟빵도 있다.

노트를 십 년 넘게 적다 보니 습관이 돼서 안 적는 게 오히려 불편할 정도다. 기록하고 정리하는 법, 노트를 콘텐츠로 확장하는 법을 통해 책먹는여자 브랜딩이 탄생했다. 핵심 콘텐츠인 '책'의 비밀병기는 독서 노트다. 2017년부터 미니멀라이프를 하면서 책은 지금도 수시로 정리하는 중이다. 더 이상 보지 않을 책은 버리거나, 보관이 필요한 것은 스캔해서 PDF 파일로 보관한다. 시간이 지나서 다시 보면 눈길이 머무는 곳은 책 내용이 아닌 거기에 적혀있는 내 글씨다. 짧은 한 문장에서 과거의 나를 만난다. 그때보다 더 성장한 지금의 나에게 감사하고, 애써온 나를 칭찬한다. 누구에게 인정을 바랄 필요도 없다. 내가 어떻게 살아왔고 어떤 길을 걸었는지 독서 노트에 다 나와 있기 때문이다. 나는 독서 노트로 나를 증명한다. 앞으로도 그렇게 살 것이다.

나는 매일 글을 씁니다

〈함께 보면 좋은 책〉

핵심만 골라 읽는 실용 독서의 기술(공병호, 21세기북스, 2004)
책 먹는 여자(최서연, 바이북스, 2018)
독서 천재가 된 홍 팀장(강규형, 다산라이프, 2017년)

3부

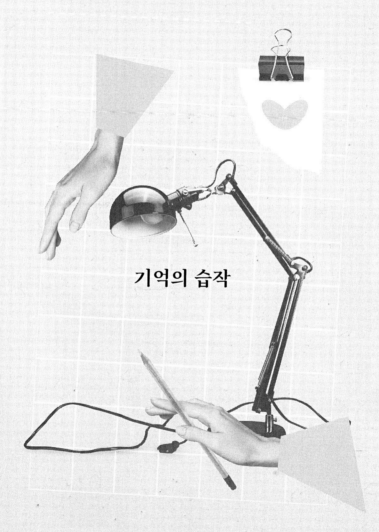

기억의 습작

3-1.
선순환이 만들어지다

김선황

온라인 독서모임을 하면서 몇몇 회원들이 '1일 1블로그' 하는 것을 알게 되었다. 온라인 시대에 자기를 나타낼 수 있는 수단 중 가장 효율적이라는 생각이 들었다. 한두 장 분량의 글에 '나'를 담아 전시하는 것이다. 큐레이터 기획에 따라 주제가 잡히고 스토리가 덧입혀지는 미술 작품과 같다고 할 수 있을까. 그동안 나는 관람객 입장이었다. 타인의 블로그를 둘러보기만 했다.

개점 후 바로 휴업 상태인 내 계정들을 점검했다. '페이스북'은 예전에 가입만 하고 활동은 전혀 하지 않았다. '인스타그램'은 해보려고 시도는 했으나 신통치 않았다. 글을 조금 올리다 말았다. 그나마 '카카오스토리'는 초창기부터 일기로 사용하고 있다. 익숙해져서인지 스마트폰으로 사진 서너 장을 앨범에서 골라 간단한 기록과 남긴다. '네이버 블로그'도 상황은 비슷했다. 몇 년 전에 블로그에 가입했지만 꾸준히 글을 올리지 않았다. 내 블로그는 허전하고 심심한 상태였다.

　나도 작정했다. '1일 1블로그'를 실천해 보리라. 마음을 먹었다. 꾸준히 글을 쓰기 위해서는 분량이 충분하면서도 지속적으로 올릴 수 있는 글감이 필요했다. 안전한 글감을 찾는 건 쉽지 않았다. 타 블로그를 곁눈질해보니 독서모임 관련 글이 있었다. 내가 참여하는 독서모임 대부분 인증샷을 찍는다. 이를 이용해 글을 작성했다. 사진 자료가 있으니 글 올리기 쉬웠다.

　온라인 독서모임을 늘면서 글감 수급은 나아졌다. 동양고전 읽기 모임을 만들었다. 읽어야지 맘을 먹었던 책과, 재독을 다짐한 『소학』, 『논어』, 『맹자』, 『채근담』 등을 1년 가까이 읽으니 쓸거리가 생겼다. 하루는 모임 내용을 올리고, 나머지 날에는 '1일 1필워드'라는 명칭을 붙여 내용을 올렸다. 처음에는 타이핑하는 구절에서 받은 교훈을 덧붙였다. 별다른 댓글이 없자, 어느 순간부터 본문 내용만 올렸다. 매일 글을 올리는 건 힘들다고 생각하니, 투덜거림이 늘었다. 쥐어짜듯 적는 게 싫었다. 표면적으로 성실함을 둘러쓰고, 블로그에 글을 누적시키려고만 했다. 점점 글에 힘이 빠졌다.

　작가과정 입문에 맞춰 블로그에 숨결을 불어넣었다. 거창한 글감을 찾는 것을 버리려고 애썼다. 매일 내가 하는 일을 올리기로 했다. 글의 길이가 길든 짧든 나를 드러내었다. 모임 후 인증샷을 찍고 블로그에 사진을 올릴 때는 내 얼굴도 공개했다. 신뢰

　　　　　　　　　　　　　　　　　나는 매일 글을 씁니다

감을 주고 싶었다.

　알람을 설정했다. 매일 밤 10:50분에 '블로그 시작'이라고 설정해 둔 알림이 스마트 폰에 뜬다. 퇴근이 보통 11시라 설정한 시간이다. 집에 오자마자 옷도 벗지 않고 노트북 앞에 앉아 발행한 적도 있다. 시험 기간이나 수업이 더 늦게 마치는 날은 퇴근하고 쓸 여유가 없었다. 수업과 수업 사이 쉬는 시간을 이용해 글을 올렸다. 그마저도 여의치 않겠다 싶은 날은 아침 시간을 활용해 미리 글을 올렸다. 점점 부지런해졌다. 다음 날 할 일을 시뮬레이션하게 되면서, 시간 관리 효과가 덤으로 생겼다.
　또 다른 변화는 쓸거리를 찾기 위해 촉을 세우기 시작했다는 것이다. 일주일 내내 오후 시간에는 수업을 한다. 예전에 수업에만 집중했다면 이제는 독서 논술 수업을 하면서 생기는 친구들과의 일화를 골라 쓰기도 한다. 글의 주요 글감은 오전에 한 일에서 가져온다. 독서 모임 내용이나 강의 들은 것 혹은 취미 활동 위주로 쓴다. 어부처럼 하루를 살피며 글감을 낚으려고 집중한다. 불평이 새어 나오는 일, 불편한 일, 갑작스레 짜증이 치밀어 오르는 일, 라디오 오프닝 멘트에 감동 받은 일 등 모두가 쓸거리이다.

　낯선 전화번호가 떴다. 전화를 받자마자 "네이버가 연결합니다."라는 멘트가 들린다. 블로그를 보고 들어왔구나 생각했다. 신학기 고등국어 수업 문의였다. 이것저것 수업에 관해 물어보더니, 블로그 글을 잘 보고 있다고 했다. '좋아요' 표시도 없었던 날이 많아 아무런 기대도 하지 않았다. 예쁘게 꾸미지 못했고, 제목 잡는 것도 서툴다. 단지 글 쓰는 습관을 들이기 위해 하루하루 글을 올리고 있을 뿐이다. 이 미숙한 글을 블로그 이웃도 아니고 지인도 아닌 누군가 꾸준히 읽고 있었다. 성실하다고 인정 도장을 받은 것 같았다. 등 근육이 긴장하며 저절로 펴졌다. 학모와의 통화 후 계속 쓸 수 있겠다는 용기가 조금 더해졌다. 책임감은 배가 되었다.

　간판 보는 것보다 검색이 더 쉬운 세대다. 네이버나 구글 등에 '국어'를 검색하는 사람들이 많을 거다. 아마도 수업에 대한 정보를 얻으려는 목적일 것이다. 그간 올린 글들을 찬찬히 보며, 선생에 대한 첫인상을 갖게 될 것이다. 온라인에서만 볼 사람이 아니라 자신의 아이를 맡겨야 하니 더 꼼꼼히 알아보려 할 것이다. 이런 의도를 가진 사람에게 내가 어떤 사람인지 글로 보여주고 신뢰를 갖게 하는 것은 쉬운 일이 아니다. 동네에서 마주칠 수 있는 누군가가 대상이다. 헤드라이트는 내게만 비춰져 있다. 내 행동이 그들에게 노출되어 있다. 동네를 걸으며 휴지 하나도 툭 버릴 수 없다.
　글은 더더욱 부풀릴 수 없다. 솔직하다는 말 대신 솔직한 모습을 보여주는 글을 쓰려는 노력을 하게 된다. 그러면서도 진부하지 않으려고 애를 쓴다. 뻔한 표현을 쓰다가 멈칫한다. 어떤 글은 이리저리 바꾸느라 전체 문맥이 흐트러져, 결국 다시 쓴 날도 있다. 맥락이 맞지 않는 것을 미처 발견하지 못하고 발행했다가 수정한 날도 있다. 자주 쓰는 맞춤법조차 어색하게 느껴지는 날은 사전을 찾았다.

처음에는 매일 글을 써서 올리는 게 목적이었다. 꾸준하게 하기 위해 나를 바꿨다. 독자를 의식하고 애를 쓰니 글이 조금씩 좋아지는 선순환이 일어났다. 다채로운 도미노는 쓰러지며 주위를 아수라장으로 만드는 게 아니라, 판을 뒤집으며 변화를 이끌어 낸다. 신선한 넘어짐. 변화를 종용하는 넘어짐은 계속될 것이다.

3-2.
글 쓰는 삶은 선물이다

김은정

글을 매일 쓴다. 밥도 매일 먹는다. 밥을 종일 안 먹으면 뱃속에서 꼬르륵 소리가 난다. 밥 달라는 신호다. 신호가 오기 전에 배가 고파 먹을 것을 찾기도 한다. 디톡스를 위한 단식할 때 빼고는 웬만하면 끼니를 잘 챙겨 먹는다. 어느덧 글 쓰는 일이 밥과 같은 존재가 되었다. 매일 습관처럼 쓰는 글들이 있는데, 안 하면 허전하다. 사정이 있어 지나치게 되면 화장실 덜 다녀온 마냥 찝찝하다. 글쓰기가 일상에서 큰 비중을 차지하게 돼서 감사하다.

본격적으로 글을 쓰기 시작한 것은 첫 번째 책 출간을 준비하면서부터다. 하얀 백지를 채워가는 일이 엄청난 숙제였다. 초고 쓰는 게 처음인 만큼 쓰고 지우기를 무한히 반복했다. 퇴고라는 더 험난한 과정이 뒤에 있다는 사실을 모르는 초보이기에 초고

나는 매일 글을 씁니다

에 모든 에너지를 쏟았던 것 같다. 그 후 개인 저서 4권과 공저 1권을 출간했다. 지금은 초고는 대부분 버려질 쓰레기라는 것을 알기에 열심히 쓸 뿐이다. 그리고 퇴고할 때 온 에너지를 쏟는다. 한글 파일을 켜고 백지를 채워가는 일이 이제는 조금 익숙해졌다. 그렇다면 작가가 되기 전 나에게 글쓰기는 어떤 모습이었을까!

어린 시절은 일기를 빼놓고 생각할 수가 없다. 그 당시 일기는 동아줄 같은 존재였다. 일기 덕분에 고단한 시절을 버틸 수 있었다. 일기장에 모든 것을 쏟아내며 의지했다. 글로 쏟아내고 나면 한결 마음이 풀렸다. 눈물로 시작한 글도 결국 마음이 웬만큼 진정된 상태로 마무리되었다. 어떻게 보면 삶을 포기하지 않기 위해 일기장을 부여잡고 살았는지도 모른다. 때론, 일기를 통해 다른 도움을 받은 적도 있다. 그때는 깨닫지 못했지만, 글이 인연을 만들어 준 것이었다.

자동차가 시속 200㎞로 달리다 한순간에 멈췄다. 아이를 막 출산한 내 모습이었다. 임신했을 때도 쉬지 않고 일을 했다. 진통이 와서 병원에 가는 날 아침에 수업을 조정할 정도였다. 사회생활을 시작한 후 처음 일을 쉬는 거였다. 산후조리는 2주 예정되어 있었지만, 일주일 만에 다시 수업을 시작했다. 출산 후 백일이 지날 때 텅 빈 다이어리를 보니 무력감이 찾아왔다. 항상 빽빽했던 다이어리인데, 아무것도 쓸 것이 없었다. '응~애!' 잠에서 깬 아이의 울음소리가 하루 시작을 알리는 상황이었다. 일정을 계획할 수가 없었다. 낮이라고 다르지 않았다. 어린아이를 데리고 갈 곳도, 맡길 곳도 없기에 종일 아이 돌보는 게 내 일의 전부였다. 그러니 무슨 계획이 필요하겠는가.

출산한 엄마의 당연한 일상이지만 너무 낯설었다. 아무 계획 없이 하루를 맞이하고, 한 것 없이 하루를 마무리하는 느낌이 싫었다. 15년을 쉼 없이 전력 질주하며 달려오기만 하던 내겐 적응이 안 되는 상황이었다. 무력감과 답답함이 심해질 때 브레이크가 필요했다. 그것이 나에게는 글쓰기였다. 현재 상황에 대해 글을 썼다. 현재 마음과 생각을 마구 쏟아냈다. 기분이 한결 나아졌다. 대책도 생각해 보게 되었다. 이때 썼던 글 제목이 「내 삶을 바라보는 자세」였다. 관점을 바꾸게 되었고 그 결과 3년 동안 아이와 행복한 홈 육아를 누릴 수 있었다.

교단 일기, 육아일기, 감사일기 등 여러 주제로 일기를 썼다. 특히, 감사일기를 제일 오래 썼다. 초반에는 헤맸다. 주변에서 좋다고 하니 시작했다가 몇 달 하다 하루 이틀 건너뛰면서 흐지부지되곤 했다. 책을 읽는 계기로, 강의를 들은 계기로 다시 시작하곤 했다. 지속이 어려웠는데, 에버노트를 쓰면서 해결되었다. 휴대폰 어플과 데스크탑이 연동되어서 어디서든 쓸 수 있게 되었다. 덕분에 감사일기를 습관으로 만들 수 있었다.

변화가 생겼다. 감사일기 덕분에 감사할 일이 더 생겼다. 처음에는 날마다 세 가지씩 쓰는 것이 쉽지 않았는데, 어느새 다섯

나는 매일 글을 씁니다

개씩 쓰게 되었다. 시간이 흐르니 감사 이야기 다섯 개도 부족했다. 일곱 개로 늘렸다. 그만큼 감사할 일이 넘쳐났다. 또 개수를 늘려 아홉 가지씩 쓰기 시작했다. 몇 달간 쓰다 보니 감사일기가 의미가 없어졌다. 감사할 일이 없어진 게 아니고 절대 감사로 바뀌었기 때문이다. 매사에 감사하는 습관이 만들어졌다.

다시 일기를 써보고 싶었다. 때마침 『아티스트 웨이』라는 책을 읽으며 모닝 페이지를 알게 되었다. 실천해 보고 싶어졌다. 두 가지 바람을 접목해서 매일 아침 눈을 뜨면 일기 형식의 모닝 페이지를 썼다. 이 또한 시간이 쌓이니 습관이 되었다. 갑자기 아침에 일이 생겨 못 쓰고 오전이 지나가면 뭔가 모르게 찝찝하다. 식사하고 양치를 못 한 느낌이라고 할까! 모닝 페이지를 쓰고 일과를 시작해야 개운했다.

일기 형식의 모닝 페이지를 쓰면서 얻는 장점이 네 가지 있다. 첫째, 오늘이라는 시간에 의미를 부여하고 그날 하루에 집중하는 데 도움이 되었다. 둘째, 감정에 치우치거나 휘둘리는 경향이 줄어들었다. 셋째, 마음 근육을 키우고 평화롭게 유지하는 데 도움이 되었다. 넷째, 다양한 글쓰기 덕분에 글쓰기 실력을 키울 수 있었다. 이런 장점들 때문에 모닝 페이지 쓰는 일을 꼭 챙기게 된다.

글 쓰는 생활에 큰 비중을 차지하는 것은 블로그 포스팅이다. 호기심 많은 나답게, N잡러인 나답게 다양한 주제로 글을 쓰고 있다. 서평, 습관, 건강, 운동, 재테크, 강의, 코칭, 책 쓰기, 글쓰기 등 내가 실천하고 있는 내용을 포스팅하고 있다. 나를 위해서 그리고 방문자를 위해서 꾸준히 쓰려고 노력한다. 배워서 남주자는 생각이 강하다. 도움 될 만한 경험을 하고 나면 알려주고 싶어서 키보드 두드리는 소리가 경쾌하다.

일과에서 글 쓰는 시간이 꽤 많은 시간을 차지한다. 빠르지 못한 것도 있지만, 워낙 다양한 글쓰기를 하기 때문이다. 모닝 페이지, 독서 서평, 다섯 번째 책 쓰기, 전자책 쓰기 등 글 쓰는 복이 터졌다. 여러 글쓰기를 통해 글이 자란다. 더불어 삶도 건강하게 풍요로워지고 있다. 내가 글 쓰는 삶을 선물이라고 말하는 이유다.

3-3.
인생 퍼즐 맞추기

나선화

　　글쓰기는 퍼즐 맞추기다. 인생에서 찾아낸 퍼즐을 맞추며 의미를 부여하는 일이다. 나의 오랫동안의 화두는 '외로움'이었다. 외로움은 끝도 알 수 없는 무의식의 바다에서 표류하다가 수시로 의식 밖으로 튀어나와서 나를 괴롭혔다. 나이가 들면서 '역할'이라는 가면 뒤에 숨어들었다. 그럴 때면 스스로 잘살고 있다 착각한다. 그러다가 누군가에게 뾰족한 말 한마디 들었을 때, 일이 잘 풀리지 않아 위기 상황에 부닥쳤을 때 어김없이 본색을 드러내곤 했다. 그럴 때마다 자존감은 바닥을 모르고 추락했다.

　　무의식의 바다에 풍덩 뛰어 들어가 '외로움'의 실체와 마주 보려는 노력 끝에 '외로움'은 타고난 것이 아니라 그럴 수밖에 없었던 나의 유년기 경험인 것을 인정했다. 불행한 결혼생활도 나만의 책임이 아닌, 결혼 당사자 두 사람 모두 책임이었다. 누가 뭐라고 해도 내 인생 최선을 다해 살아내었고 여기까지 왔다.

애용하는 공개 채팅방에 「92세 수채 화가의 찬란한 인생 이야기」 링크가 올라왔다. 나이 오십 후반이 되고 보니 노년에 대한 관심이 많다. 링크를 타고 유튜브에 접속했다. 나이 아흔둘, 할머니의 소소한 일상이 묵직하게 다가온다. 아직도 현역으로 활동하시고 제자들을 키워내고 있다. 나도 저렇게 살고 싶다. 할머니는 낮 동안 그림을 그린다. 저녁, 일과를 마치고 방에 들어가서 그날을 기록한다. 제자들과 함께하는 낮에는 외로움을 잠시 잊지만, 밤이 되어 혼자가 되면 어김없이 외로움이 찾아온다. 그때 할머니는 예전에 써 놓은 글을 찾아 읽는다. 자녀들을 키우면서 기록해놓은 에피소드를 읽으면 그 시절로 돌아간다. 할머니는 깔깔 소리를 내며 웃는다. 한참을 웃고 나면 다시 내일을 살아갈 힘이 생긴다고 한다.

할머니는 인생을 돌아보니, 어느 것 하나 들어내고 싶은 순간이 없다고 한다. 모두 소중한 시간이었다며 감사하다고. 나도 노년에 저런 마음으로 살면 좋겠다는 생각이 든다. 마음이 몽글몽글해진다.

나는 오랜 시간, 20대를 통째로 들어내고 싶었다. 23살에 결혼해서 아들 둘을 낳았지만 전 남편과 제대로 산 것은, 채 1년도 되지 않았다. 독박 육아에 경제적 사정까지. 자존감은 가출한 채 돌아올 줄 몰랐다. 한 치 앞이 낭떠러지였다. 두 번 다시 돌아가고 싶지 않은 시절이라 생각했다. 깊은 바다에 던질 수만 있다면 던져놓고 두 번 다시 쳐다보고 싶지 않았다. 무의식 깊은 곳으로 깊이 구겨 넣었다. 괜찮은 척 살았다.

큰아들에게 사춘기가 왔다. 어제까지 분명 내 아들이었는데 오늘 손바닥 뒤집듯이 유상이는 외계인이 되었다. 게임만 하려고 하고 학교에 가지 않았다. 내 입에서는 온갖 욕설이 튀어나왔다. 내가 사랑하는 자녀에게 악다구니를 퍼 붓고 있었다. 내 입을 틀어막았다.

상담실로 달려갔다. 아들을 상담시키고 싶었는데 내가 상담받았다. 마음 구석에 구겨 넣어두었던 냄새나는 부정적인 감정들이 분수처럼 솟구쳐 올랐다. 상담사의 품에 의지해서 토해내고 토해냈다. 시원했다. 가장 강력하게 나를 자극한 매체는 사이코드라마였다. 사이코드라마를 처음 경험했을 때 감정에 치여 배앓이를 심하게 했다. 준비 작업만 했을 뿐인데, 감정이 출렁거려 한 달 동안 발이 땅에 닿지 않는 것 같은 시간을 보내기도 했다. 10여 년 이상 나를 찾아다녔더니 편안해졌다. 그런데 아니었나 보다.

글을 쓰려고 앉으니 불쑥 20대의 내가 튀어나온다. 아팠던 내가 '나 좀 봐줘' 고개를 내민다. 글은 더 앞으로 나아가지 않고 되돌이표처럼 계속 20대의 나에게 돌아간다. 피할 방법이 없다. 묵묵히 글을 쓸 수밖에 없다. 글로 써 내려가다 보니 20대인 선화가 말한다.

"20대에 내가 세상에서 가장 사랑하는 두 아들이 태어났어. 내가 세상에 태어나서 잘한 것이 있다면 그것은 유상이 유원이 엄마가 된 거야."

또렷하게 들렸다. 정신이 번쩍 들었다. 눈가에 이슬이 맺혔다. 자판에서 손을 떼고 무릎에 얼굴을 묻었다.

1장, 일기에 관한 글을 쓰면서 5학년 겨울 방학이 새롭게 다가온다. 나는 초등학교 4학년 때 전라도 두메에서 서울로 전학 갔다. 서울살이는 고달팠다. 사투리를 심하게 쓰는 말투, 햇볕에 까맣게 그은 얼굴, 서류 문제로 한 달을 집에서 쉬고 4월부터 학교에 갔는데 마침 국어 교과서에서 사투리와 표준말을 배우고 있었다. 전과에서 툭 튀어나온 아이가 전학을 왔으니 학생들의 관심은 온통 나에게 쏠렸다. 전과를 들고 내 입에서 어떤 사투리가 튀어나올지 입만 쳐다보았다. 왕따의 느낌보다는 동물원 원숭이가 된 듯했다. 호기심 어린 눈이 무서웠다. 입을 다물었다. 시골을 그리워하면서 눈물 흘렸다.

일기에 관한 글을 쓰면서, 새롭게 5학년 겨울 방학에 의미를 부여한다. 5학년 겨울 방학 동안, 시골에 가서 1달을 지내면서 치유를 받은 것 같다. 그때는 몰랐다. 생각해 보면 난 6학년부터 친구도 사귀고 공부도 중상위권으로 올라왔다. 무사히 초등학교를 마치고 중학교에 들어갈 수 있었다. 5학년 방학 숙제인 일기 덕분에 인생의 퍼즐 하나를 찾았다. 그러니 기록이 얼마나 중요한 일인가.

비가 오는 시간, 우산을 쓰고 화단에 나가보았다. 오랜만에 흠뻑 비를 맞은 화초들이 기뻐하는 것 같아서 덩달아 미소가 지어진다. 나뭇잎에는 방울방울 물방울이 맺혔다. 땅은 비를 흡수하고 비는 땅을 적신다.

화단에는 꽃보다 잡초들이 더 쑥쑥 자란다. 화초는 정성을 들여야 자라는데 잡초는 뽑아내도 어느새 자라고 있다. 내 눈에는 잡초지만, 그들도 존재하고 싶어서 빠르게 뿌리를 내리는 것이겠지. 그렇지만 화단을 가꾸는 나로서는 여간 성가신 일이 아니다. 잡초를 뽑아야 하는데 땅이 딱딱하면 뽑기가 어렵다. 위에서 뽑으면 뿌리가 끊어지기 일쑤다. 비가 오고 난 뒤에 뽑으면 잡초가 수월하게 뽑힌다.

내 마음도 그렇다. 딱딱하게 굳어있으면 유연성이 떨어지고, 소위 고루한 사람이 된다. 나이가 들면서 젊은 사람들에게 하고 싶은 이야기들이 생긴다. 뻔한 잔소리가 아닌, 삶의 지혜를 전해 주고 싶다.

독서와 글 쓰는 삶을 살았더니 저자가 되었다. 공저 두 권을 썼다. 개인 저서를 준비 중이다. '글쓰기 코치' 자격이 주어졌다. 글쓰기 코치는 글을 쓰고 싶은 사람을 돕는 사람이다. 글로 남을 도울 수 있는 삶을 선택했더니 남을 돕기 전에 글이 나를 먼저 돕는다.

글 쓰는 행위는 기억의 조각을 찾아내어 맞추는 일이다. 인생 퍼즐 맞추기다. 기억의 조각들에 의미와 가치를 부여한다. 기억의 조각이 모여 '나'의 실체가 드러난다. 나는 어떤 사람이고 어떤 일을 할 때 행복한지, 어떤 가치관을 가지고 살아가는지 윤곽이 드러낸다. 일상적인 경험을 통해 얻은 기억의 조각들이 소중한 이유다.

어떤 의미를 부여하느냐에 따라 삶을 대하는 태도가 달라진다. 나이 50을 넘게 살다 보니, 산전수전 공중전까지 다 겪었다. 이제는 웬만한 일은 '그까짓 것!' 하는 배짱이 생겼다. 오늘도 내 인생을 돌아본다. 인생 퍼즐 맞추기는 계속된다.

3-4.
12주의 아티스트 웨이

민주란

줄리아 카메론이 쓴 『아티스트 웨이』라는 책을 읽었다. 1992년 출간된 이후 꾸준히 사랑받고 있는 책이다. 책만 읽으면 되는 줄 알았는데 12주간 해야 할 일이 있다. 매주 주제에 따라 해야 할 일들이 바뀌었다. 두 가지를 중점적으로 한다. 첫째, 매일 "모닝 페이지"를 활용해 글을 쓴다. 분량은 정해져 있다. 세 쪽을 써야 한다. 쓸 말이 있든, 없든 세 쪽을 적는다. 둘째, 아티스트 데이트를 한다. 매주 혼자 무엇인가 자신의 창의성을 깨울 수 있는 것을 하는 거다. 두 가지 도구를 활용해 자신의 창조성을 찾아가는 여정. 창조성 계약서를 작성한다. 글쓰기를 꾸준히 할 수 있게 하고, 창의성을 찾을 수 있다는 도전 의식을 심어주고, 생각할 수 있게 하는 터닝 포인트가 시작되었다.

아티스트 웨이 모임을 만들었다. 혼자 할 수도 있지만, 작가는 누군가와 함께하길 권했다. 원서페르소나 북클럽에서 만난 정보은과 시작했다. 일주일 분량의 책을 읽고, 책에서 권한 일을 하고 마지막 날 만나서 한 시간 또는 한 시간 반가량 모임을 진행했다. 몇 주가 지나 계획을 변경했다. 일주일에 한 번 만나 나누기가 벅찼다. 우리는 주중 매일 한 시간에서 한 시간 반가량 만나 그 주 분량의 책을 함께 읽었다. 각자가 추구하는 바를 나누었다. 글 쓴 내용이나 실행한 내용은 나누지 않는다. 실행하기 좋은 아이디어를 교환했다. 모닝 페이지나, 아티스트 웨이는 지극히 개인적인 활동이다. 함께 하는 이유는, 서로 자극을 주고 도와서, 꾸준히 할 수 있게 하기 위해서다. 우리의 의지는 약해서 외부의 자극이 필요하다.

모닝 페이지. 작가가 만들어 놓은 기본 도구이다. "창조란 정신적인 경험이라고 생각한다. 창조성이 정신을 이끈다고 믿든 정신이 창조성을 이끈다고 믿든 그것은 상관없다." 줄리아는 우리에게 마음가짐을 새롭게 하고 자신에 대한 믿음을 재건하길 원한다. 매일 글을 쓴다. 일기라고 생각할 수 있다. 다르게 말하면 나를 되돌아보는 평생일기다. 나의 연대기를 써 봤다. 5년 단위로 나누어 썼다. 0살에서 5살. 생각이 나지 않는다. 아무 기억이 없다. 그러나, 추억은 있다. 그때 일어난 일들을 나중에 들었다. 평생 영향을 미치는 일이 일어난 시기다. 부모님의 이혼, 생모로 알고 자란 엄마가 계모라는 것. 아버지의 군 제대 후 취직해서 부산으로 이사한 시기다. 현재까지 5년 단위로 나눠 뒤돌아본 나의 연대기가 앞으로 나아갈 수 있게 해 준다. 나의 하루

나는 매일 글을 씁니다

를 칭찬하고 수고했다고 할 수 있게 도와준다.

　12주간. 나의 인생을 꾸준히 글로 썼다. 어느 순간 써지지 않을 때도 있다. 내가 열여섯 살 되던 해 1982년. 언니가 세상을 떠났다. 사고사가 아니다. 자살했다. 마지막 모습을 확실하게 기억한다. 언니가 대학교 1학년을 마친 겨울 방학이었다. 부산에서 가장 친하게 지냈던 영란 언니가 올라왔다. 언니는 부산에서 고등학교를 졸업하고 대학을 진학했다. 일주일 정도 놀러 왔다 떠나는 날이다.

　"너 집에만 들어와 봐, 가만두지 않을 거야!"

　엄마는 고래고래 소리 지르며 언니에게 엄포를 놓고 있었다. 엄마 뒤에서 나와 동생은 영란 언니를 향해 손을 흔들며 기어들어 가는 소리로 말했다.

　"언니, 잘 가! 다음에 또 놀러 와."

　영란 언니에게 한 말이지만, 결국 우리 언니에게 한 마지막 인사가 되었다.

　그리고 8년간 그 누구도 언니의 이야기를 하지 않았다. 금기어가 되었다. 1990년 캐나다로 유학하러 가서 미친 듯이 언니가 보고 싶을 때였다. 엄마에게 전화해서 물었다. 더 이상 참고 있을 순 없었다.

　"왜, 도대체 언니가 무슨 잘못을 했기에 그렇게 나무라며 죽이겠다고 했나요?"

누군가의 자살 소식에 민감하게 반응하는 나를 보며, 세월이 지나도 큰 상처로 남는다는 것을 안다. 희미해졌다고 생각할 때 또렷이 다가온다. 상처는 깊고 세월이 40년 지나도 흉터는 사라지지 않는다.

모닝 페이지를 쓰며 마주했다. 힘들었던 시절이나 피하고만 싶은 순간들. 나 때문이었다는 자책. 미덥지 못한 동생이어서 도움이 되지 못했다는 안타까움. "만약에"를 달고 살았다. 12주 내내 언니의 일이 끊이지 않고 떠올랐다. 예전 같으면 회피했을 텐데 끝까지 파고들어 써 내려갔다. "했더라면"이라는 말을 하지 않기로 했다. 과거는 바꿀 수 없고 미래는 알 수 없다. 내가 살 수 있는 건 현재뿐이다. 어떤 일이 있어도 후회하기 전에 도전하는 새로운 각오도 생겼다. 언니를 잊지는 않았다. 오히려 더 그리워졌다. 혼자서만 알고 있었던 계모의 존재. 동생과 나는, 언니가 지키고 싶은 전부였다. 언니의 존재가 지우려고 하는 과거가 아니라 평생 함께하는 지킴이가 되었다.

미술과 음악을 좋아한다. 미술은 재능이 없다고 생각해 부러움을 안고 갤러리를 찾는다. 음악은 미처 다하지 못한 열정을 아이들에게 피아노, 바이올린, 플룻, 첼로를 가르치며 위로로 삼았다. 줄리아 카메론은 우리에겐 창조성의 천재성이 숨어있다고 한다. 나의 창조성은 어디에 숨어있을까. 찾기 시작했다. 매주 날짜를 정해 아티스트 데이트를 실행한다. 아트 갤러리, 라스베이거스 필하모닉의 연주, 슈퍼마켓 앞에서 만난 거리의 악사 등.

나는 매일 글을 씁니다

어디를 가야 하는지, 혼자서 가면 어떤 느낌일지 알 수 없었다. 두려웠다. 아무것도 느낄 수 없을까 봐. 아니, 느끼고도 나눌 수 없을까 봐. 작은 노트를 가지고 다니기 시작했다. 스쳐 지나는 생각. 감동의 순간을 단어로 남겼다. "대박", "헐", "영감", "무감각", "귀에 거슬리는 바이올린 연주자" 노트에 쓴 단어를 집에 돌아와 읽었다. 그때의 느낌을 글로 썼다. 아티스트 데이트를 하며 내가 가장 하고 싶은 일이 생각났고 명확해졌다. 두 딸에게 한국을 보여주는 거다. 언젠가 해야 한다며 미뤘던 일을 할 수 있었다.

반 고흐의 immersion 전시는 미술과 음악을 아우르는 최고의 전시회였다. 보통의 갤러리처럼 내가 있고 싶을 만큼의 시간을 보낼 순 없었지만, 그림에 맞게 선정된 곡에 맞추어 움직이는 작품이 마치 고흐가 내 앞에서, 나만을 위해 그림을 그리는 듯했다. 아티스트 데이트가 아녔다면 이전에 봤던 전시회로 만족했을 거다. 시도해 경험할 수 있었다.

12주간의 아티스트 웨이를 마치고 정보은은 자이언트 북 컨설팅의 책쓰기 수업을 신청했다. 자신이 가장 하고 싶은 일을 여러 가지 이유로 미뤄왔었다. 도전하고 성장 변화하고 있다. 우리가 바뀔 수 있었던 이유는 결국은 글쓰기다. 모닝 페이지를 쓰고 아티스트 데이트를 하며 느끼고 생각하며 행동할 수 있었다, 자신을 알아가는 기본 도구는 글쓰기다. 꾸준히 쓰고 있는 이유다.

3-5.
생각의 비밀

서한나

'나는 날마다 모든 면에서 점점 더 나아지고 있다!'

내가 매일 쓰고 있는 긍정 선언 중 하나이다. 2020년 긍정 선언이라는 것을 처음 알게 됐다. 2020년은 직장생활 십일 년 차가 되는 해였다. 강산이 변한다는 십 년하고도 일 년이 더 됐다. 회사 업무는 고정 일정에 따라 진행되어 변화가 적었다. 같은 일의 연속이었다. 승진하면 달라질 것 같았지만, 다를 바가 없었다. 업무 오 년 차부터 나는 연차에 맞게 일하고, 성장하고 있는지 고민했다. 업무에 필요한 것들을 매년 한두 가지 배웠다. 하지만 그것만으로는 부족했다. 직장인으로 전환점을 맞이하고 싶었다. 극적으로 변할 무언가가 필요했다.

2020년을 한 달 앞둔 12월. '무언가 배운다면 달라지지 않을

나는 매일 글을 씁니다

까?' 싶어 초록 창에 한참을 검색했다. 구미가 당기는 게 없었다. 그러다 3P자기경영연구소가 생각났다. 처음 3P자기경영연구소를 알게 된 건 대학교 때였다. 돈을 벌지 않는 학생에게 부담스러운 수강료였다. '나중에 직장을 다니게 되면 꼭 들어야지.'라고 생각하곤 완전히 잊고 있었다. 인터넷에 검색을 해봤다. 다행히 회사가 아직 운영되고 있었다. 홈페이지에 들어가 교육 커리큘럼을 확인했다. 시간 관리교육과 독서교육을 진행하고 있었다. 마침 연초에 두 과정 모두 수강 일자가 잡혀있어 신청했다.

교육에서 잠재의식을 다뤘다. 잠재의식을 활용하는 방법의 하나로 긍정 선언을 소개했다. 긍정선언문을 작성해 보는 시간도 있었다. 시간을 관리하는 방법, 독서하는 방법 등 기술에만 초점을 맞춰서 교육내용을 생각했다. 그런데 잠재의식과 긍정 선언이라니 좀 의아했다. 강사는 자신의 긍정선언문을 예시로 보여줬다. 나의 긍정 선언을 적어보라고 했다. 무엇을 적어야 할지 몰라서 한참을 가만히 있었다. 강사는

"무엇을 적어야 할지 모르겠다면, 따라 쓰세요. 왜 고민해! 여기 이렇게 잘 적힌 샘플이 많은데. 우선 가져다 쓰세요. 그러다 보면 내가 쓰고 싶은 게 생겨요."

예시로 보여주는 긍정 선언을 보면서 내 긍정선언문을 만들었다. '나는 나를 사랑한다. 나는 내가 너무 좋다. 나는 뭐든지 잘한다. 나는 다 잘 된다.' 등 자기애가 넘치는 긍정 선언이 어딘지 모르게 나에겐 어색했다. 낯간지러웠다. '나는 나를 사랑하며 사나?'라는 생각이 들었다. 사랑의 대상은 남으로만 여겼다. 나로

생각해 보지 않았다. 긍정선언문으로 나를 비춰 보았다.

초등학교 때 태권도 학원에 다녔다. 승급심사 때 품세를 외우지 못해 승급하지 못했다. 연습할 때는 잘 외웠는데, 심사가 시작되니 머릿속이 새하얘졌다. 몸이 움직이지 않았다. 당황스러웠다. 정규 수업 시간에 진행되는 심사라 도장 안에는 사람이 꽉 차 있었다. 모두가 나를 보고 웃는 것 같았다. 부끄러운 마음에 머리가 아픈 척을 했다. 교회에서 성탄절을 맞아 바이올린 독주를 하기로 했다. 무대에 올라가서 사람들을 쳐다보니 떨렸다. 내 연주는 소리가 아닌 소음이었다. 연주를 마치고 인터뷰 시간이 있었지만, 뒤도 돌아보지 않고 내려왔다. 공부를 못했다. 잘하고 싶은 마음과 달리 성적은 나오지 않았다. 재수하고도 원하는 결과를 얻지 못했다. 내 생각만큼 되지 않는 경우가 많았다. 자책을 많이 했다. 실패를 발판 삼아 다음에 더 잘해야겠다는 생각보다, '내가 그렇지 뭐. 안될 줄 알았어.'라고 생각하는 경우가 더 많았다.

잠재의식과 긍정 선언에 대해서 배우고 난 후 매일 바인더에 적고 말했다. 안 하던 일을 하려니 어색했다. 삼십여 년을 넘게 아무 생각이 없거나, 부정적인 생각을 많이 하며 살아왔다. 그런 내 모습과 삶이 당연했고, 의문을 품지 않았다. 처음에는 습관이 되지 않아, 기계적으로 긍정 선언을 작성하기도 했다. 그러다 보니 매일 작성하는 이 행동이 노동이라고 생각되기도 했다. 석 달 정도가 지나니 자연스럽게 긍정 선언을 쓰는 일을 반복할

나는 매일 글을 씁니다

수 있었다. 그렇지만, 내 생각은 쉽게 바뀌지 않았다. 일상에서 어떤 상황을 마주할 때, 여전히 부정적인 생각이 먼저 들기도 했다. 안될 이유를 찾고, 불평하기도 했다. 어떤 날은 긍정 선언을 쓰면서 속으로 '에이 쓰면 뭐 해. 바뀌지도 않는데.'라고 생각했다. 바뀌지 않는 내 모습에 조급증이 났다. 긍정선언문을 작성하는 것을 그만둘까 싶었다. 친구들과 왜 생각이 잘 바뀌지 않는지 이야기하기도 했다. 극적으로 바뀔 줄 알았던 삶은 큰 변화가 없었다. '첫술에 배부르랴'라고 했지만 배불러지고 싶었다. 조바심이 날 때마다 『커피 한잔의 명상으로 10억을 번 사람들』이라는 책을 읽었다. 이 책은 교육 때 백번을 읽으라고 추천해 줬던 책이었다. 그 외에도 나폴레온 힐, 루이스 L. 헤이, 조셉 머피와 같은 작가들의 책을 읽었다. 책을 읽고 나면 다시 긍정적으로 생각하는 데 도움이 됐다. 책 내용이 잊힐 때쯤에는 부정적인 생각이 올라올 때도 있었다. 그럴 때 얼른 생각을 바꾸려고 노력했다. 책을 읽고 긍정 선언 쓰기를 반복했다.

그러다 하루는 내 긍정선언문이 너무 많다는 생각이 들었다. 긍정선언문을 단순화해야겠다고 생각했다. 수많은 것 중의 하나를 골랐다. 그리고 작성하던 노트를 양식화했다. 이름을 '생각의 비밀'이라고 붙였다. 양식지에는 1. 긍정 확언 2. 소원 적기 3. 오늘 성공한 일 4. 감사한 일. 5. 오늘의 키워드 혹은 한 구절, 6. 오늘 나의 행복지수를 적을 수 있도록 만들었다. 하루를 시작할 때 긍정 선언과 소원을 적고 하루를 마무리할 때 성공한 일, 감사한 일, 키워드, 행복지수를 작성했다. 이렇게 적는 것을 반복하다 보니, 어느새 나를 긍정하는 것이 당연하게 느껴졌다. 별다른 것 없던 내 하루에 감사한 일이 있었다. 하는 것이 별로 없다고 생각했는데, 성공한 일에 쓸거리가 많았다. 매일 쌓여가는 '생각의 비밀'을 보며 나를 믿게 되었다.

다니던 회사를 그만뒀다. 일을 그만둔다는 것은 생각해 본 적 없던 일이다. 나는 일을 좋아했고, 일 욕심도 있었다. 그렇기에 임신으로 인해 퇴사한 사실이 믿기지 않았다. 남편과 항상 같이 출근했는데, 나만 혼자 집에 남아 있는 평일이 어색했다. 책상 앞에 앉았는데 눈물이 흘렀다. '일을 그만두게 된 건 슬프다. 그렇지만 되돌릴 수 없어. 다시 일을 할 기회가 올 거야. 더 좋은 일들이 많이 생길 거야'라고 나를 다독였다. 이전의 나 같으면 쉽게 떠올리기 어려운 생각이다. 퇴사에 초점이 맞춰져 좌절하고 실망한 채로 힘이 빠져 있었을 것이다. 생각 전환을 빨리할 수 있었던 내 모습에 놀랐다. 변화된 내 모습에 기특했다. 덕분에 퇴사로 인한 슬픔에서 빨리 벗어날 수 있었다. '생각의 비밀'이 나를 변화시키고 있었다.

하루 십 분으로 나는 생각과 생각하는 방식이 달라졌다. 기대감으로 하루를 시작하고, 만족감으로 하루를 마무리하게 되었다. 책상에 바인더를 펼쳐놓고 나에게 집중하는 이 시간이 참 좋다. 좋은 생각이 나를 좋은 곳으로 이끌고, 좋은 일들이 생기게 될 것이라는 확신이 생겼다. 앞으로도 이 시간을 꾸준히 이어 나가려 한다. 나는 날마다 점점 더 나아지고 있기 때문이다.

3-6.
시간은 흐른다

오정희

　　매일 일기를 쓰고 책을 읽었다. 책 속의 주인공들과 이야기 나누기를 좋아했다. 나를 대신하는 것 같은 생각이 들었다. 딸 부잣집 둘째인 나는 언제나 샌드위치 신세였다. 외모도 성격도 형제들과 달랐다. 빼빼 마른 주근깨투성이 나의 모습은 예쁜 딸의 모습은 아니었다. 외모 콤플렉스는 오래 갔다. 친구들과 놀이보다 책 읽는 것이 더 좋았다. 초등학교 시절 집엔 어린이 세계 명작 시리즈가 있었다. 6남매의 우리 집 막내가 초등학교를 졸업 할 때까지 그 책들은 우리와 함께했다. 어느 날 갑자기 책이 없어진 걸 알게 된 막냇동생은 다시 찾아오라고 울며 떼를 부렸었다.

　　요즘처럼 볼거리, 놀거리가 많지 않았던 때였다. 예쁜 그림이 그려진 어린이 세계 명작 시리즈를 읽는 시간이 좋았다. 형제들과 다르다고 생각한 나는 안데르센의 동화『미운 오리 새끼』를 읽으면서 미움받는 오리 새끼가 나와 같다고 생각했었다. 무리들과 다른 모습에서 느끼는 열등감. 사실 미운 오리 새끼는 백조였다. 어느 날 오리들의 부러움을 한 몸에 받으며 우아한 날갯짓하며 날아간다는 이야기. 책을 읽으며 백조를 꿈꿨다.

조금 더 커서는 루시 모드 몽고메리의 『빨강 머리 앤』의 앤을 닮고 싶었다. 앤의 그 무한긍정의 에너지와 당당함을 닮고 싶었다. 그렇게 책을 읽으며 알아달라고 투정을 부리며 나름 나를 합리화했다. 그렇게 학창 시절을 보냈다. 그냥 '나'라는 존재 자체만으로도 괜찮은데, 그걸 알아차리기까지 시간이 걸렸다.

고민의 날들을 낙서하듯 메모했다. 휴 프레이더의 『나에게 쓰는 편지』를 읽으면서 연필로 여백에 내 생각을 적기도 하고 답장을 보내기도 했다. 메모지에 짧은 편지를 써 접어 넣기도 했다. 한여름의 뜨거운 태양을 닮은 해바라기를 좋아한다. 행복의 한쪽 문에 나오는 "태양을 보며 살아라. 그대는 그림자를 볼 수 없으리라. 해바라기가 하는 것처럼. 고개를 숙이지 말라. 머리를 언제나 높이 두라. 세상을 똑바로 정면으로 바라보라."라는 헬렌 켈러의 해바라기와 빈센트 반 고흐의 해바라기들을 좋아한다.

내가 원하는 내가 되기로 결심했다. 글 쓰는 삶을 살고 싶었다. 하지만 생각대로 되지 않았다. 부모님은 딸들이 반듯한 직장인이 되길 바랐다. 언니는 음악을 하고 싶어 했지만, 부모님의 뜻에 따라 국군간호사관학교를 지원했다 실패했다. 미련을 버리지 못한 부모님은 간호학과 진학을 고집했고 언니는 대학을 포기했다. 둘째인 나는 언니처럼 되고 싶지 않았다. 사범대학으

나는 매일 글을 씁니다

로 진학해 화학교육학과를 다녔다. 나름 최상의 선택이었다. 그렇다고 공부가 힘들거나 하기 싫지는 않았다.

나의 삶은 한곳에 집중하지 못했다. 한때 나의 메모와 낙서, 일기가 나를 힘들게 했다. 아무렇지도 않게 여기저기 놓여있던 나의 끄적임이 오해의 소지가 되었다. 그냥 내 생각을 적은 것뿐이었음에도 상대는 자신이 믿고 싶은 대로 생각했다. 한 번 굳어진 오해는 걷잡을 수 없게 되었다. 난 내 생각을 적는 것이 두려워졌다. 애써 하루하루의 시간을 지워나갔다. 견디기 힘든 시간이었다. 타인에게 보여지는 내가 어색해졌다. 그 어색함을 위로받고 싶어 책을 읽었다. 읽기만 했다. 다른 아무것도 할 수 없었다.

그러다 다시 일하게 되었다. 학교생활을 시작했다. 학생들과 첫 수업을 할 때면, 난 "여러분은 모두 다이아몬드입니다."라는 말을 한다. 글 쓰는 삶을 살고 싶다고 소망했지만, 글 쓰는 삶과는 다른 길을 가고 있다고 생각했다. 하지만, 내 삶의 모든 순간을 글감이라고 생각하기로 했다. 고단했던 긴 시간도 지나고 보니 나쁘지 않다는 생각이다. 그렇게 견뎌낸 시간은 더 단단한 힘으로 나의 기억에 남았다. 과거의 이야기가 사라지는 것도 아니지만, 그게 전부인 것도 아니다. 내일은 내일의 태양이 떠오르듯이 오늘도 내일도 새로운 시작일 뿐이라는 생각. 이젠 그 많은 시간이 오히려 고맙다. 그 결핍의 시간이 나를 이끌고 성장하게 했다.

글쓰기 모임에 가입해 함께 하는 사람들과 강의를 듣고 글을 쓰며 서로를 응원한다. 좋다. 나의 삶을 대하는 태도와 습관이 달라지기 시작했다. 나답게 자신 있게 살아가기 위해 가진 것 많이 없어도 당당해지기로 했다. 존재 자체만으로도 행복한 나의 세계를 만들어가고 있다.

공저 8기 출간계약을 하는 날, 대구를 처음 방문했다. 잠깐 들려 사인만 하고 가고 싶지 않았다. 거의 삼십 년 만에 혼자 하는 여행이다. 주변을 검색해 보니, 팔공산 동화사가 가 볼 만한 사찰이라고 나와 있다. 동대구역에서 내려 급행 1 버스를 타고 동화사 입구에서 내렸다. 5월의 초록이 예쁜 숲길로 이끈다. 홀리듯 들어가 무작정 앞으로만 걸었다. 검색했을 땐 정류장에서 멀지 않게 나와 있었는데, 멀지 않다고 했던 길은 가도 가도 길이 보이지 않았다. 그래도 가야 할 곳을 정하고 가니 두렵지는 않다. 시간은 걸렸지만 한적한 산책길을 걸으며 주변 풍경을 감상하는 여유도 가졌다. 버스 정류장에서 조금 더 위쪽으로 올라와 큰길로 죽 걸어 올라왔으면 힘도 덜 들고 시간도 단축되었을 것이다. 얻는 게 있으면 잃는 게 있는 법이라고, 좀 힘들게 올라왔지만, 온몸에 기분 좋은 느낌이 가득했다. 목적지에 도착해 커다란 나무 아래 의자에 가방을 내려놓고 앉았다. 바람에 흔들리는 풍경소리가 천상의 소리처럼 감미롭게 들렸다.

삶에 있어 무의미한 시간은 없다. 조급해하지 않고 오늘을 잘 살기로 했다. 특별한 오늘이 아니어도, 평범한 일상의 누적이 특별한 내일을 만드는 오늘이라는 사실을 확인한다. 누적된 시간의 힘, 그 힘의 세기를 느낀다. 흐르는 강물처럼 편안하고 힘 있는 강물 같은 작가가 되고 싶다. 지금 나는 꿈을 현실로 만들어 가고 있다. "꿈은 이루어진다."라는 믿음으로.

온라인 공간에서의 글쓰기

우승자

2023년 종업식날, 1년 동안 생활한 우리 반 모습을 동영상으로 보았다. 동진이랑 모원이는 영상 만드는 솜씨가 탁월하다. 두 아이는 집단상담, 주말 활동, 체육대회, 체험학습 등 학급 행사가 있을 때마다 실력을 발휘하여 감동을 주었다. 우리 반 1년이 담긴 마지막 영상은 23분이었다. 서른 명의 아이들과 나는 지나간 시간 속으로 빨려 들어갔다. 입학식 날, 교복 단정하게 입고 강당에 서 있는 순간부터 매월 실시했던 다양한 행사들이 생생하게 그려졌다. 마무리하는 날에 보니 모든 날, 모든 순간이 뜻깊었다. 어느새 추억이 된 장면들이 흐르고 있었다. 아이들은 소리 지르고, 발을 구르기도 하고, 손뼉 치며 웃음을 터트리기도 했다. 그러다 한순간, 시선이 나에게로 쏟아졌다. 나도 잊고 있었던 옛날 사진들이 영상 속에서 튀어나왔다. '우리와 함께 한 우승자 선생님'이라는 제목과 함께 사십 대

모습이 영상을 채우고 있었다. "뭐야~ 뭐야~ 저 사진이 어디 있었어?" "선생님 페이스북에서 가져왔어요~" 페이스북 그만둔 지 10년도 넘었는데 그때 사진을 구해오다니 뜻밖이었다. 한편 신상 다 털리고 사는구나 싶었다.

　2010년에 페이스북 문을 두드렸다. SNS 입문이었다. 끄적거린 글과 사진 몇 장 올리는 일을 시작했다. 나의 교육활동과 소소한 일상을 쓰고 공개했다. 댓글이 달리면서 소통이 이루어졌다. 이웃들도 생겼다. 연락 끊긴 지 오래된 사람들도 만났다. 신기하고 재미있었다. 페이스북 친구는 이웃에 이웃으로 번지며 생판 모르는 사람도 만나게 되었다. 낯선 세계지만 시대의 흐름이려니 생각하며 차츰 적응해 나갔다. 나의 페이스북은 2011년 연구년을 보내며 기록했던 내용이 대부분이다. 시간이 흐르면서 기억이 가물거렸는데 같이 했던 선생님들과 아이들 모습이 남아 있다. 다행이다. 여섯 명의 선생님과 〈학습 성격유형〉을 공부했던 장면에서 울컥했다. 학교 일로 바쁜 중에도 마음과 시간을 내어 나의 연구년에 동참해준 고마운 분들이다. 10여 년이 흐른 지금, 모두 중견 교사로 성장하여 훌륭한 몫을 하고 있다. 또 학생들이 활동한 영상들을 보니 열정 가득한 시간이 되살아났다. 특히 안산 성호중 3학년 학생들의 집단상담 활동은 다시 봐도 놀랍다. '내가 저랬나? 정말 대단한 우승자야~' 어깨가 으쓱해진다. 경기도교육청에서 교원역량혁신을 위해 마련한 2011 연구년이었다. 그해 나는 교사로서 큰 폭의 성장을 이루었다. 페이스북에 연구년의 교육활동을 기록한 덕분에 열정 넘치는 나의 모습과 치열하게 노력한 흔적이 어제처럼 생생하다.

연구년 이듬해인 2012년, 반월중학교로 복귀했다. 3학년 1반 담임이었다. 우리 반 캐릭터를 완성한 3월부터 매월 교실에서 일어난 일들을 빼곡하게 기록했다. 페이스북에서 카카오스토리로 공간을 옮겼다. 카카오톡이 생활 속으로 들어오면서 접근성이 좋아서였다. 그해부터 2020년까지의 기록이 고스란히 남아 있다. 아이들 이름이 생각나지 않을 때 클릭 몇 번으로 도움받는다. 사진 자료가 필요할 때 카카오스토리를 열면 바로 해결된다. 언제 어떤 활동을 했는지 기억을 떠올리다가 이곳에 가면 역시 금방 알 수 있다. 굵직굵직한 일부터 작은 일까지 기록되어 있어 보물창고 같다. 그날그날 기록할 때는 이렇게 귀한 공간이 될지 몰랐다. 사진과 함께 일상 몇 줄을 남긴 날들의 위력을 실감한다. 역시 기록의 힘은 대단하다. 온라인에 남긴 흔적은 세월이 흐를수록 빛나고 유익하다.

최선경 선생님과 '이기적으로 나를 만나는 시간'을 하게 되었다. 새벽 기상, 아침 글쓰기, 필사하기가 기본이었다. 교사들이 함께하는 활동으로 블로그 인증하기를 통해 서로를 격려하는 분위기가 좋았다. 덕분에 블로그 세상으로 들어왔다. 그동안 해왔던 페이스북, 카카오스토리와는 조금 달랐다. 블로그 입성을 위해 네이버에 회원 가입했다. 초록색 창에 블로그가 무엇인지 물었다. '당신의 모든 기록을 담아내는 공간'이라고 나온다. 모든 기록, 담는 공간이란 말이 좋았다. 나의 일상과 교육활동을 기

나는 매일 글을 씁니다

록하는 새로운 공간이 생겼다. 2021년 4월이 시작이었다. 블로그는 무한 수정이 가능하고 예약기능이 있어 원하는 시간에 글을 발행할 수 있다는 사실도 신선했다. 또 글을 쓰다가 임시저장하고 언제든지 이어서 쓸 수 있으니 좋다. 기능을 하나씩 익히며 블로그랑 친해졌다. 블로그 친구도 하나, 둘 늘고 발행 버튼을 누르는 맷집도 생겼다. 글 내용과 맞는 사진 찾기, 책 검색하여 올리기, 특정 장소 지도 첨부하기 등의 기능 덕분에 글쓰기 재미도 더해진다. 나만의 카테고리를 교육활동, 여행 이야기, 일상으로 구분하니 한눈에 들어오고 깔끔하다.

날마다 걷는 수원성 이야기를 한동안 신나게 썼다. 화홍문에서 동쪽으로 걷는 길, 서쪽으로 향하는 길 등 수원성에 대한 애정만큼이나 글도 정성껏 썼다. 모든 SNS의 꽃은 댓글인 듯하다. 댓글의 힘을 크게 느낀 일이 있다. 블로그 이웃이었던 작가가 수원성 이야기를 읽고 관심을 보였다. 나는 언제든 오기만 하면 안내하겠다고 답했다. 서로 날짜를 확인하고 곧바로 수원성 만남이 성사되었다. 거의 실시간에 가까운 쌍방향 댓글 덕분이었다. 글로만 만나다가 실제로 보니 반가웠다. 블로그에 썼던 수원성 곳곳을 함께 걸으며 정담을 나누었다. "사진으로만 보던 수원성을 직접 보고 걷네요, 생각했던 것보다 훨씬 좋아요~" 나도 혼자 걸을 때 보다 훨씬 기분 좋았다. 우리는 시간 가는 줄 모르고 실컷 걷고 난 후, 수원성 품은 한옥 온돌방에서 하룻밤을 보냈다. 다음 날 새벽에는 화서문 쪽에 장관을 이루는 억새 길을 누볐다. 가장 높은 곳인 화성 장대까지 올랐다. 수원 시내가 시원스럽게 내려다보이고 5.7㎞의 수원 성곽도 한눈에 들어오는 곳이다. 정조대왕 친필을 보며 수원성 예찬은 계속 이어졌다. 댓글 하나로 시작된 온라인에서의 만남은 아름다운 수원성에서 꽃피었다. 덕분에 우리는 정다운 벗이 되었다. 그날 이후 블로그로 계속 소통하고, 기회 되면 만나 우정을 나눈다. 블로그 글쓰기로 맺어진 이웃 이야기는 현재진행형이다. 블로그 세상에서 글을 쓰고 읽는 일, 댓글로 소통하는 일은 계속 이어질 터이니 말이다.

요즘은 인스타그램이 대세라며 주위 사람들이 권했다. 호기심으로 2022년 새해 첫날에 계정을 만들었다. 디지털 세상의 처음은 난공불락처럼 보인다. 많은 사람이 자신의 이야기를 써서 근사하게 척척 올리는데 나만 뒤처진 기분이었다. 뭐가 뭔지 몰라서 짜증이 났다. '이게 뭐라고…' 그만두고 싶어 나와버렸다. 아쉬움이 남아 며칠 후 들어갔더니 유익한 정보와 재미있는 영상이 많았다. 다시 한 발을 슬쩍 들이밀었다. 뭐든 익숙해지려면 시간이 필요하고 직접 부딪혀봐야 한다. 마음을 다잡고 차근차근 시도해보았다. 온라인 세상에서 영향력이 크다는 인플루언서까지는 아니더라도 나도 잘하고 싶다는 마음도 생겼다.

인스타그램에 대해 유튜브를 찾아 들으며 하나씩 터득했다. 유료 강의도 들었다. 피드를 멋지게 올리고 싶어서 캔바도 배웠다. 이제 사진 몇 장과 짧은 글 몇 줄로 나를 알린다. 일면식도 없지만, 서로의 글을 읽고 '좋아요'를 나눈다. 나의 콘텐츠를 알리기 위해서는 기꺼이 수고한다. 진정성 있는 콘텐츠로 사람들과 교류하기 위한 첫걸음이다. 더 많은 사람과의 소통과 검색을 위해 오늘도 해시태그를 붙인다.

나는 매일 글을 씁니다

페이스북, 카카오스토리, 블로그, 인스타그램으로 이어진 나의 온라인 글쓰기 변천사를 돌아보았다. SNS 전성시대를 살면서 피해 갈 수 없는 일이다. 앞으로도 소셜 미디어로 이웃들과 정보와 의견을 공유해 나갈 것이다. 대인 관계망을 넓혀가는 여러 플랫폼을 가까이하며 최대한 활용하려 한다.

SNS 활동의 기본이자 핵심은 매일 쓰면서 자신을 드러내는 일이다. 꾸준한 글쓰기가 무엇보다 중요하다는 사실을 요즘 절실히 느낀다. 하루 이틀 글쓰기를 멈추면 금방 일주일, 한 달이 지난다. 게으름 피우면 금방 불량 채널이 되고, 찾는 사람이 없어 썰렁한 공간이 되고 만다. 온라인 공간 온도는 정확하다. 소통과 공감, 나눔으로 이어지는 온라인의 넓은 공간에 기꺼이 두 발을 담근다.

3-8.
글쓰기와 용기 한 스푼

이영숙

　　신혼생활이 시작된 시골 생활은, 내가 상상했던 전원생활과 전혀 다른 모습으로 펼쳐졌다. 힘들고 외롭기만 했다. 시부모님과 공동육아를 했다. 순종적인 성격 탓에, 웃음으로 고충을 표현했지만, 깊은 외로움을 말로 전달하기 어려웠다.

　　사진에서만 봤던 산과 나무로 둘러싸인 전원주택에서의 삶은 생각과 달랐다. 주변 사람들은 부잣집에 시집가 행복한 삶을 살고 있다고 부러워했지만, 그것은 외관상의 행복이었다.

　　손님들에게 고기를 구워주며 사계절이 스치듯 흘러가는 것을 경험했다. 손님들이 즐거워하는 모습을 보며 나만의 작은 행복을 찾으려 노력했지만 현실은 어려웠다.

매일 아침 밥상, 시아버지의 식당 운영 철학 연설이 시작된다.

"아침 현관에 들어서면 신발장부터 점검한다. 가게 장사 전에 환기는 기본이야. 우리는 손님에게 음식을 팔기 이전에 공기를 파는 거다."

연설이 끝날 무렵 숟가락을 들기 무섭게 2차, 3차 연설이 이어진다.

"자본주의 사회에 사는 것이란 말이야……, 공산주의가 왜 몰락했는지 아냐?"

16년째, 끝없는 식사 시간의 연설이 계속되고 있다. 시아버지의 철학과 정치 이야기가 끊임없이 흐른다. 그의 얘기는 10년이 더 지속될 것처럼 보인다. 이 반복적인 일상은 웃음과 활기를 사라지게 했다.

코로나가 왔다. 시부모님 식당에 오는 손님 발길이 끊어졌다. 뜻하지 않은 여유가 나에게 주어졌다. 그 여유를 허투루 쓰고 싶지 않았다. 나를 위해 무언가를 하고 싶었다. 그러다 온라인 독서모임을 발견했다. 새벽에 일어나 고전을 읽고 생각을 나누었다. 그들과 함께 한 소통이 위로가 되었고 삶의 변화가 일어나기 시작했다. 이를 계기로 온라인에서 배울 수 있는 것을 적극적으로 찾기 시작했다.

2020년 7월 15일, 인터넷에서 논어 필사 참여자 모집 글을 발견했다. 놓치기 아까운 기회라고 생각해 참여했다.

8개월 동안 논어를 필사하며 블로그에 기록하는 경험은 공자의 가르침을 체험하고 성장하는 기회였다. "배우고 때때로 그것을 익히면 또한 기쁘지 않은가?"라는 문장을 반복적으로 읽으며, 배움과 성장이 삶의 진정한 의미이며, 참된 행복을 느끼게 된다는 것을 깨달았다. 논어를 완필한 그날, 새로운 자신감을 얻었다. 단순히 필사를 마쳤다는 성취감이 아니라, 글로써 표현할 수 있는 능력을 얻었다는 확신이었다.

그 후로도 인문 고전 커뮤니티 '생각 학교'에서 고전 읽기와 토론, 서평 쓰기 활동을 이어 갔다.

소크라테스, 카뮈, 카프카, 톨스토이, 괴테, 호메로스 등 고전 작가들의 책을 읽고 토론하며 서평을 썼다. 500자 서평을 완성하는 데 여러 날이 걸렸다. 서평 쓰기가 어려워 포기하고 싶었다. 그렇게 1년이 지났고 다시 1년이란 시간이 흘렀다. 고전 쓰기를 멈추지 않았다. 그러자 서평 쓰기가 점점 익숙해졌다. 처음에는 500자 쓰기도 힘들었지만, 분량이 늘어나 1,000자, 1,500자, 그리고 2,000자까지 쓰게 되었다. 글로 표현하는 능력이 성장한 것이다.

고전 읽고 서평 쓰는 삶을 이어가면서 질문을 계속 던졌다. 고전이 전하는 메시지는 무엇인가? 어떤 지혜가 담겨 있을까? 선과 악의 균형을 어떻게 이뤄야 하는가?, 왜 사유해야 하는가? 서평 쓰기과 질문은 고전을 더 깊이 이해하고 탐구하는 힘을 길러 줬다.

여러 작가들의 문학 작품들이 새로운 세계로 안내했다. 특별히 헤르만 헤세 '싯다르타'를 통해 세상에 대한 깊은 이해와 '알을 깨고 나아가라'는 강렬한 메시지를 받았다. 영미문학 서사시로 알려진 셰이머스 히니 '베오울프' 소설은 현재의 삶에 안주하는 나에게 '용기 있게 새로운 꿈에 도전하라'며 응원하고 격려했다.

고전에 나타난 언어의 힘, 영웅들의 용기, 선을 추구하는 에너지는 나에게 새로운 기회를 제공했다. 이를 통해 글쓰기의 중요성을 다시 알게 되었다.

글을 잘 쓰고 싶은 마음은 항상 있었다. 쉽지 않았다. 처음에는 어떤 이야기를 써야 할지, 어떻게 써야 할지 몰랐다. 내가 쓴 글을 다시 읽어도 어떤 내용인지 이해되지 않았다. 심각했다. 멈추고 싶었다. 용기 낸 글은 앞뒤 문맥이 맞지 않았다. 내용이 뒤죽박죽이다. 어려웠다. 쓰기를 포기하고 싶었다. 쓴 글을 소리 내어 읽었다. 글쓰기의 경험이 적어 글에 깊이가 없었다. 또 썼다. 그리고 다시 고쳤다. 그렇게 쓴 글은 2023년 2월 공저 『마더』로 탄생됐다.

쓰고, 수정하고, 다시 쓰고, 또 고치는 과정을 반복하며 글을 완성했다. 과정은 쉽지 않았다. 글을 쓰고 다듬는 과정에서 글쓰기는 늘어갔다. 이런 경험은 나를 단련시키고 성장시켰다. 그저 펜을 들고, 머릿속의 생각을 종이에 흘려보내는 것만으로도, 내가 글 쓰는 사람이라 느껴져서 좋았다.

매일 글을 쓰는 사람이 되고 싶다. 정원사처럼 세상과 스스로를 정성껏 가꾸는 글을 쓰는 것은 물론이고 타인의 삶도 정성껏 가꾸도록 돕고 싶다. 이것이 바로 글쓰기의 진정한 가치이자, 글 쓰는 이의 사명이다.

내 삶은 글쓰기로 변화되었다. 현재 글쓰기 마스터 마법사의 줄임말 '글마마' 이름으로 활동하며, 글쓰기 코치로서의 삶을 살고 있다.

만약 지금 이 순간, 글을 쓰고 싶다는 마음이 꿈틀거린다면 펜과 노트, 그리고 약간의 용기 한 스푼이면 충분하다. 그 마법의 순간으로 여러분을 초대하고 싶다.

3-9.
아홉 번 vs 한 번

이경숙

　　23년 1월 7일. 수원 에벤에셀 김정민 작가
사인회에서 한 대 얻어맞았다. 이진행 작가가 그날 사인회 참여
소감을 발표할 때였다. 몸이 불편한데도 벌써 다섯 번째 시집을
출간한 김정민 작가를 응원하면서, 자신도 매일 오후 두 시에 글
을 쓴다고 했다. 알람이 울리게 해뒀다고 했다. 이진행 작가 역
시 몸이 불편하다. 그동안 나는 뭘 했나 싶었다. 내키면 쓰고 아
니면 말고. 일기나 독서 노트, 감사 일기는 쓰고 있었지만, 내 글
은 꾸준히 쓰지 않았다. 부끄럼보다 더한 기분이었다. 숨고 싶었
다. 내가 쓸 수 있는 시간은 언제인지 고민해보았다. 오전 10시
로 정했다. 수요일 책쓰기 수업 듣는 시간만 제외하면 특별히 무
리가 없는 시간이었다. 나도 알람을 맞췄다.

　　매일 쓰겠다고 작정은 하지만 그리 못할 때도 많았다. 이진행

작가의 말이 떠올랐다. 못하는 날은 10분이라도 쓴다고. '그래, 안되는 날은 나도 10분이라도 앉아있어 보자.' 나와의 약속을 지키지 못할 때도 있다. 최대한 지키려고 했다. 그 시간에 쓴 글은 따로 만들어둔 폴더에 저장한다. 저장할 때 제목 앞에 날짜를 쓴다. 폴더를 열어보면 언제 쓰지 않았는지 쉽게 눈에 보이도록. 빠진 날도 여러 번이다. 어느 날은 시작해서 완성하지 못하고 며칠 뒤에 완성하기도 했다. 그럼에도 서서히 폴더에 글이 쌓이고 있다. 이진행 작가의 말을 듣지 않았다면, 조금씩이라도 실행하지 않았더라면 채워지지 않았을 폴더다. 이렇게 쓴 글을 어느 때는 직접 블로그에 발행하기도 하고 어느 때는 그냥 폴더에 담아두기만 한다. 기준은 없다. 오늘 쓴 글이 그런대로 맘에 든다 싶으면 블로그에 올리고, 아닌 날은 그냥 둔다.

개인 저서를 출간했지만, 글 쓰는 일이 익숙지 않을 때가 많았다. 내가 그 책을 어찌 썼나 싶게 항상 나는 글을 못 쓰는 사람이라고 생각했다. 블로그 글을 발행할 때도 여러 번 망설였다. 그런데 매일 조금씩이라도 쓰다 보니 그런 마음이 어느새 무뎌지는 듯했다. 눈 딱 감고 그냥 발행할 때도 이전보다 많아졌다. 처음에는 이런 형편없는 글을 발행하면 너무 창피한 거 아닐까? 하는 생각이었다. 내 글을 읽는 사람들이 '저렇게 쓰는데도 개인 저서를 냈나?' 하고 생각할 거 같아 망설였다. 요즈음에는 내 실력이 원래 이 정도인데 감춘다고 감춰지나 하면서 발행 버튼을 누른다. 이렇게 쓰다 보면 늘겠지 하는 마음으로. 맷집이 생긴듯하다. 매일 조금씩 쓰면서 좋아진 점이다.

나는 매일 글을 씁니다

매일 정해두고 글을 쓴 이후로 생긴 두 번째 좋은 점이 있다. 작은 사건이나 사물을 보더라도 글감으로 보일 때가 많다. 이전에는 그냥 지나쳤던 일도 글로 쓰고 싶어진다. 메모해두거나 기억하려고 애쓴다. 길을 걸어가다가 글감이 떠오르면 카톡 '나'를 열어서 음성으로 녹음하거나 음성을 글자로 변환하여 메모해두기도 한다.

세 번째는, 글감은 있어도 메시지를 정하기 어려울 때가 많았는데, 메시지 찾기가 이전보다 수월해졌다. 같은 글감이라도 여러 각도로 생각하며 메시지를 찾아본다. 전혀 어울릴 것 같지 않은 글감에서도 메시지를 찾아낼 때는 스스로 흐뭇하기도 하다.

네 번째는, 다른 사람의 글에서 참신한 메시지 연결을 보면 감동이 더하는 것 같다. 기형이 된 참외를 보며, 어떤 알지 못할 사건을 연상한 글을 읽었다. 그 알지 못할 사건 때문에 기형이 된 참외를 보면서 자신의 마음까지 챙기는 글이었다. 어떤 사건이라도 자신의 마음이 삐뚤어지지 않게 조심해야겠다고 했다. 초보 작가의 글인데 신선하게 다가와 며칠 동안 기분 좋았다.

다섯 번째, 다른 사람의 글 중 마음에 드는 구성이 있으면 같은 구성으로 글이 쓰고 싶어진다. 다른 소재와 다른 메시지로 글을 쓸 수 있게 되었다.

그동안 내가 썼던 글 중에, 「나팔꽃 실험」이라는 제목으로 쓴 글이 눈에 들어온다. 히스이 고타로씨의 『하루 한 줄 행복』이라는 책에 나왔던 내용을 참고해서 쓴 글이다. 아침마다 예쁜 꽃을 피우는 나팔꽃에 어느 식물학자가 24시간 빛을 쪼여주며 실험했다고 한다. 어쩌면 양계장의 닭에게 24시간 불을 켜주면 알을 더 많이 얻을 수 있듯이 나팔꽃도 24시간 빛을 쪼여주면 더 오래 펴 있지 않을까 하는 마음으로 실험했을지도 모른다. 24시간 동안 빛을 받은 나팔꽃은 어떻게 되었을까? 꽃을, 피우지, 못했다. 왜일까? 나팔꽃은 양계장의 닭과는 다른 무엇이 필요했다. 새벽녘의 '어둠'과 '냉기'다.

　나팔꽃을 피우려면 냉기와 어둠을 견뎌야 한다. 냉기와 어둠 없이는 나팔꽃 넝쿨이 꽃을 피울 수 없듯이, 나도 나만의 꽃을 피우기 위해서는 어둠과 냉기가 필요하다. 그 어둠과 냉기를 참아 내야만 나만의 꽃도 얻을 수 있다는 내용이다. 물론 중간에 나의 경험이 들어가 있다. 그동안 겪었던 것보다 훨씬 어렵고 힘든 과정을 겪으며 나 자신을 한 단계 올릴 수 있었던 사건이다. 온몸의 세포가, 내장 안의 세포까지 일어선 듯한 경험이다. 여러 번 거절 당하면서 꼭 해내고야 말겠다는 오기도 발동했다. 머리카락이 모두 위로 서는듯했다. 그 모든 과정이 새벽녘의 냉기였다. 그걸 참고 견디며 스스로 만들어내야 하는 과정이 어둠이었을 것이다. 나의 그 글을 읽으며 꽤 괜찮은 글이라고 스스로 생각했다. 여러 번의 퇴고 과정을 거치지 않아도 이런 글을 쓸 수 있을 만큼 글이 좋아졌다. 순전히 매일, 조금씩이나마 여러 번 썼기에 가능한 일이었다. 글쓰기 선생님은 말한다. 10번 쓰면 한번 괜찮은 글이 나온다고. 나머지 아홉 번은 맘에 들지 않는다고. 「나팔꽃 실험」도 아홉 번의 안 좋은 글을 거친 나머지 하나다.

이제는 조급하지 않다. 그냥 받아들인다. 아홉 번 안 좋은 글을 써야, 한 번 좋은 글을 쓸 수 있다는 것을. 그 아홉 번을 여러 번 거칠수록 한 번의 좋은 글이 많아진다는 것도. 얼마큼 많은 아홉 번을 거치느냐가 좋은 글이 쌓이는 비결이다. 엉덩이의 진득함과 손가락의 움직임으로 쌓을 수 있는 일이다. '시간의 권위'만이 해결할 수 있는 유일한 길이다.

3-10.
부자가 아니라면 더욱 열심히 써라

이원용

　　　　　부자가 아닌 당신에게 부자보다 열심히 쓰라고 하면 대부분 이상하게 생각을 할 것이다. 여기서 말하는 [써라]의 대상은 돈이 아닌 글이다.

　과거 당신이 부자가 될 수 있는 방법은 부동산, 그리고 사업 이 두 가지가 전부였다. 그러나 지금은 당신이 부자가 될 수 있는 방법에는 3가지가 있다. 부동산, 사업 그리고 콘텐츠이다. AI로 인해 많은 직업이 사라지게 된다. 하지만, 콘텐츠를 가진 사람은 오히려 돈을 벌게 된다. 직장에 다닐 때 연봉이 6천만 원 정도였다. 그리고 퇴사를 하고 나의 연봉은 얼마가 되었을까? 정확히 밝힐 수는 없지만 최고 매출은 월 3.5억이다. 그리고 책을 쓰고 있는 지금 시점 나의 목표는 월 10억이다. 연이 아닌 월 목표다. 2020년 퇴사 시점에 약 6천만 원의 연봉을 받던 사람이 어떻게 한달 만에 연봉 이상의 금액을 벌게 되었을까? 그 비

나는 매일 글을 씁니다

밀은 바로 책 읽기, 글쓰기에 있다. 이 이야기를 하면 식상하다고 하겠지만 사실이다. 만약 의심이 든다면 내 블로그를 보면 된다. 2018년 퇴사 3년 계획을 세우면서 새벽기상, 책 읽기, 글쓰기를 매일 했다. 그리고 3년 계획을 잘 실천하고 퇴사를 했다. 20살까지 20번이 넘는 이사를 해야 했고(월세 낼 돈이 없어서 1년에 몇 번이나 이사를 했다) 주민등록초본 37번째에 지금 살고 있는 강남3구 송파에 아파트를 샀고, 그 외 다주택자가 되었다면 저자가 말하는 책 읽기, 글쓰기에 더 관심이 갈 것이다. 2018년까지 전세 1.8억에 살았는데 그중 대출이 1억5백만 원(70%)이었다. 엘리베이터 없는 탑층 빌라였다. 그런 내가 현재는 서울과 지방에 부동산을 다수 갖고 있으면 주식 계좌에도 꽤 많은 현금이 있는 상태이다. 좌천 그리고 수 없는 이사를 했던 평범했던 직장인이 어떻게 다주택자가 되고 사업을 하고 있고 월 억 단위의 돈을 벌고 있을까? 다시 한번 말하지만 책 읽기와 글쓰기이다. 나는 새벽 3시에 일어나서 출근을 하고 하루에 3시간 이상 책을 읽고 글을 쓴다. 좋은 글쓰기를 위해서는 좋은 생각이 필요하고 좋은 생각을 위해서는 책을 읽어야 한다. 책 읽기와 글쓰기는 불가분 관계이다. 몇 년 전부터 나는 사람들에게 흙수저가 금수저가 될 수 있는 방법은 콘텐츠가 답이라고 말했다. 좋은 콘텐츠를 만들기 위해서는 책읽기와 독서 노트 그리고 글쓰기가 중요하다고 2019년부터 지금까지 이야기해왔고, 프로그램을 만들어 운영 중이다. 부자들은 왜 책읽기와 글쓰기를 중요하게 생각을 할까?

1) 설득

그건 바로 설득하기 위해서이다. 책을 읽으면 생각이 논리적으로 바뀌게 되고 내용을 잘 정리하고 논리적으로 말할 수 있게 된다. 그 말한 내용을 정리하면 글쓰기가 되고 그 글은 사람들을 반응을 이끌어 낼 수 있기 때문이다.

당신이 연봉 협상에서 회사를 이기지 못하는 이유는 간단하다. 회사는 준비를 하고 들어오고 당신은 준비를 하지 않는다. 그러나 글을 쓰면서 맥락을 이해하고 논리적으로 설득할 수 있다면 연봉 협상 승률이 올라갈 것이다. 열심히 노력한 만큼 보상은 받아야 하지 않을까?

상사에서 좋은 평가를 받아야 연봉이 많이 오를 수 있고, 업무에 있어서 누군가 설득할 수 있어야 좋은 평가를 받을 수 있다. 설득이 불가하면 R&R이 불분명한 일을 혼자 다 맡아서 해야 한다. 설득을 잘 할 수 있어야 좋은 아이디어와 기획을 통과시킬 수 있다. 설득에서 빼놓지 않고 말하는 건 바로 이것이다. 바로 후킹(낚시질)이다. 코로나로 인해 온라인 소비가 빠르게 성장한 시점 돈 번 사람들은 온라인 마케팅을 잘 한 사람들이고 그중 수억~수십억을 번 사람들은 온라인마케팅 기술 중 하나인 후킹을 잘 사용한 것이다. 온라인 도서를 예를 들면 잘 만든 제목과 목차면 90% 성공이다. 책 내용이 아무리 좋아도 후킹이 되지 않으면 팔리지 않는다. 제품 역시 마찬가지다. 아무리 좋은 제품도 후킹이 들어가지 않으면 팔리지 않는다. 책을 읽고 글을 쓰면서 상대방을 설득 논리를 갖게 된다면 당신의 연봉은 수억에서 수

십억이 될 가능성이 높다. 책을 쓰는 시점 기준으로 3개월 내에 월 10억 매출을 만들겠다 하는 목표 역시 이 후킹 기술이 가능하기에 자신 있게 이야기하는 것이다. 당연히 이 후킹 기술은 책을 많이 읽고 글을 써봐야 한다. 하루에 30분이라도 좋으니 매일 시간을 정해서 글을 써보자. 당신의 가치는 아주 빠르게 올라가게 된다. 입은 쉬고 글을 써서 설득할 수 있다면 당신의 가치는 달라진다.

2) 24시간 운영되는 영업사원(온라인 지점)

2018년 블로그를 시작했다. 시작할 당시 왜 해야 하는지 정확히 알고 시작한 게 아니다. 멘토가 시작하라고 해서 시작을 했다. 블로그를 시작하고 매일 글을 쓰고 포스팅을 했다. 글 실력은 부족했다. 부족한 실력이지만 매일 쓰다 보니 실력이 늘었다. 글이 쌓이는 만큼 팬이 하나씩 생기게 되었다. 몇 명만 보는 블로그에서 수백 명, 수천 명이 보는 블로그가 되었다. 그렇게 나를 응원해주는 사람들이 하나씩 생겼다. 팬이 생기고 댓글이 달리면서 나라는 평범한 사람에게도 관심을 가진다는 걸 알게 되었다. 나의 글을 보고 용기를 얻거나 응원하는 사람이 있다는 것을 알게 됨에 따라 자존감도 높아졌다. 내가 블로그를 강조하는 이유는 바로 이것이다. 블로그를 운영하고 1년 뒤 2019년에 PPT 강의를 하게 되었다. 홍보 수단도 없고 강의 경력도 없었다. 당시 시장에서 PPT 강의료가 10만 원이고 소수만 듣던 강의 시장임에도 불구하고 첫 강의료를 27만 원으로 정했다.

당시 사람들은 모두 내가 망할 거라 확신했다. 결과는 어땠을까? 첫 강의는, 모집 하루 만에 마감이 되었다. 이후 37만 원까지 강의료를 올렸다. 누가 PPT 강의를 27만 원 주고 들어? 절대 안 될 거라 말하던 사람들은 블로그의 힘을 모르는 사람이다. 첫 강의 이후 한 달에 2번 강의를 하고 천만 원을 버는 강사가 되었다. 회사 생활에서 이뤄본 적 없는 억대 연봉을 강의 시작과 동시에 이뤘다. 글을 쓰고 블로그 운영하고 팬들이 생기고 블로그를 기반으로 홍보를 하게 되었다. 내가 잠들어 있는 순간에도 블로그에 써 둔 글을 누군가 보면서 신뢰가 생기고 강의를 수강하는 선순환 구조가 만들어졌다. 블로그에 쓴 글을 1회성이 아니다. 꾸준히 재생산되고 내가 자고 있는 동안에 잠들지 않고 온라인에서 영업을 한다.

3) 출간

블로그 글 덕분에 2021년 책을 쉽게 집필할 수 있었다. 만약 블로그가 없었다면 절대로 2개월 만에 퇴고를 할 수 없었다. 2018년부터 글을 쓰기 시작했고 나의 희로애락이 블로그에 모두 담겨있었다. 덕분에 책을 쓸 때 그 시점의 기억을 불러오는 데 어려움이 없었다. 블로그의 글을 살펴보면서 지난 과거를 회상했고, 목차를 정했다. 블로그 덕분에 그 당시 감정을 꺼내 글을 썼다. 블로그란 공간에 글로 남겨 두었기에 평생 나와 함께할

나는 매일 글을 씁니다

영화와 같은 스토리가 생겼다. 과거의 일을 우리는 추억이라 부르지만 지난 일들은 마치 영화와 같다. 나는 책을 읽고 글을 쓰면서 성장을 했다. 앞으로도 책을 읽고 매년 한 권 이상의 책을 출간할 계획이다.

3-11.
나의 기록 이야기

이은설

　　요양보호사 일을 시작하면서 일기를 썼다. 따로 일기장을 마련하지 않고 쓰다 남은 공책을 이용했다. 쓰지 않는 것은 기억할 수 없기 때문에 그냥 적었다. 주로 그날 도와 드린 내용과 생각나는 것들을 적었다. 힘들면 힘들다고 쓰고 어려울 때는 어렵다고 썼다. 속상한 일도 있었고 짜증 나고 화나는 일도 있었다. 집안 일을 도와 드리고 병원을 모시고 간 일도 적었다. 데이케어센터에서 프로그램 진행한 것도 적었다. 직원들과 마찰도 썼다. 내가 잘못한 것은 잘못했다고 미안하다고 했다. 내 뜻이 제대로 전달되지 못하면 편지를 써서 전하고 화해를 한 적도 있었다. 발 마사지가 필요한 분께는 발 마사지를 해 드리고, 그 이야기를 썼다. 그림을 색칠하거나 인지 활동을 한 내용을 적었다. 비행기 할아버지 딸이 미국에서 왔을 때 할아버지가 쓰신 캘리그래피 노트를 자기가 가져가도 되겠느냐고 물었다.

당연히 아버지가 쓰신 것인데, 가져가라 하고 챙겨 주었다. 아버지 것을 챙겨가는 딸이 한편으로 고마웠다. 보호자께 금일봉을 상여금으로 받은 내용도 적었다. 입사한 지 한 달 만에 친절 직원상 받게 된 것도 기록했다. 물론 직원들의 동기 부여를 위한 것이라는 것을 나중에 알았다, 초심을 잃지 않으려고 노력했다.

요양보호사 자격증을 따고 얼마 되지 않았을 때다. 주말에만 와상 환자를 돌보는 대근을 했다. 기존에 입주 요양보호사가 쉬는 날 대신 근무를 했다. 와상 환자와 1박 2일 지내는 이야기를 글로 썼다. 새벽에 침상 목욕을 시키고, 매 식사를 피딩 세트로 준비한 일, 찬송가를 틀어 드리고 도로 사정을 생중계해 드리는 이야기를 썼다. 욕창 예방을 위해 두 시간마다 체위 변경을 하고 나면 한숨이 절로 나온 이야기를 썼다. 눈곱이 나오면 닦아드리고, 대변 치운 이야기를 썼다. 일기를 쓰면서 방송국에 투고도 했다. 투고만 하고 방송이 나온 줄도 모르고 있었다. 상품 배송 주소를 입력하라는 문자를 받고 확인할 수 있었다. 드럼세탁기를 받았다. 글을 잘 써서 받은 것이 아니라, 우리 사회에서 고생하고 수고한다는 의미로 받게 된 것 같다. 5년 전의 일기장을 읽어보면 당시의 일들이 떠오른다. 일기가 없었다면 시간 속에 묻혔을 이야기들이 살아서 팔딱거리는 것 같다. 잊고 있었던 일들이 생각나기도 한다.

초등학교 겨울 방학 때 외갓집을 갔다. 외할아버지가 달력 뒷면을 잘라서 일기 쓰는 모습을 보았다. 농사일을 기록하는 외할아버지를 보면서 자연스럽게 적었던 것 같다. 농장을 운영할 때는 하루 할 일을 메모하고 마칠 때 할 일을 완수한 것은 줄을 긋고 하지 못한 일은 내일 일로 다시 적었다. 일하다가 생각나는 것을 무조건 메모했다. 일을 마치고 저녁에 집으로 돌아와서 블로그에 기록했다.

2004년 겨울 우연히 도서관에서 『고정관념 와장창 깨기』를 보고 다이어리를 시작하게 되었다. 물론 그전에도 기록은 했지만, 며칠 적다가 쓰지 못하고, 노트를 마련해서 썼지만, 꾸준히 기록하지 못했다. 매일 그날 있었던 일만 다이어리에 기록하는 것은 어렵지 않았다. 옆집 할아버지께 빌린 돈을 두 번 갚지 않아도 된 일이 있었다. 돈을 갚은 지 2~3년이 지나서 깜박 잊고 있었는데 돈을 달라고 했다. 기억이 날 듯하면서 생각이 잘 나지 않았다. 할 수 없이 드려야겠다 생각했다. 생각 없이 그동안 적은 다이어리를 한 장씩 넘겼다. 다행히 할아버지께 돈을 갚은 날이 기록되어 있었다. 그 날짜에 농협 통장 전산 기록을 찾았다. 돈을 두 번 갚지 않아도 되었다.

블로그를 처음 시작할 때는 디지털 카메라를 사용해서 사진을 찍어 블로그에 올리곤 했다. 농사일을 하면서 사용하다 보니 A/S를 받아야 했다. 무상 서비스 기간이 지나서 안 된다고 했다. 카메라를 구입했던 날 좋아서 일기장과 블로그에 쓴 글을 메일로 보냈다. 고객님을 믿고 무상 서비스를 해 준다고 했다. 매일 기록하는 다이어리는 19년째 기록을 하고 있다. 나의 일상을 기록하는 데 의미를 두고 싶다.

요즘은 그날 있었던 일을 대학노트 한쪽 분량으로 쓰고, 요양보호 이야기는 따로 빈 다이어리에 길이나 형식에 구애받지 않고 근무하는 날만 적었다. 데이케어센터 근무를 하면서 외부 강사가 강의하는 내용 중 내가 배우고 싶은 것은 미래 강사 일지에 메모를 했다. 시장 가기 전 구입해야 할 품목들은 적어서 가는 편이다. 석 달 동안 다이어트를 할 때는 매주 장을 봐야 했다. 장을 봐야 할 품목을 적지 못 해서 다시 집으로 와서 메모를 가지고 장을 보기도 했다. 근무하면서 그 댁에서 구해야 할 품목은 미리 핸드폰 앱에 입력했다가 장을 보기도 한다.

책 쓰기 강의를 들으면 인생 수업을 받는 느낌이었다. 게으르고 나태한 내 마음을 추스르기도 했다. 매일의 노력을 강조하셨다. 한 사람 한 사람 모두가 소중한 존재라고 수시로 일깨워 주셨다. 나를 아끼고 사랑하는 법을 알려 주셨다. 동기 부여를 받았다. 사람을 돕는 일 글을 쓰면 될 것 같았다.

전자책 출판도 준비하고 있다. 요양보호사 일을 하며 쓴 초고도 퇴고를 기다리고 있다. 퇴고를 마치고 출판이 되면 그 책을 들고 요양보호사 교육원에 강의를 할 것이다. 그들에게 희망을 주고 나처럼 매일 일기를 쓰라고 말하고 싶다. 자이언트 골든 클래스에서 배운 내용을 아낌없이 전해주고 싶다. 글을 쓰고 싶지만, 쓰지 못한다고 손사래를 치는 사람들을 돕고 싶다.

6년 전 가정폭력 피해 여성이었고 요양보호사로 출발했다. 농사를 지었고 지방에서 작은 교습소를 운영한 것이 전부다. 최종 학력은 방송통신대학 국어국문과를 졸업했다. 나보다 가방끈

긴 사람들에 비하면 초라하고 부끄럽다. 하지만, 가정폭력 피해 여성이나. 요양보호사의 마음은 그들보다 내가 더 잘 이해할 수 있다. 화려한 경력이 없지만, 부족하면 부족한 대로 모자라면 모자라는 대로 나의 소명을 다하고자 한다. 오늘 이 순간에 집중하고 내가 오늘 할 일 묵묵히 하고 싶다. 요양보호사를 하면서 일기를 썼고, 글을 쓰면서 배웠다. 정규과정과 함께 라이팅 코치 과정을 연수하고 수료했다. 아직은 많이 부족함을 인정한다. 아기가 태어날 때 살아갈 준비 다 하고 나오는 것 아니지 않는가. 지금까지의 경험으로 막판 뒤집기를 생각한다. 막판 뒤집기 성공하고 싶다면 기록을 하라! 왜냐하면 기록을 이길 만한 것은 없기 때문이다.

나는 매일 글을 씁니다

3-12.
매일 글쓰기의 마법

이은정

나이 50을 향해 가면서, 저는 인생의 중간 지점에 다다른 것 같았습니다. 지난 삶을 되돌아보니 여러 가지 일들이 저에게 도전과 기회였습니다. 시간이 지나면서, 일상의 반복과 지루함이 저를 압도했습니다. '어떻게 사는 것이 잘 사는 것이고, 어떻게 사는 것이 잘 죽는 것인가.' 마음의 소리를 듣고 새로운 목표와 비전을 찾았습니다. 매일 글을 쓰는 삶을 살자!

처음에는 쓸 말이 없었습니다. 일기장에 생각과 감정을 적으며 점차 속마음을 털어놓을 수 있었습니다. 어느 날 아침, 동네 산책길에 흐린 하늘을 보았습니다. 그때 느낀 우울함을 글로 써 내려갔습니다. 이럴 수가! 우울함의 원인을 찾아가는 여정이 펼쳐졌습니다. 어릴 적 꿈을 회상했습니다. 개에게 다리를 물리고는 아프다고 울면서 깼었지요. 그날 산책길에 동네 개를 만났고,

무의식적으로 무섭고 불안한 마음에 몸을 움츠렸습니다. 집으로 돌아와 글로 써 내려가며, 그 개와의 만남이 저에게 어떤 영향을 미쳤는지 돌아보았습니다. 이 때문이었을까요. 개에 대한 두려움을 조금은 극복한 듯합니다. 다른 날, 일상의 소소한 행복에 대해 글을 써 내려갔습니다. 집에서 키우는 화초의 성장 이야기입니다. 처음에는 작은 싹이었던 화분이, 점차 커져 싱그러운 화초가 되어 가는 과정을 관찰했습니다. 화초로부터 배움의 순간이었지요. 변화와 성장에 대한 깊은 깨달음을 얻었습니다. 삶의 작은 변화들을 두려워하지 않고 받아들이게 되었지요. 이처럼 처음에는 쓸 말이 없어 보이지만, 글을 써 내려가다 보면 예상치 못한 소중한 이야기들을 마주합니다. 매일 글을 쓰면서 인생의 다양한 이야기를 발견하고, 그것을 통해 나와 세상에 대한 새로운 시각을 얻는 놀라운 경험을 합니다.

무슨 일이 있어도 노트 한 페이지는 매일 쓰겠다고 다짐했습니다. 어떤 날은 쉽게 한 페이지를 금방 채웁니다. 어떤 날에는 한 줄을 쓰기 위해 이빨을 꽉 물어도 쓰지 못했습니다. 그럼에도 불구하고, 매일 글쓰기를 고수했지요. 점차 나 자신과 내 글에서 실질적인 변화가 보였습니다. 글쓰기에 더 훈련하고 몰입했습니다. 시간을 쪼개 매일 글 쓰는 시간을 정했습니다. 산만해지는 걸 무시하고 글쓰기에 집중했습니다. 글이 완전하지 않아도 된다는 생각에 편안해졌습니다. 글을 쓸 때, 단어나 문장을 고민할 시간이 없습니다. 내려놓고 그냥 쓰면 됩니다. 글은 말과 달리 수정하거나 편집의 기회가 있으니까요. 글을 쓴다는 건 귀찮은 일이 아니라 더 큰 기쁨이라는 것을 알아가고 있습니다. 글은 두려운 것이 아니라 기대되는 일입니다. 그것이 매일 글을 쓰는 진정한 마법이라고 생각합니다. 다만, 더 나아지거나 더 생산적이게 될지 아직은 모릅니다. 여하간 한 페이지를 채우는 것은 기쁘고 경이로운 일임이 분명합니다.

최근 중년의 위기에 직면했습니다. 강의, 사랑스러운 가족, 다양한 취미가 있었지만 뭔가 빠진 것 같았습니다. 글쓰기를 좋아했지만 진지하게 생각한 적이 없었습니다. 충동적으로 '매일 블로그 1일 1포스팅 하겠다!'고 선언하고, 글을 쓰기 시작했습니다. 처음에는 투쟁이었습니다. 바쁜 강의 일정과 챙겨야 할 아이들이 있었지요. 시간 내기가 어려웠습니다. 핑계였지요. 몇 번의 실패 끝에, 지금은 제대로 실천하겠다는 각오로 매일 한 시간 일찍 일어나 노트북 앞에 앉습니다. 처음 며칠은 힘들었습니다. 무엇을 써야 할지 몰라 화면을 응시한 적도 많습니다. 억지로 무언가를 쓰든, 그것이 무엇이든, 몇 줄만 쓰더라도 '내려놓고 쓰자'라고 마음먹으니, 편안해졌습니다. 시간이 지나면서, 제 목소리와 스타일에 더 자신감이 생겼습니다. 일단 글쓰기와 명상에 관하여 썼습니다. 놀랍게도 많은 사람이 블로그를 방문하고 있습니다. 어쩌면, 가장 큰 변화는 '습관'이라 생각합니다. 양치질하거나 아침 식사 준비와 같이 매일 글을 쓰는 것이 제 일상의 일부가 되었으니까요. 더 이상 글을 쓸 시간을 찾기 위해 고군분투하지 않습니다. 너무 많이 생각하지 않습니다. 그냥 매일 쓰는 것, 그것이 내가 한 일입니다.

재미있는 점은 매일 글을 쓰면서 시간 관리도 바뀌었다는 사실입니다. 항상 시계를 보며 살았습니다. 하루에 가능한 많은 일을 밀어 넣고, 마무리하고자 애쓰며 살아왔지요. 하지만 지금은 세상 모든 시간을 다 가진 것 같습니다. 물론 글을 쓰기 싫은 날도 있습니다. 그런 순간들을 헤쳐나가는 법을 배웠습니다. 글쓰기는 나에게 명상입니다. 매 순간을 천천히 음미하는 시간. 내 여정을 돌이켜보면, 중년의 위기에 감사하지 않을 수 없습니다. 어쩌면, 깊이 알고 있다고 착각하던 나 자신을 발견하도록 이끌었습니다. 매일 글을 쓰면서 쓰는 방법이 향상되었고, 시간과 나의 관계도 좋아졌습니다. 글쓰기는 진정한 나의 도반입니다.

매일 글쓰기는 가장 보람 있는 습관 중 하나라고 자신 있게 말할 수 있습니다. 정기적으로 글을 쓰면 정신적, 정서적, 신체적 건강에 지대한 영향을 미친다는 연구가 있습니다. 긍정심리학 저널(Journal of Positive Psychology)에 발표된 연구에 따르면, 연속 3일 동안 매일 긍정적인 경험에 대해 글을 쓴 사람들은 몇 달 동안 기분과 웰빙이 개선된 것을 경험했습니다. 영국 건강 심리학 저널(British Journal of Health Psychology)에 발표된 또 다른 연구에서는, 트라우마 경험에 대해 하루 20분씩 연속해서 4일동안 글을 쓴 사람들은 글을 쓰지 않은 사람들보다 신체 건강 결과가 더 좋았다는 사실을 발견했습니다. 그래요. 매일 글쓰기는 정서적, 신체적 건강 그 이상의 혜택이 있다고 단언합니다.

물론, 매일 쓰는 습관을 기르는 것은 말처럼 쉽지 않습니다. 그렇기 때문에 계획을 세우고 어떤 일이 있어도 그것을 고수하는 것이 중요합니다. 저는 아침에 일어나면 가장 먼저 모닝저널을 씁니다. 특정 시간과 장소를 따로 떼어놓았지요. 작게 시작해서 쓰는 시간을 점진적으로 늘려나갔습니다. 중요한 것은 매일 쓰는 것입니다. 가장 의미를 둔 것은 '나도 어설픈 글을 쓸 수 있다'며 권한을 부여했습니다. 매일 글을 쓴다는 것은 매번 걸작을 만들어내는 것이 아니니까요. 매일 쓰고, 읽고, 또 쓰고, 그 과정이 누적되면 성장과 발전으로 이어질 것이라 확신합니다. 나탈리 골드버그(Natalie Goldberg)는 『뼛속까지 내려가서 써라』에서 '내면의 검열관인 비평가를 무시하라. 당신이 쓰는 모든 글은 아름답다. 당신은 세상에서 가장 형편없는 쓰레기 같은 글을 쓸 권리가 있다. 쓸데없는 자책감과 열등감에서 벗어나라.'고 주장합니다. 저는 완벽해야 한다는 압박감을 버렸습니다. 대신 글쓰기 과정 자체에 집중합니다. 창의력과 상상력의 진정한 잠재력을 활용할 수 있을 테니까요.

글을 쓰면서 글쓰기 능력이 향상되었습니다. 나 자신과 다른 사람들에 대해 더 사색하고, 더 마음을 챙기고, 더 연민심이 많아졌습니다. 삶의 가치를 재발견하게 도와주었지요. 앞으로도 끊임없이 변화하고 성장하며, 나를 찾아가는 여정을 계속할 수 있는 힘을 선물 받았습니다. 변화를 받아들입니다. 미래의 삶은 더욱 풍요롭고 아름다워질 것이라 확신합니다. 매일 글을 쓰면서, 삶의 순간을 이해하고 감정을 처리하며, 더 깊고 의미 있는 방식으로 주변 세계와 연결됩니다. 조앤 롤링(J.K. Rowling)은 "나는 내가 쓰고 싶은 것을 씁니다. 나는 나를 즐겁게 하는 것을 씁니다. 그것은 전적으로 나를 위한 것입니다."라고 말했습니다. 내 삶에서 일상적인 글쓰기가 의미 있는 이유입니다.

매일 글을 쓰는 것이 완벽하거나 성과를 요구하지는 않습니다. 글을 통해 나의 생각, 감정 및 아이디어를 탐구하고 통찰할 수 있는 권한을 나자신에게 부여하는 것입니다. 일기를 쓰든, 에세이를 쓰든, 아니면 매일 몇 분 동안 내 생각을 간단히 적든 간에, 삶을 더 나은 방향으로 변화시킬 수 있는 강력한 실천에 동참하고 있음을 알았습니다. 매일 글을 쓰면서 삶을 되돌아보고, 인생의 새로운 장을 펼쳐보기를 희망합니다. 두려움을 떨쳐버리고, 변화의 물결 속에서 새로운 성장의 기회를 포용합니다. 지금보다 더 충만한 삶을 살아내길 축복하면서.

나는 매일 글을 씁니다

3-13.
사춘기와 갱년기, 글쓰기가 필요한 순간

정가주

　　딸이 밉다. 또박또박 말대답하며 삐딱하다. 사춘기가 절정이다. 그동안 어르고 달래며 지냈던 시간도 다 부질없다. 내가 한마디 하면 딸은 세 마디 한다. 스마트폰 들여다보며 내 말에 건성건성 대답하는 딸을 더는 두고 볼 수가 없었다. 참았던 화를 딸에게 쏟아부으니 눈물을 보인다. 그래도 어쩔 수 없다. 내 마음도 미칠 지경이니까.

"엄마가 네 친구야? 엄마한테 그게 무슨 태도야?"
"엄마가 낳았으니까 엄마 닮았나 보지. 엄마 탓이야."

　　옆에 있던 아들이 자기한테 불똥이 튈까 봐 얼른 방으로 들어간다. '이 와중에 라면이 입으로 들어가냐'. 째려보는 내 눈빛이 살벌했는지 남편은 라면을 끓여 먹으려다가 말았다. 친정엄마는 내 옆구리를 쿡 찌르시더니 말씀하신다.

"제 사춘기라서 그래. 엄마가 이해 안 하면 누가 해. 다 저런데. 중학생들. 방문도 쾅 닫고 들어가고."

중2병이 내 딸에게도 올 줄이야. 자려고 누웠다가 벌떡 일어났다. 깜깜한 방에서 혼자 앉아 눈을 감았다. 요즘 신경 쓸 일이 많아 내 마음도 예민했나 보다. 노트북을 켰다. 순간 방 안이 환해졌다. 한글 파일을 열었다. 한참을 바라보다 무작정 쓰기 시작했다.

마음이 꽉 막힐 때는 종일 누워만 있었다. 말도 안 하고 속앓이만 했다. 가족들 얼굴도 보기 싫고 다 귀찮았다. 말수도 없고 마음을 잘 표현하지 못했다. 아이를 키우면서도 마음이 허전했다. 나만의 일을 하고 싶었지만 내가 뭘 잘하는지 알지 못했다. 어느 날 서점에서 우연히 본 그림책 한 권에 빠져 읽고 또 읽었다. 표지 그림이 화사해서 자주 들춰봤다. 백지혜의 꽃 그림책이었다. 『꽃이 핀다』는 우리 산과 들에서 자라는 꽃과 열매를 표현한 그림책이다. 그때부터 그림책을 한 권, 두 권 사서 보며 마음에 드는 나만의 그림책 리스트를 만들었다. 아이와 함께 읽으며 노트에 간단하게 한 줄 소감을 쓰기 시작했다. 그림책은 미술관이라는 태그로 SNS에 그림과 느낌을 올렸다. 하지만 그림책이 주는 감동에 비해 내가 표현하는 문장은 초라했다. 꽉 찬 마음을 머리로는 느꼈는데 글로 쓰려니 어떻게 표현해야 할지 답답하기

나는 매일 글을 씁니다

만 했다. 책을 읽고 감상을 쓰거나 어쩌다가 친구와 뮤지컬을 보고서도 감탄사만 연발했다. 그림책을 읽으며 느낀 감정을 글로 표현하기 위해 내 마음을 자세히 들여다보며 생각하는 시간을 가졌다. 도서관에서 엄마 독서 모임을 시작하며 꾸준히 책을 읽기 시작했다. 처음에는 책만 읽고 마음에 드는 문장이 나오면 밑줄만 쳤는데 서로 느낌을 말하면서 내 감정도 점점 세밀해졌다. 잘 쓰고 싶어 매일 쓰기 시작했다.

매일 블로그 글쓰기에 도전했다. 내 하루를 들여다보며 뭘 쓸까 궁리했다. 정말 쓸 게 없는 날도 있었다. 그러면 책 사진 하나 찍고 한 문장 필사해서 올렸다. 100일 글쓰기 모임, 30일 글쓰기 모임, 에세이 필사 모임을 하면서 매일 기록하는 사람이 되려고 노력했다. 노트북과 공책, 일기장에 나의 기록이 차곡차곡 쌓였다. 『끝까지 쓰는 용기』에서 정여울 작가는 말한다. 글쓰기 과정은 머릿속에서 지진이 일어나는 것과 비슷하다고. 쓰려고 앉았지만 적당한 말이 생각나지 않을 때 답답하다. 어떤 단어를 써야 하는지 막막할 때도 많다. 내 마음과 딱 맞아떨어지는 문장을 쓰고 나면 속이 후련하다. 내 머릿속에서 맴맴 돌고만 있었던 생각과 감정이 흔들리고 섞여서 밖으로 표현되는 느낌을 글을 쓰며 알게 되었다.

글쓰기는 나와의 대화이다. 책을 읽고 단상을 쓸 때는 내 삶과 연결한다. 내 이야기를 쓴다. 내 마음속 어딘가에 저장된 기억을 꺼내서 글을 쓴다. 꽃 그림책을 펼쳐놓고는 놀이공원에 가서 딸이랑 사진 찍던 날과 친구를 위해 꽃을 샀던 기억을 떠올린다. 강원도 산골 들판에 흐드러지게 피었던 들꽃과 함께했던 사람들을 추억한다. 책을 읽으며 지금의 나에 대해 쓴다. 내가 매일 하는 일, 감정이나 생각을 쓴다. 때로는 흔들리지만 잘 살아가고 있는 나에 대해 쓴다. 나에 대해 쓰는 것은 결국은 나를 아끼겠다는 다짐이다. 나를 사랑하지 않고서는 그렇게 주구장창 쓸 수가 없기 때문이다. 빈 화면만 째려보다 꾸벅 조는 날이 있기도 하고 다섯 줄 쓰다가 눈꺼풀이 내려오는 날이 있어도 일단 쓰면 뿌듯하다. 블로그 방문자 수는 얼마 없어도 가끔 올리는 내 일상에 따뜻한 댓글을 달아주는 이웃이 있을 때 또 쓰고 싶다. 소소한 내 일상과 생각이 다른 사람 마음에 닿았다는 사실이 기분 좋다. 또 쓸 힘을 얻는다. 나만 생각하고 글을 썼는데 이제 내 글을 읽는 사람을 위해 글을 쓰다니. 매일 글쓰기의 힘이다.

딸이 초등학교 때 나와 함께 매일 글을 쓴 적이 있다. 책을 읽는 것도, 글을 쓰는 것도 좋아해서 함께 할 수 있었다. 그때 글을 읽어보면 이럴 때가 있었구나! 혼자 감상에 젖는다. 동생이랑 싸워서 화가 난 일, 친구와 산에 가서 놀았던 일, 엄마한테 혼나 시무룩했던 날의 기록이다.

'엄마가 밉다. 맨날 태원이 편만 든다. 나한테는 공부하라고만 하고.' 같은 엄마에 대한 원망의 마음도 있다. '너도 날 미워했던 때가 있었구나' 생각하니 피식 웃음이 나온다. 서로 미워하고 싸우다가 웃어버리는 우리 관계처럼 딸과 나의 글도 닮아있다. 앞으로 밀고 당기는 싸움이 얼마나 계속될지 모르겠다. 딸은 사춘기고 나는 갱년기이니까. 부딪히고 흔들리는 마음이 매일 들쑥날쑥하다. 그래서 쓴다. 서운한 감정도 쓰고 예쁘기만 했던 지난날도 추억하며 쓴다. 맥주 한 잔 벌컥 마시며 쓰다 보니 까칠한 내 마음이 보인다. 속이 좁은 아줌마다. 쓰다 보면 마음이 풀린다. 다 뱉으니 후련하다. 글 쓰고 있는 내 옆으로 딸이 온다. 투닥거렸던 일은 벌써 잊은 것 같다. 내 옆에 앉아 친구랑 했던 이야기를 종알거린다. '다시 매일 글 쓰는 거 어때?' 말하려다 그만뒀다. 잔소리로 들을 게 분명하니까. 언젠가 서로의 글을 읽는 날을 꿈꾼다. 상상하면 기쁘다.

오늘은 새로운 날, 나는 나를 사랑하기로 했다

정성희

3년 전, 특별한 선물을 받았다. 바로 새롭게 태어난 '오늘'이란 선물이었다. '인생은 육십부터'라는 구태의연한 말을 하려는 건 아니지만, 환갑에 다시 태어난 건 사실이다. 글 쓰는 삶을 만났고 희망을 발견했다. 글 쓰는 인생, 진정 나를 사랑하는 길에 들어섰다.

하마터면 신림동 골방에서 고독사를 맞을 뻔했다. 오래된 좁은 골목길에 초점 없이 앉아 있던 노인의 모습이 나인 것만 같았었다. 십 년 가까이 그런 분위기에 동화되어 있었다. 도대체 희망이라곤 찾을 수 없었던. 어느 날 고독사로 발견된다 해도 이상하지 않을 암울한 나날이었다. 카드빚은 늘어나는데 수입이라곤 시니어 기자단 원고료 몇 푼, 대리운전해서 받은 몇 푼이 전부였다. 몸은 늘 아팠고, 건강을 위해 할 수 있는 최선은 둘레길을 걷는 거였다. 인적 없는 숲 속에 들어가 심호흡을 하면 쪼그라든 마음이 조금 펴지는 듯했다.

지금 돌아보니 아찔하다. 어스름 해 질 무렵까지 숲속을 헤집고 다녔으니 얼마나 겁이 없었던가. 마치 칠십 대인 줄 착각하고 사는 50대 초반 여자에게 주인 할머니가 경고장을 날렸다. 그쪽은 작년 여름 젊은 여자 시체가 발견된 곳이니 가지 말라고.

나는 십 년 전보다 지금이 더 젊은것 같다. 글을 쓰며 마음을 다스리는 훈련을 하기 때문이다. 덕분에 어떤 상황에서도 불안한 마음 들지 않는다. 인생 후반, 그저 오롯이 나를 사랑하며 살기로 했다.

'더 젊게 오래 사는 법'의 저자 디펙 초프라 박사는 인간의 신체는 무한한 가능성의 장이라고 했다. 노화를 받아들이는 것도 각자의 선택이라는 것이다. 젊게 살려면 연대기적 나이를 잊어버려야 한다. 60세도 안 된 지인이 "눈도 침침한데 책은 뭐 할라고 보고 그래."라며 조롱하듯 말했다.

생각해 보니 참 신기하다. 시력도 마음먹기에 달렸나 보다. 나는 50대 중반까지 안경을 쓰고 다녔다. 안경 없으면 사는 데 지장 있을 줄 알았다. 어느 겨울날 목도리를 얼굴까지 둘러치고 관악산 둘레길을 걷다 안경을 벗었다. 입김이 얼어붙어 앞이 안 보였기 때문이다. 외투 주머니에 안경다리를 걸치고 내려오다 눈길에 미끄러져 엉덩방아를 찧었다. 집에 와서 찾으니 안경이 없었다. 안경 사는 비용도 부담스러워서 좀 버티기로 했다. 어차피 겨울에는 불편하다. 버스 탈 때나 따뜻한 실내로 들어갈 때 안경 알이 뿌옇게 덮이는 통에 여간 난감한 게 아니었다.

그런데 안 쓰고 다녀봐도 별일은 없었다. 미루다가 봄이 지나고 여름이 되었다. 또 주춤했다. 여름에 안경 쓰는 것도 고역이라 망설인 것이다. 낮은 콧잔등에 땀까지 나면 미끄러져 흘러내리기 일쑤이다. 안경 잡아끌어 올리는 게 일이다. 그런 불편함에서 벗어나고 싶었다. 근시에 노안이 조금 섞여 있는 상태였지만 안경 안 쓰기로 결단했다. '내 시력은 점점 더 좋아질 거야'라는 다소 황당한 주문을 걸고 살았다. 단 컴퓨터 앞에선 블루라이트 차단 안경은 착용한다. 어쨌든 안경 없이는 바깥 활동이 안 되는 줄 알았던 고정관념 털어버렸다. 안경 벗고 세상을 보는 오늘, 다 괜찮다. 서점에서 도서관에서 책 펴 들고 서 있는 나를 보면 아마 내 나이 모르겠지?

40년 넘은 3층짜리 낡은 빌라에 산다. 이 집과 같은 연령대로 보이는 은행나무는 지붕 위로 솟아있다. 그 옆에 있는 감나무도 마찬가지다. 두 나무 중간 높이의 단풍나무 한 그루 더 있다. 이 녀석들 없었으면 얼마나 황량했을까. 5월 햇살 받아 반짝이는 감나무 이파리는 어찌나 이쁘던지. 창밖으로 손을 뻗어 만져보기도 한다. 이보다 이쁜 서재가 있을까 싶다. 글을 쓰다 막힐 때는 키보드에 손을 얹은 채 시선은 창밖으로 향한다. 머리가 맑아지며 순간순간 충전이 되는 기분이다.

'띵똥' 정적을 깨며 카드 문자 하나 날아든다. 어버이날을 기념하는 구청장의 인사치레였다. 문득 부모님 생각이 났다. 요맘때던가. 감나무, 대추나무가 둘러친 마당 수돗가에 죽순 껍질이 수북이 쌓이곤 했다. 껍질을 벗기면 한 뼘 정도 되는 야들야들 연한 죽순이 나왔다. 죽순은 데쳐서 무치거나 곰국 끓이거나 들깻가루에 볶아 먹었다. 엄마만의 요리법은 특별히 맛있었다. 부모님은 죽순 팔러 오는 사람이 보이면 모두 사버릴 정도로 좋아했다. 비가 온 다음 날은 어디선가 직접 캐오기도 하였다. "그렇게 순을 잘라버리면 대나무 다 죽는 거 아녜요?" 엉뚱한 질문을 했던 기억이 난다.

혼자라는 현실은 늘 공허로웠다. 앞날이 불안하고 두려웠다. 늦게나마 글 쓰는 삶을 만난 건 나에게 행운이다. 글 쓰는 작가는 누군가를 돕는 일이기에 한 발씩 변화하고 성장하는 모습 부단히 보여줘야 할 것이다. 글쓰기에 몰입하자 공허, 불안 사라졌다.

대나무 종류 중에 '모죽'이 있다. 모죽은 씨를 뿌린 후 5년 동안 꼼짝도 하지 않는다고 한다. 대부분 식물이 며칠 만에 싹이 나거나 늦어도 몇 달 만에 나온 거에 비한다면, 필시 죽은 거라 여길 만하다. 하지만 보이지 않게 계속 성장하고 있었다. 땅을 파보면 튼실한 뿌리가 넓게 퍼져있다고 한다. 오랜 시간 내실을 다진 후, 싹이 움직이기 시작하면 하루에 80cm씩 경이로운 속도로 솟구친다는 것이다.

우리는 인내와 노력을 표상하는 교훈을 주고자 할 때 '모죽'을 예로 드는 경우가 많다. 아무리 열심히 해도 성과가 안 보이는 것 같을 때 주저앉고 싶어진다. 그러나 좌절은 금물이다. 포기하지 않고 꾸준히 노력한다면, 언젠가는 목표하는 성공을 거둘 수 있게 된다. 비록 오래 묵혔어도 나 스스로 포기만 않는다면 뿌리는 썩지 않을 것이기에. 모죽을 통하여 확고한 신념을 다지는 용기를 얻는다.

나는 모죽을 닮고 싶다. 아니 이미 '모죽'이라 우기고 싶다. 지난 60년 동안 한 게 뭐 있냐고 비웃는 사람들에게 보여주고 싶다. 작가가 되기 위한 뿌리 내림이었다고. 결국엔 글쓰기, 책쓰기 코치를 위한 준비 작업이었다고. 긴 기다림이 헛되지 않도록 의미와 가치 있는 인생 후반전 살고자 한다. 오늘도 자이언트 북컨설팅 응원받으며, 라이팅(Writing) 코치로 향한 한걸음 성큼 내디딘다.

3-15.
자음과 모음이 나를 만들다

최서연

　　"작가님. 쓰신 책을 예전부터 봤는데요. 점점 더 작가님 글이 좋아지고 있어요. 글 계속 써주세요." 블로그 이웃이 비밀댓글을 남겼다. 멋들어진 글을 써야겠다고 생각한 적은 없다. 그저 내 생각을 잘 전달할 수 있기를 바라는 마음에 쓰고 또 썼다. 쓰고 읽고 지우고 다시 쓰기를 반복했다. 글은 작가가 쓰지만, 결국 글을 쓰는 이유는 독자에게 하고 싶은 말이 있어서다. 독자가 책을 읽고 내 의도를 파악하고 이해할 수 있어야 비로소 작가의 책은 완성품이 된다.

　　블로그 이웃처럼 비슷한 경험을 한 적이 있다. 세스 고딘의 『보랏빛 소가 온다』를 읽은 후로 그의 팬이 됐다. 관심 작가에 추가해놓고 신간이 나오면 바로 살 정도다. 2021년 『더 프랙티스』를 읽고 더 좋아하게 됐다. 시간이 지날수록 깊어지는 생각, 전

달력 강한 문체, 사물을 바라보는 관점을 배우고 싶었다. 포기하지 않고 계속 공부하고 글을 쓰면서 언젠가는 세스 고딘처럼 되고 싶다는 희망도 품었다. 그러기 위해서는 매일 쓰는 삶을 살아야 한다. 글을 쓰지 않을 때도 글감을 모은다. 어떻게 써야 할지 구성하기도 한다.

노트북을 열고 어떤 글을 쓸지 그때야 생각하는 것이 아니다. 글감이 모이고 생각이 정리되면 글자로 옮길 뿐이다. 그래서 나는 글쓰기가 좋다. 사물을 달리 바라볼 수 있는 기회다. 안 좋은 상황이 생기면 어떻게 글로 써볼까 생각 전환을 할 수 있어서 극단적인 감정에 치우치는 것을 막아준다. 글을 쓰기 전에는 '어떻게 그럴 수 있지?'라는 좁은 마음에서 '그래. 그럴 수도 있겠다!'로 어느 순간 바뀌어있다. 그야말로 인간 개조까지 돼버린다.

책을 몇 권 낸 덕분에 '작가'라는 호칭을 얻었지만, 나는 그저 계속 썼을 뿐이다. 내 마음과 머릿속에 있는 것을 끄집어내서 표현하고 싶은 욕망이 컸다. 지금부터는 어떻게 매일 글을 쓰고 연습하는지 이야기해보겠다.

1. SNS

블로그나 인스타그램 중 자신이 매일 쓸 수 있는 플랫폼을 선택한다. 나는 인스타그램에 집중해서 작업한다. 그때의 생각이나 그날 겪은 일을 일기 형식으로 적을 때도 있다. 그러기 위해서는 내가 겪은 일이나 상황을 읽는 사람도 상상하고 공감할 수 있어야 한다. 최대한 구체적으로 적으려고 한다. 글쓰기 수업에서 수강생들이 자주 하는 실수는 구체적으로 적지 않는 것이다.

오늘 카페에 갔다. (X)	⇒	오후 2시에 강남역 5번 출구 스타벅스에 갔다. (O)
꽃을 샀다. (X)	⇒	양재동 꽃 화훼단지에 가서 장미 두 다발과 산세베리아 화분 한 개를 샀다. (O)
아주 먼 거리였다. (X)	⇒	성인 남자 걸음으로 한 시간은 가야 했다. (O)

2. 유료 구독 서비스

매일 쓰겠다고 결심해도 사람의 의지력은 한계가 있다. 그럴 때는 강제 장치가 있으면 좋다. 2022년 10월부터 네이버 프리미엄 콘텐츠에 유료 구독 서비스를 올리고 있다. 월 구독료를 낸 독자들에게 콘텐츠를 제공하는 서비스다. 주 5회 발행해야 하므로, 어떻게든 글을 쓰고 콘텐츠 작업을 하게 된다.

3. 칼럼 연재

2022년 여름부터 한국보험신문에 책을 소개하는 칼럼을 연재하고 있다. 원고료를 받고 있지는 않지만, 이것 또한 내게는 글을 쓸 수밖에 없게 만드는 장치다. 마감일이 정해졌기 때문이다. A4 1.5매를 한 달에 두 번 정도 쓰기 위해서는 일단 책을 읽어야 한다. 책의 핵심적인 내용과 내가 전달하고자 하는 메시지를 조합해서 한 편의 칼럼을 쓰기 위해서는 제출일까지 최소 5번 정도는 읽고 고치기를 반복한다.

4. 글쓰기 수업

책을 내고 매일 SNS에 글을 쓰면서 나를 알렸다. 글을 읽는 사람이 '나도 이렇게 글을 쓰고 싶다.'라는 생각이 들기를 바라는 마음도 있었다. 덕분에 2021년 겨울부터 에세이 글쓰기 수업을 시작하게 됐다. 작가로서 성장은 그때 시작됐다. 내가 읽고 쓴 글을 고칠 때와는 달랐다. 수강생들의 글을 첨삭해주면서 글을 보는 눈이 달라졌다. 글의 구조, 문장 배열, 적절한 단어까지 생각하게 됐다.

5. 문자 메시지

1~4번을 하지 못할 때는 그날의 문자 메시지, 채팅도 신경 쓴다. 나는 A라고 말했는데 상대방은 B라고 오해하는 경우가 더러 있다. 그때는 문자를 다시 본다. '아. 그렇게 이해할 수도 있겠구나!'라는 마음에 정확히 자세히 쓰려고 노력한다. 글쓰기의 현실판이 바로 우리가 매일 주고받는 채팅이다.

책먹는여자 브랜딩으로 읽고 쓰는 삶을 돕고 있다. 나는 책으로 성장하고 있다. 책은 문단, 문장, 글자, 자음과 모음으로 구성된다. 자음과 모음의 조합으로 수만 개의 글자가 생긴다. 내 안에는 아직 조립되지 않은 자음과 모음이 있다. 평생 쓰는 사람이 될 테니까 조급해하지 않겠다. 매일 쓰고 나누는 사람이 되려 한다.

〈함께 보면 좋은 책〉

매일 아침 써 봤니?(김민식, 위즈덤하우스, 2018)
작가의 문장 수업(고가 후미타케, 경향비피, 2015)
고일석의 마케팅 글쓰기(고일석, 책비, 2015)

김선황

오늘이 그날이 되었으면 합니다. 그동안 쓰는 삶을 살지 않았다면, 한 줄이라도 쓰는 날. 각자의 스토리보드가 완성되는 날. 쓴다는 생각만으로도 가슴이 벅차오르는 날. 내 인생이 나아지고 있다고 느끼는 날. 쓰기 위해 읽는 날. 잘 쓰고 싶어 잘 살기에 집중하는 날. 날이 좋아서 쓰고, 날이 좋지 않아서 글을 쓰는 날. 삶과 글이 연결되는 날. 공저 작업하면서 행복이 한 겹 쌓였습니다. 이런 날들을 이어 행복을 쌓아가는 삶을 응원합니다.

김은정

모두가 글을 쓰면 좋겠다. 평온한 사람도 고난의 터널을 지나고 있는 사람 모두 말이다. 평온한 삶이 주는 마음의 여유로 타인을 돕는 글을 쓰면 좋겠다. 역경과 시련에 무너지지 않기 위한 글도 필요하다. 훗날 이 글이 또 다른 누군가에게 희망의 증거가 될 테니깐 말이다. 내가 그랬다. 글 쓰는 행위 덕분에 무너지지 않고 버틸 수 있었다. 포기하지 않으면 희망의 증거가 될 거라고 믿었다. 하얀 백지를 채우는 글이 나와 타인을 도울 수 있도록 읽고 쓰는 삶을 즐겨보자.

나선화

글을 시작할 때 가장 기본이 되는 글쓰는 방법 일기 쓰기, 독서를 하면서 반드시 해야 하는 작업 독서 노트 작성, 일상에 의미와 가치를 부여하며 성찰하며 글쓰기. 기억의 습작이 점이 되고 점들이 선이 되고 선은 마침내 인생이 된다. 라이팅 코치가 된다는 것은, 누군가에게 본이 되는 삶을 먼저 살아야 하는 책임 있는 자리다. 무게감이 느껴진다. 독서하고 글 쓰는 루틴을 더 세밀하게 만들어야겠다. 부지런히 책 읽고 글 쓰고 사람들과 소통하다 보면 내 인생도 다채로운 색깔로 아름답게 빛날 것이 분명하다.

민주란

미국 생활 33년. 매일 영어만 쓰며 살진 않았습니다. 그런데도 한국말이 어눌해진 건 분명합니다, 독서와 글쓰기를 하며 진정한 한국인으로 살게 됩니다. 모국어를 잘하면 영어도 잘합니다. 이제야 진정 북미에 유학 온 기분입니다. 둘 다 잘할 수 있다는 자신감을 얻었기 때문입니다. 특별한 사람만 글을 쓴다는 편견을 버렸습니다. 오늘을 사는 사람은 누구나 글을 쓸 수 있습니다. 당신의 하루는 소중합니다. 글쓰기로 기록하고 생각하며 성장할 수 있습니다.

서한나

나의 글쓰기 스승인 이은대 작가는 "글이 좋아지면 인생이 좋아진다."라고 글을 쓰라고 하셨다. 작가님을 알기 전 나는 책을 읽으면서 인생이 점점 더 좋아지고 있다고 생각했다. 그러다가 글쓰기에 관심을 가졌다. 책을 읽고 글을 쓰며 나를 돌아본다. 나를 이해하고 나니, 다른 사람도 보이기 시작했다. 매일 읽고 쓰는 것을 반복하다 보니 내 세계가 확장되어 가는 것을 느낀다. 내 삶은 독서와 글쓰기로 점점 더 나아지고 있다.

오정희

이 글을 쓰면서 매일 일기를 쓴 그날 하루하루가 매우 특별한 날이었음을 알게 되었다. 그냥 넋두리나 늘어놓은 낙서장 같은 일기와 메모들이었지만, 그것은 두려움에 맞서 용기를 낸 나의 모습이었다. 두렵고 불안한 마음을 책 읽고 끄적이며 달랬다. 그렇게 견뎌온 시간의 힘으로 새로운 삶을 시작한다. 인생이란, 삶이란 스스로 포기하지 않는다면 항상 가능성은 열려있다고 믿는다.

우승자

일기장을 꺼내 읽다가 아직도 억울한 마음에 사로잡혀 있는 나를 만났습니다. 열다섯 살의 아픔이 이토록 끈질기게 남아있을 줄 몰랐습니다. 50여 년 전의 일이 마음속 응어리로 남아있다니요. 겁에 질린 어린 나를 만나고 바라볼 수 있어서 다행입니다. 가만히 바라보고 손 내밀어 주는 일이 글쓰기라는 사실을 깨닫습니다. 매일 글을 씁니다. 쓸 수 있어서 좋습니다. 살아갈 하루가 밝고 당당해집니다. 힘들었지만, 이제 괜찮습니다. 글쓰기를 시작했기 때문입니다. 오늘 쓴 것처럼 내일도 쓸 겁니다.

이영숙

마흔이 되어 책을 읽고 글을 쓰기 시작했다. 독서는 글쓰기로, 글쓰기는 책 쓰기로 이어졌다, 꿈을 꾸고 그 꿈을 이루어 갈 수 있는 축복은 고전들이 내게 준 소중한 선물이다. 독서가 준 위로와 사랑을 다른 사람들과 함께 나누고자 한다. 책 읽고 글 쓰는 삶을 통해 성장하고 나만의 별을 찾는 기쁨을 그들에게 전해주고 싶다.

이경숙

일기와 독서 노트를 쓰면서 생각 정리도, 글도 좋아지고 있습니다. 글을 쓰는 일은 타고난 능력으로 하는 게 아닙니다. 악기나 운동처럼 글쓰기도 배우면 할 수 있습니다. 매일 꾸준히 쓰다 보면 좋아집니다. 배우며 매일 써야 좋아지는 능력이라 누구든 할 수 있는 일입니다. 혼자 해도 좋지만, 배우면서 쓰면 더 빨리 성장합니다. 잘 쓰기 위해서는 잘 읽어야 하겠죠. 읽으며 영감을 얻고 다른 이의 글을 내 것으로 만드는 과정은 글 쓰는 이에게 꼭 필요합니다. 여러분도 읽고 쓰며, 같이 성장할 수 있기를 바랍니다.

나는 매일 글을 씁니다

이원용

좌천으로 인해 망가진 삶에서 나를 일으켜 세워 준 것은 새벽기상과 책 읽기였다. 책을 읽고 글을 쓰면서 삶은 빠른 속도로 업그레이드 되어 갔다. 매일 죽고 싶다는 생각으로 살 만큼 어려웠던 시간이 이제는 강사, 사업, 작가를 하는데 좋은 소재가 되어 준다. 책을 읽고 글을 쓰면서 성장을 했다. 앞으로도 책을 읽고 글을 쓰면서 성장할 계획이다. 당신에게 성공, 부는 가까운 곳에 있다. 책을 읽고 글을 쓰면서 당신의 인생을 스스로 디자인 간절히 바란다.

이은설

글 한 번 제대로 써 보고 싶었다. 내가 생각한 것을 타인에게 선명하게 전하고 싶었다. 마음만큼 제대로 되지 않았다. 글씨를 모르는 것보다 더 답답했다. 자이언트 책 쓰기를 만났다. 안개가 조금씩 걷히는 것 같다. 이은대 작가를 만나고 글 잘 쓰고 바르게 사는 법을 배운다. 노력 없이 하루아침에 이루어지는 일 없다. 잘 쓰기 위해서 잘 살고 싶다. 라이팅 코치가 되었다. 공부하고 배우는 중이다. 인생 누구를 만나느냐에 따라 승패가 좌우될 수 있다. 책임감 있는 코치가 되어 세상과 만나고 싶다. 그들을 돕고 싶다.

이은정

나를 바꾸기로 했습니다. 삶을 좀 더 의식적으로 살고자 '매일 글쓰기'를 선택했습니다. 모닝일기, 독서 노트, 블로그. 매일 글을 씁니다. 같은 시간, 일정하게! 나의 이야기를 담담하게 써 내려 갑니다. 하고 싶은 말을 가슴에 담아두지 않고 거침없이 표현합니다. 나 자신을 돌아보고 성찰의 기회를 선물 받았습니다. 내 마음이 자유자재합니다. 세상 두려울 게 없습니다. 모든 것을 품을 수 있습니다. 글쓰기의 힘입니다. 모든 사람이 글쓰기를 일상으로 삼는 세상이 오기를 희망합니다.

정가주

아이들이 모두 잠든 밤, 책상 위 스탠드를 켭니다. 엄마, 아내가 아닌 내가 되는 순간입니다. 다이어리에 일기도 끄적거리고 책에서 뽑은 오늘의 문장도 예쁘게 따라 쓰며 하루를 마감합니다. 글을 쓰면 낮 동안 잊고 있었던 나만의 세계로 걸어가는 느낌입니다. 진정한 내가 되는 순간을 꿈꿨습니다. 때로는 힘들고 속상한 마음에 울컥해지지만, 글을 쓰며 나를 돌아보는 시간을 갖습니다. 매일 점점 나아지기 위해 오늘도 내일도 글을 씁니다. 나만의 이야기를 쓰는 사람이 많아졌으면 좋겠습니다.

나는 매일 글을 씁니다

정성희

3년 전 환갑에서야 글쓰기의 기쁨을 맛보았다. 쓸모없을 것 같은 경험조차 성장을 돕는 자양분이 된다는 걸 알게 됐다. 60년을 기다려 온 '모죽'이 자이언트 라이팅 코치로 성장하는 변곡점이 되길 소망한다. 인생 2막은 나와 같은, 실패와 좌절 경험한 이들 돕는 삶을 살고 싶다. 행여 늦었다고 포기하지 말고 이제라도 시작하길 바란다. 만약 자전적 에세이를 준비하는 분이라면 일기와 독서 노트는 유용한 기초자료가 될 것이다. 글쓰기가 어려워 기피하는 이들과 손잡고, '배우는 기쁨' 함께 나누며 가고 싶다.

최서연

2014년에 책 읽기를 시작했다. 책과 함께 한 지 십 년이 됐다. 그저 책을 읽는 게 좋았다. 읽다 보니 쓰고 싶어졌다. 일기도 끄적이고 독서 노트에 기록도 했다. 하다못해 SNS의 빈 곳을 원고지라 생각하고 글을 채워간 적도 있다. 계속 썼더니 이제는 누군가에게 글 쓰는 법을 알려주는 사람이 됐다. 처음부터 욕심을 부렸다면 지금 같은 경험을 못 했을지도 모른다. 선물처럼 받은 결과물이다. 내가 받은 귀한 선물을 잘 가꾸고 포장해서 내리사랑하려 한다. 책을 사랑하는 사람으로 남고 싶다.